黄修志◎著

京华望北斗

The Fleeting Moments in Beijing

那片雨声，弥漫一生。
听雨，并非只在下雨的日子。
每个回首萧瑟、辗转难眠的时刻，
都是冷雨敲窗、雨打梨花的深巷黄昏。

光明日报出版社

图书在版编目（CIP）数据

京华望北斗 / 黄修志著. -- 北京：光明日报出版
社，2018.10

ISBN 978 - 7 - 5194 - 4732 - 8

Ⅰ.①京… Ⅱ.①黄… Ⅲ.①随笔—作品集—中国—
当代 Ⅳ.①I267.1

中国版本图书馆 CIP 数据核字（2018）第 240878 号

京华望北斗

JINGHUA WANG BEIDOU

著　　者：黄修志			
责任编辑：刘兴华		特约编辑：陈丽萍	
责任校对：赵鸣鸣		封面设计：中联学林	
责任印制：曹　净			

出版发行：光明日报出版社

地　　址：北京市西城区永安路 106 号，100050

电　　话：010 - 63131930（邮购）

传　　真：010 - 67078227，67078255

网　　址：http：//book. gmw. cn

E - mail：liuxinghua@ gmw. cn

法律顾问：北京德恒律师事务所龚柳方律师

印　　刷：三河市华东印刷有限公司

装　　订：三河市华东印刷有限公司

本书如有破损、缺页、装订错误，请与本社联系调换，电话：010 - 67019571

开　　本：170mm×240mm

字　　数：279 千字　　　　　　印　张：16

版　　次：2019 年 1 月第 1 版　　印　次：2019 年 1 月第 1 次印刷

书　　号：ISBN 978 - 7 - 5194 - 4732 - 8

定　　价：58.00 元

序:京华望北斗

许多故事,还没讲到一半,就已猜到结局。许多时光,刚刚飞逝一段,就已流露谜底。这种刚刚提笔就涌现的强烈感悟,并非因为剧透或预测,而是因为越来越深信,天道酬诚是用心用功的自然延伸,察变绸缪是体悟磨炼的连锁反应。

2013年秋,在结束整整二十年的求学时光后,作为班主任,我告诉刚刚踏入大学校园里的孩子们:多想想四年之后的2017年,你会以怎样的背影离开,只有一个认真的开场,才会有一个无愧的谢场。2017年夏,一切按照预想轨迹发展,我把准备了四年的毕业礼物送给每一位同学。他们离开之后,我怅惘失落了两三天,好像孩子们独自远行,身为父母难免心神不宁。

2017年初,除夕前一天,把术后双亲从医院接到家中,面对即将到来的三十岁,我坚信这个而立之年意义非凡,必须通过努力,致敬以往的三十年,再次告别昨日之我,让内心发生重大改变。未料新春伊始就接到进京函令,开启了在西单借调工作的一年。同样,当时自问:试想一年之后的2018年,我会以怎样的背影离开?随着2018年春节的来临,在京工作也即将迎来预想的谢场。

回顾2017年在京工作的一年,收获了空前的成长,不仅是学到了方法,锻炼了能力,提升了效率,更重要的是,内心确实发生了预想的改变,斩获了一种视野、心境和格局。在北京的日常工作和业余时间里,我见证了一支简洁高效、廉洁自律的工作队伍,见识了一些精明强干的科研团队,认识了许多奋发有为的骨干精英,调研了若干省份地区,聆听或参与了许多学术会议,观看了不少展览演出,愈发感到自己的不足,于是学而时习,见贤思齐,反求诸己,不断磨砺。也许正是我赋予而立之年重大意义,所以才让我对

2017 年保持着居敬持志、着紧用力的学习原则，才让我对这一年的每一天都深深感奋，倍加珍惜。

在往返于各部门之间和各地之间的工作日常中，我更加体认到"静处体悟，事上磨炼"对锤炼心性和深化认知的意义。我慢慢明白：三十岁后，每一个人都是天下无敌，因为这时只剩一个敌手，那就是自己。优秀的前辈，都是勤奋刻苦且管得住内心的人，走出书斋的工作更能砥砺内心的淡定、明快与从容。同时，我更加确认，历史与现实紧密缠绕，其实我们一直处于历史之中。每次在各部门之间呈递文件、协调事务，就会想起单位在古代属于六部中的礼部，从古至今我们就是一个文书行政的国家，也逐渐养成对整体环境和时势变化的敏感。工作之余，望向窗外的郑王府，那是姚广孝和济尔哈朗的府邸，明清王朝的风云惊变，转眼化为此时的云淡风轻。正如一位这里的同事说，我们是无欲无求的，我们是相互陪伴的。郑王府也默默陪伴了我一年，见证了晨钟暮鼓的忙碌和深夜读书的身影。

这一年，正因为工作繁忙，所以才觉读书时间紧迫。绝大多数夜晚，在办公楼里读书近子时，多次深夜被锁在漆黑的办公楼。不回家的周末和回家的车上，也是抓住时间碎片献给了阅读。这一年，往返于北京和烟台之间共二十次，常常是周五晚上乘高铁至济南西站，再由济南站乘坐凌晨的卧铺到烟台，周日下午返京。车上读书，萧萧马鸣，全是星夜里的旅行和风景。

所以，当初以为在京工作会打乱之前的计划，但树立统筹安排、提前谋划的工作意识后，2017 年的收获有了稍超预期的数据表现。其中，旅途八万公里，参会宣读论文四次，学术论文六万字，诗文随笔近廿万字，读书一百四十本……这让我反思以往的自己是多么放纵和慵懒，也让我坚信，这一切都已融入心灵中，成为今后再次告别自我的重要动力。同时，这也决定了全然不同的 2018 年。

2018 年又当如何？作为而立之后的开局之年，我同样认为这一年具有重大意义，换言之，2018 年应成为人生的改元之年。何为改元？春王正月，更改元年，革故鼎新，重新出发，投入更艰苦的战斗，开启更充沛的心灵。因为生活是一场永不停止的遭遇战和突击战，我们时刻都在修行，在每个阶段都要面临一场毕业考试。在这场战斗中，与其坐以待命，不如枕戈待旦。所以，2018 年也是"戎戍戊戌"的一年：披上戎甲，戍卫戊戌。虽然世事难料，但我们需要做好自己，做好准备，方可平心静气，接受时间的谋篇布局和世界的自然安排。

2017 年要感谢许多人。感谢此年结识的每一个人,你们那么优秀,那么可敬,那么可亲,那么可爱。感谢诸多同事和师友对我的关爱、鼓励和帮助。感谢父母,术后不久就要帮我照看家庭,辛苦了!最感谢爱妻,你付出最多,为三位老人、一个孩子和一群学生操劳一年……愧对孩子,这一年未能在家陪伴你,许多次回家待的时间不超过 28 小时,每逢回京,两岁的你常张开双臂堵住门口说:"爸爸不去北京,爸爸不去北京……"有得就有失,2018 年,我决心放下许多,尽力弥补愧疚,有更多的时间陪伴家人。

子美有诗云:"夔府孤城落日斜,每依北斗望京华。听猿实下三声泪,奉使虚随八月槎。画省香炉违伏枕,山楼粉堞隐悲笳。请看石上藤萝月,已映洲前芦荻花。"于我而言,心有戚戚焉,情境相似,但场所不同,他是"北斗望京华",我却是"京华望北斗"。时光悠悠,星斗驰转一周,又回到当初的路口,照亮生命中的上一帧风景和下一段河流。

这是大学毕业后,我整理的第 4 本随笔集,收录了 2017 年 1 月至 2018 年 3 月所写的 60 篇闲散文字,内容杂乱,长短不齐。其中有三篇稍有学究气,却也不同于一般的学术文章,《穿越古今的魅力》发表于《光明日报》,《明治的"邀请"与江户的"祛魅"》发表于《读书》,《历史书写访谈录》是在京接受访谈的录音整理。还有三篇,虽是以前旧文,但今时的幕布上总会投下往日的画面,现实的日光与历史的影子重叠交错,某些事情的触动,促使我在 2017 年又进行了扩充修订和再三致意。另外,有七首诗歌,嗯,其实是打油诗,多是在京触景生情的即兴之作:《西单的大卫》《侗家乡愁》《天桥的易卜生》《稻禾春泥》分别是在观看电影《异形:契约》、舞蹈诗《侗》、话剧《海上夫人》、舞剧《稻禾》时的灵光乍现;《白洋淀的盏缨》是在河北白洋淀所作;《画匠》《春歌柳色》是离京前聆听两位朋友发来歌曲《Paintings for Sale》《昂》时电光火石般的心情。

一直以为我的第一部书会是"十年磨一剑"的博士论文,却没料到竟然是这本只花了一年多无意缀补而成的随笔集。我是一个敬畏人文的学生,对这部随笔集的出版颇为犹豫惶恐,因为我自知读书尚浅,阅世未深,这只是一部记录日常鸡零狗碎的流水账而已,与野人献曝、坐井观天相差无几。但我看重这一年多的时光,它是我异常珍惜的 30 岁,客子书卷里的光阴,埋藏着未来新生的某种契机,所以具有特别的纪念意义。我也希望未来的日子,将读闲书、写闲文的习惯保持下去,每隔一两年,我都能自然而然地写出一本随笔集。

　　每一个离开大木仓的朋友,都会说"毕业了"。是的,这里就像一个校园,西单的迎接与送别,是最平淡的故事。如今,我也"毕业了",此书算是我的毕业作品吧。谨以此书,献给我挚爱的家人,献给在北京陪伴我的朋友们,也纪念那一段珍贵美好而永不消逝的京华岁月。

　　英国诗人济慈说:"明亮的星,愿我如你般坚定。"在我心中,北斗星就是夜空中最亮的星,它永远闪耀在天涯和故乡的天际,照亮那些"曾与我同行、消失在风里的身影",最终使我们与理想的自己相逢。

黄修志

2018 年 2 月 16 日初稿

2018 年 5 月 28 日定稿

目 录
CONTENTS

二十二城记

磐石：他乡的大树

东丰：拉拉河上的家

长春：笑成一团乱烟

峄城：春草秋风何所是

淮北：一个成语的诞生

恩施：迟到七年的毕业旅行

武汉：爱在巴山楚水间

济南：人生自是有名士

东平：不见当时少年郎

新泰：你要爱上你的痛苦

延吉：当时的月亮

仁川：我们波兰见

首尔：别样风景

昆明：未曾远去的未央歌

北京：哒哒的燕行马蹄声

威海：好一朵美丽的大明花

火奴鲁鲁：漂洋过海来看你

上海：娜拉与戈多

香港：还好我没有放弃

广州：饮茶粤海未能忘

深圳：昨天，这儿是一座村庄

烟台：小径分叉的花园

　　二〇一六,人在天涯,舟车万里。二十二城,大小不等。二十二记,长短不一。颇多即兴游戏文字,难登大雅之堂。然多为当时之心情意气,可免日后追述推演之病。爱粗略蒐集整理,姑名曰"二十二城记",权作流年留念,聊博诸君一哂。

磐石:他乡的大树

　　熊熊篝火燃起来了,烧得松木噼啪作响,火光烈烈,照亮冰雪封冻的山谷。

　　低头看了看时间,2016 年 1 月 6 日晚上 10 点多。我对堂弟说,你先歇一会儿,我再给俺大爷烧点纸。

　　我跪在鹿场灵帐前,对着二伯的棺材烧了几捆纸,扑簌簌掉下泪来。前两天闻讯飞至长春,连夜坐火车到磐石,一路星辰黯淡,今早见到二伯遗容时没有掉泪,很奇怪深夜此时却独自伤痛起来。

　　二伯是一头老黄牛啊,他十几岁时跟着大伯从鲁西南来到吉林,那个年代闯关东谈何容易?都是在荒无人烟的荒山上开垦,尝尽艰辛,猫冬时节,零下三十多度,他踏着皑皑白雪跑到山林中采摘野山楂,制成冰糖葫芦,跑很远的山路去吆喝。几十年勤勤恳恳,任劳任怨,最终将两儿一女抚养成人。儿娶女嫁后,他也闲不住,哪里有活哪里干,去年还跑到附近的俄罗斯荒原去务农。回家后,他又跑到山里鹿场给人喂养马鹿,不想前几天喂鹿之时,一头马鹿突然将他抵到墙上,胸骨直接塌陷,登时人已不行。这么好的老农民,谁料遭此无妄之灾?

　　我擦擦眼泪,站起身来,坐在篝火旁,听着两位堂叔和堂弟修龙说着当年的辛苦,修龙喃喃念道:"爸,你一路走好,希望你在天堂不再这么辛苦。"

　　这里的丧礼比不上齐鲁,一切都过于草草了,我替二伯感到心疼。两天后的黄昏,阴阳先生带着我们来到山路口,把一堆纸马纸房烧化后,他拿出一张大纸,诵道:"南赡部洲中华人民共和国吉林省吉林市磐石市三棚镇……各路鬼神,速退让道,令此。"次日一早,没有哭仪,没有追悼会,村上一帮老少爷们儿把松木棺材抬到拖拉机上,穿过风雪,行至一座低矮的山丘。将棺木下葬到几棵松树中间,盖上一层浅土,烧掉一车草纸后,送葬队伍便下了山。

　　下山路上,才发现这座山上尽是坟茔墓碑,葬的几乎都是闯关东的外乡人。走在皑皑白雪的田野里,我回望二伯长眠的松山,苍翠之中轻轻升起白烟。他们一定不孤单,从少到老,"他乡生白发",最终融入这片付出一辈子心血的黑土地,永不分离。

东丰：拉拉河上的家

古老的辉发河，支流繁多，像雨夜中的树状闪电，上游的莲河、梅河、一统河等诸多大支流又各延伸出众多小支流。正因如此密集的支流，辉发河才滋养了辽金时期强大的女真部落，扬着浩荡的青蓝之水迤逦挺向东北，最终汇入浩淼松花江。

零下三十多度的清晨，黄家伯叔兄弟五人在磐石坐上开往梅河口的长途汽车，在林海雪原上颠簸三个小时后，到达辽源东丰。再向西行，已接近莲河上游，一条不起眼的小支流——拉拉河，成为我们的指向标。两位堂叔凭着记忆，顺着拉拉河向前走，路过一个个稀稀疏疏的堡子村庄。哈气成冰，吐痰成珠，我们热气腾腾地喘着粗气，三伯对堂叔说：怎么还没到？你俩有没有记错啊！堂叔挠着头说：应该没错，你看我已经看到那个小山庙了，不过二十多年没来了，变化确实大。

穿过一条蜿蜒积雪的山路后，我们终于到达大伯家。这夹在密林山丘之间的独门院落，被风雪吹刮得干净亮堂，几仓黄澄澄的玉米棒子堆立在院门口，屋后饲养着火鸡般模样的大鸟。大伯去了天津看孙子，只留大娘一人在家守着。她在门口笑呵呵地迎着，这是我第一次见她。

进门脱鞋，上炕唠嗑，凤姐一家带着一桶纯粮酒前来，她虽是堂姐，儿子却已跟我年龄相仿。一家人在热炕上一个个喝得脸红脖子粗，我听着外面的风雪声，望着他乡亲人眉开眼笑的神情，心里越发热乎。酒有何香？觉不出来，只是喝酒让人开怀，让人想念，让人温暖，让人像个孩子，足矣。

借着酒兴，堂叔带着我们兄弟俩在雪原上游荡，野旷天低，暮云渐起，不知走了多远，一直走到只看见白雪的黑夜。堂叔对着各处指指点点，得意述说当年在此闯荡的故事。我对堂叔开玩笑说："我好像看到了一个影子闪过去了。"

"啥玩意儿？"

"当年被人追着满山跑的小伙子。"

长春：笑成一团乱烟

Rap：

再次站在东北师大的门前，

阳光把校园洗滤清新明湛。

在古研所的资料室里翻着近东文献，

朝鲜埃及两位老师笑意盈盈的容颜。

吱嘎门响浮出同窗会鹏一张惊异的脸，

一时没有二话三人齐穿小巷共进午餐。

当时说了些啥至今已完全无感，

只记得聊着八卦笑成一团乱烟。

我说澍啊伟啊都已光临烟台，

红酒海鲜企盼你了渡海登莱。

澍说过年有望访问高丽再造藩邦继往开来，

余曰好啊祝贺若有机缘定当探望互诉衷怀。

此时此刻就让我们不要停筷，

尽情放歌纵酒莫让时光掩埋。

轻轻地我走了悄悄地我还来，

鼓一鼓腮帮不剩下一丝小菜。

峄城：春草秋风何处是

春节还没过完，乘高铁从芝罘出发，穿过莱、即、密、潍、淄、济、河、洙、泗、滕、薛后，夜抵峄城。在兰陵与台儿庄之间，正是岳家所在的底阁。

进村后，先入灵堂，帐内诸位长辈满面哀戚，我穿着侄女婿的孝衣向岳伯的灵柩按礼跪拜，几位兄长依次还礼。

次日，竽笙唢呐响，众亲戚按亲疏顺序穿上相应丧服，跪哭如仪，哭声伴着哀乐，让鲁南的这个小村庄悲云惨淡。长长的送葬队伍，像白云一样飘浮在寒冬的麦田中。棺木下葬的那一刻，岳伯的四个儿子嚎啕不已，眼泪如注，格外让人酸心。回想前年，还是郁郁葱葱的季节，我来此迎亲，健朗的岳伯还跟我笑谈晁氏两门与东平的姻缘，未曾想刚过一年多，斯人已逝，叶落归根！再想起上月刚在东北送走二伯，更加伤心。

"春草暮兮秋风惊，秋风罢兮春草生"。无论魂归他乡还是故里，愿你们都了无牵挂，得到最最安宁的休息。

淮北：一个成语的诞生

昏沉沉坐着，眼巴巴望着，车窗外的冷雨没有消歇的样子。刚上路就吐了两次，虽然难受无力，但怎能半途而废？好不容易到达宿州，搭车赶往双堆集。看着一路坑坑洼洼，我问司机：这路就不能好好修一修吗？司机开玩笑说：我滴个乖乖，修啥？这儿自古就是战场，一直被炮轰。

一路泥泞颠簸，总算在婚宴结束前赶到。望着满桌佳肴，还有念叨了好多年的口子窖，可恨自己胃痛不能下咽丝毫。虽无口福，却饱了耳福，安徽的发小同学各自谈起新郎金戈铁马的中学往事，令我大为振奋。我笑嘻嘻地对新郎说：以前我们都说你是有故事的人，今天果然听了不少故事。新郎也笑着说：是不是发现很多事情都得到了解释？

席后，新郎送人到南京，留我在家住宿。吃晚饭时，作为同窗室友，我向伯父伯母说起新郎在复旦苦读三更的那些夜晚，两位老人默然良久。我又说起我们两人曾一起剃光头以明志的故事，大家哈哈笑了一阵子。

肠胃不适，一夜无眠。次晨，新郎骑着电动车把我送到双堆集，我挥着手："顾教授，北京见吧！"从淮北到峄城，其实不远，但因地处鲁苏皖三省交界，又恰逢春运，所以归途艰难，花了整整一天，直接促成一个成语的诞生。

【一日九车】yī rì jiǔ chē：形容春运期间出行困难，如同作战。语出《松雨外史》："鲁人黄生，春王正月，由淮返峄。坐电动车自国共战场双堆集朝发，乘客车向宿州，未达，被迫另转他车，下车又乘公交至宿州。午乘客车，经古战场符离，抵古战场徐州，乘的士自南站至总站，人声鼎沸。后乘客车至中日战场台儿庄，又乘公交至底阁，终由家人驱车接回，时朔风刺骨，日已西暮。"

恩施：迟到七年的毕业旅行

从黄海之滨，奔驰三千多里地，终于到达巴山深处。月色朦胧的湿润街道，似乎氤氲着古老施州城的往昔岁月。深夜站在此地，寒气微冷，方言迥异，如在异域，但等熟悉的背影出现后，顿觉此地不是他乡。

"豪哥在那儿！"我兴奋地指给金云，两人向那背影走去。想起2007年深秋的一个傍晚，我们五个人坐在珞珈山的余晖里聊天，大黄望着豪哥的容颜，突然起外号曰"尕凫"。朝夕相处之际，"尕凫"竟成为密友间呼唤豪哥的诨名。我曾记下这个掌故：

> 尕凫者，余珞珈古籍之同窗也。丁亥二月，余南赴珞珈征战春闱，时樱花三径，烟雨檐下，初见尕凫绽伞，如芙蓉出水，细雨凫游。及至蓐收之月，余八人共读黉宇。一日，四五人纵谈謦咳于郁郁山林，平江大虫君戏言："余观陈兄，庭阁尽善，然未尽美也。"问曰："仆愚鲁，敢听黄兄直言。"平江大虫黠曰："远望细察，尊容酷似一水中之物。"彼变色曰："何物？"对曰："'宁昂昂若千里之驹乎，将泛泛若水中之凫乎？'余观君相，卓然灵动，极尽鹁雁之神采，曲穷凫鸟之风韵，甚是娇憨，不妨昵君曰'尕凫'。尕者，秦陇方言也，言其小耳，何如？"尕凫敦厚，默然无语，不与较争，悉听呼唤。尕凫好学勤笃，雅喜搜古探微，尝于凌云剑阁中积微而居，阅史读经廿余载。或难，其诵答如流，众人皆呼渊兮博也。尘世苍茫，书外曲浊，然尕凫自有一番苦趣，以千仞籍册于掌眸，自饮自得，将薄而立，孑然奋学，奈无洛神之遇。诸友皆劝其吟诵关雎之声，凫君苦然笑之，愿守赤子，众友皆云憾矣。然余观尕凫，其志不在小也，其欲效彦和之坚，著大雅，藏名山耶？信夫！无量寿经曰"勇猛精进，志愿无倦"，勉力勖哉！强圉大渊献之岁，檀月二日，东平黄为之记于武昌东湖三环寓舍。

——《三楚人物志·尕凫传》

当然，弹指八九年后，豪哥并未"效彦和之坚"，最终等到等待自己的那个她，我们也正是为了他的大婚之礼赶赴而来。在豪哥书房盘桓良久，看到一盏北大毕业纪念盘镌刻着谢冕先生的话："青春是永远的聚会，思想是百年的荣光。"我笑着说："多应景啊！说的不就是咱们嘛！"

次日上午，大黄从北京赶到，仨人坐上客车，山路何止十八弯，峰回路转，蜿蜒清江忽隐忽现。这是迟到七年的毕业旅行。我们看到下面的大地突现一条巨大裂缝，两侧草木葱茏。这就是媲美科罗拉多大峡谷的恩施大峡谷，但比前者更深更美，大黄说这是"天崩地坼的美丽瘢痕"。云龙河地缝上连地球上最大的暗河，下连清江之水，颇有气势。天公作美，绝壁飞瀑上出现霓、虹两道彩虹。坐上缆车索道，腾空而起，登上山峰和白云深处，群山秀色尽收眼底，绵延不断的山峦，傲立天地的石峰，似一幅巨大的水墨画徐徐展开。沿着绝壁栈道兔起鹘落，爬行几个小时后，仨人汗水直冒，我也早已没了先前的诗兴，只求早日下山。绕过楚腰纤细的"一炷香"和壮美的"大地山川"后,终于下山。夜回恩施城后,在湖北民院任教的复旦同窗胡方艳宴请我们仨吃了美味的汽锅鱼,喝了两杯甜香的梅子酒。饭后回到旅馆,我与大黄彻夜倾谈到凌晨四点,谈起过往的心灵岁月。

恩施大峡谷(黄御虎/摄)

窗外潺湲,不知附近是否有山泉或瀑布。我说:"什么是最好的时光?回忆起来,很有意思,侯孝贤谈起他的爱情电影时说:'你想和她上床,她也想和你上床,你们都知道有一天你们会上床,但不知道你们会在哪一天上床,这就是最好的时光。'若理想如爱情,你知道你要追求这个理想,你明白只要通过真心努力,早晚一天会实现这个理想,但你为了理想,努力奋斗、充满期待甚至痛苦的这段岁月,就是最好的时光。"

翌晨,睡眼蒙胧的二黄加入新郎兄弟团,随迎亲车队抵达新娘家中抢亲。亲朋好友齐聚酒店,三十多桌酒席静待良辰吉时。正午时分,一对朋友唱完杨宗纬的《一次就好》后,婚礼正式开始。新郎新娘两两相望,借着屏幕上的沙画,述说着两人的相遇。听着新郎的誓言,我们仨在下面鼓着掌,为豪哥感到高兴。

武汉:爱在巴山楚水间

经宜昌、荆州、潜江、仙桃、天门,大片大片的油菜花次第绽放在窗外。高铁在鹅黄的花海和粉黛的瓦房中穿过,令人心旷神怡。

到达武汉后,坐在金云的车上,重游珞珈山一个个熟悉的角落,兴致勃勃说起那些年啼笑皆非的往事。看着樱花城堡和山林校园,一种骄傲的幸福感油然而生。读研期间,受学校委托,小鹿、我、大黄共同负责武大宣传片的设计,当时大黄在文案中对珞珈山有过一番古雅描述:

肇分天地初开物,水镜山光长性灵。身处在武大校园这个神肤洞达的清幽境界,在浑然不觉之间,人性里随处都是天启。这里有茂林修竹、蓼汀花溆。这里滋兰树蕙,俊秀争妍。春来樱花烂漫,朵锦如云,夏时箓竹猗猗,凉风沁肺,秋至还有三秋桂子,十月丹枫,冬天更看银装素裹,万类妖娆。一年四季都是百鸟啁啾,树荫花重,杂花生树,骇绿纷红。白天对万树青红调素心,满眼掩苒众草,四面蓊勃香气;入晚听四周数里相和的虫唱,偃仰啸歌,冥然兀坐,任满身洒下净冷的月光。碧波万顷的东湖水,广怀且容众,壁立千仞的珞珈山,耿介而刚强。莘莘学子从身旁走过,或酣然浅语,或怀策吟哦,缓缓来去于扶疏的凤凰花木之下,朗朗的宝塔遥岑之巅。每当此情此景,登临送目,壮观物秀天清,心渊自然养性:长伴书香翰墨,意静可以读书。

从葱绿树丛中一转,一片雪白世界霎时扑面而来。樱花一夜之间几乎全部绽放,行政楼旁的樱花最为繁盛,雪白皎洁,压满枝头。人头攒动,但其实还不到最繁盛最拥挤之时,待武汉各校美女云集花下,从山阴道上行,花人自相映发,使人应接不暇。樱花俏立枝头,粉嫩明丽,如轻舞者正迷醉于自己的舞蹈,叶芝说:"让她跳完她的舞,让她跳完她的舞! 现实太狭窄了,让她在芭蕾舞中做完尘世的梦。"

七年过去了,樱花如初绚烂,三月初春的阳光、空气、草木也是跟原来一模一样,连周围的气味都没有变。但遗憾的是,人可以想回就能回到原来的地方,可无论怎么努力,却永远无法回到当初的时光。

我怀念这段当初的时光,并非因为自由惬意,相反,苦闷焦灼,茫茫然不知何所归。当时跟随师友在古籍所读书,自觉根底浅薄,华而不实,一度对自己产生不少困惑。耐着性子,逼着自己静下心来读书,挣扎着,探求着,用了两年才感觉心灵的变化。但珞珈的学业只有两年,到沪后,又用了两年苦苦挣扎。这些经验启示我,每次来到新地方,总感无知,一定要用两年默默努力,不要怨天尤人,两年之后,自然起变化。真正让我怀念的,不是欢乐的日子,恰是一种在陌生世界中不断调整自我、挑战自我的决心和勇气。

中午,于老师设宴款待,我们看着他双鬓白发,感叹良久。临别之际,于老师说:"男人一定要拼,老师一定要爱学生,尽力帮助他们成才。希望你们能尽快成长起来。"下午拜别肖大帅、陈老师、万老师后,金云开车带我去和希比一家会合。我们在南湖之畔龙员外恩施菜馆,与希比一家谈着些当年古籍所两级的往事。

我望着窗外武汉的夜空,心想:明天一早我就走了,其实很多同窗都在江城,但我难以一一造访,但愿老友如陈酿,藏得越久,开瓶越香。

济南:人生自是有名士

只有站在大明湖畔的稼轩祠堂前,方可对雾霾深锁、众泉干涸的济南稍有信心。

山东大学中心校区

济南多名士。王渔洋说两宋之词,"婉约以易安为宗,豪放惟幼安称首"。二安皆为济南人,一延鲁国柔韵,一承齐国刚风。易安在绍兴谢世那年,十五岁的幼安是否对这位前辈老乡有所感怀?难言有无,但对矢志恢复的幼安来说,诗词本是郁闷之时的游戏而已,可笑后人只知他的词人身份,却遮蔽了作为军政豪杰的辛弃疾,如此大丈夫,即使其生前好友陆游、陈亮、朱熹亦自愧不如。他若有知,定会忆往事,叹今吾:我这一生,志虑忠纯,杀贼安民,不曾放弃。

济南多课程。这年,赴济南不下十五次。尤其是上半年春夏时节,只要有时间,就去山大参加讨论课。毕业三年多,奔忙于各种教学工作,难得与诸多师友一起读文献、论中外,所以我倍加珍惜。每周由一人提交一篇读书报告或专题论文,大家共同批评提问,让我不禁想起曾经在复旦各系参加的读书会。讨论课上,陈老师和赵老师多有点拨,成旭带来韩日学界的信息,惠南提供新清史和全球史的资讯,正男、奕斐、长波、敬如、王琦、晓明等轮流讲论读书研究所得。多是每周一晚上到济南,周二讨论课结束后与师友在食堂吃完午饭,便赶往火车站返回烟台,为周三鲁大的研究生课程做准备。

　　济南多友人。这年曾与大学同窗蒋琪彻夜拉呱,与国瑞在深夜街头踟蹰晃悠,与相识沪上的叶君杨曦、孙君成旭饮酒倾谈,耳面温热之时,也会偶然想起病逝济南的梅青。曾对成旭说,感觉成家之后,时间精力大不如求学时,其实自己也是懒惰,但也会想着能时时用力,多多用功,不负治学之心,可总有心无力,真是悲哀。成旭笑说:"如你用功百倍,就要亏欠相等的家人之情。我也曾经烦恼过,但自觉是凡人,只能跟着兴趣慢慢走,享受凡人之幸福。"我托着下巴望着他,越来越喜欢这个温文尔雅的韩国人。

　　2016年最后一次去济南时,又与成旭把酒言欢。漫天飞雪中,他甩了甩围巾,我转身奔入深夜的雪国列车。听见街角唱着刘若英,仿佛自己是MV中的路人。往事汹涌不停,回忆就像在狂风大雪中狂奔不止。

东平:不见当时少年郎

20151001:

真想抱起儿郎回故乡,故乡可曾变了样?

鸡犬叫,蛐蛐唱,屋院槐杨玉米黄。

炊烟香,碧波淌,梦里依稀小村庄。

离别故乡岁月长,秋雨一夜千山望。

唤取茶盏明月光,人生几度秋风凉。

20160501:

终于抱起儿郎回故乡,故乡仍如梦中样。

绿满院,燕飞梁,巷陌深深槐花香。

贺宴起,亲满堂,艳阳时节饮佳酿。

南风十里翻麦浪,杨柳漫舞笑流光。

树犹如此人何堪,不见当时少年郎。

新泰：你要爱上你的痛苦

6月初，从烟台乘火车前往泰山站，走访新泰市四所中学，看望鲁大文学院和数学学院共30位实习同学。通过三天的走访调研，我感受到同学们的实习热情，观察到当地中学教育的状况，了解到实习过程中的不少问题，也学到许多纸上难以学到的东西。

在新泰实验中学，我劝告同学们多用成长的眼光、历史的精神、未来的视野去反思当前的困惑、痛苦和挣扎，不要怨天，也不要尤人，吃多大苦，享多大福，未来的某时某刻必定感谢今天的此时此刻。如果你想家了，那么恭喜你，因为你一旦挺住，就马上进步了，马上告别原来的自我，迎来一个崭新的自己了。

在青云中学、汶城中学的调研中，逐渐发现很多问题，折射出山东教育的诸多弊端。我对同学们说，大家除了讲好课外，还要多激发他们的精气神儿，因为农家孩子们对来自沿海、城市和大学的你们还是充满好奇和崇拜的，所以一定要多去传播一些正能量，鼓舞他们多走向更广大的世界去看看，激发他们读书的动力。其实老师、父母希望孩子努力学习，并非仅为考一个好分数和一个好名次，而是让他们明白，只有努力读书才有希望上大学，才能在更好的平台和更广阔的天地中有更多的路可以选择，才能把自己喜欢的事当成终生志业，才能一辈子过得快乐，而不是无路可走，被迫去谋生，被迫去疲于奔命地养家糊口。

在新汶实验中学，听了一堂该校老教师的语文课，可以说是我听过的最精彩的一堂语文课，受益匪浅，我鼓励其他中学的同学们也来观摩学习。临走前，我拿出一本爱默生的《自立》，推荐给实习中的同学们，愿他们边做边想，用心用功。

延吉：当时的月亮

酷暑八月，延吉却是林岚清日，令人舒爽。见到书架上的诸多前辈学者，也初识几位同道俊彦，让人感受到一个学术共同体的温情。不过最让我感到舒适自在的，还是两顿二三子的晚饭。

到延吉的第一个晚上，请两位朋友在延大附近一家铁板鸡吃饭。两人在南开刚获博士，即将执教晋、楚，肆意闲谈着学林掌故，让我增长不少见识，笑个不停。

餐后回宾馆的路上,突然一阵急雨浇下,三人狼狈躲至一破檐下,望着纷纷扬扬的凉雨,我对二人幽幽地笑说:"最美的不是下雨天,而是和你一起躲过雨的屋檐。"

次晚,在延大任教的同门金师姐,邀请国瑞和我共进晚餐。虽是第一次见到师姐,但在这个边陲自治州,同门之情一下子就被点燃了。我们谈起山大,谈起陈老师,谈起延吉,谈起朝鲜,谈起各自曾经的许多过往。

"修志,来趟延边,难道不去中俄、中朝边境看看吗?"师姐问。

"明天会议结束,说是安排去图们江,可以眺望朝鲜。不过我时间太赶了,明天开完会就要回去了,"我不无遗憾地说,"不过来一个地方,总要留下一些遗憾,这样才能惦记着,才能以后再来。"

深夜,三人走在风清月白、人车稀少的延吉大街上,仍在聊着一些温暖的话题。月光下,三道身影穿过一条条街巷。不知从哪里传来的歌谣,仿佛很久之前就曾听过,如此符合今夜的心情:

> 当时我们听着音乐
> 还好我忘了是谁唱,谁唱
> 当时桌上有一杯茶
> 还好我没将它喝完,喝完
> 谁能告诉我,要有多坚强
> 才敢念念不忘
> 当时如果留在这里
> 你头发已经有多长,多长
> 当时如果没有告别
> 这大门会不会变成一道墙
> 有什么分别,能够呼吸的
> 就不能够放在身旁
> 看,当时的月亮
> 曾经代表谁的心,结果都一样
> 看,当时的月亮
> 一夜之间化作今天的阳光
> 谁能告诉我,哪一种信仰
> 能够让人,念念不忘
> 当时如果没有什么

当时如果拥有什么,又会怎样

仁川:我们波兰见

人言落日即天涯,岂料他乡亦多美酒知心话。抵达仁川后,仁荷大学设晚宴招待我们,韩国老师和欧洲学者左拥右抱,交杯酒喝个不停,好不欢乐。

翌日,夜醉而归,跟欧美亚学者说了一整天英语,越醉越自如。第一次做英语演讲,可怕的三十分钟! 竟然还听懂了两位欧美学者对我的提问,感谢夫子护佑! 来到禹老师办公室,震撼其藏书,摩挲良久,禹老师竟然送我一袋子韩国书!

晚宴我跟赵老师提议,向我们共同的好友朴老师致敬祝福,这是我们最动容的时刻。与美国的 Capener 教授坐在一起,他在首尔女子大学执教,已在韩国生活了 23 年,我说快赶上我的年龄了,他说:是啊,29 岁,一切皆有可能!

校园里到处都是毕业和告别的气息,我们相约有一天在波罗的海重逢。Anna said:see you in Poland! I answered:just waiting for your invitation.

离开仁川,越过汉江,入住首尔中心。急雨突起,远远眺望雨中的昌德宫,观象监已埋没在雨声草色中。沿着栗谷路漫步仁寺洞,与仁荷帅哥徐源翊喝了许多酒,聊了许多事。出来后又再去邻店喝米酒,幽幽昏暗的酒馆中摇曳着女低音缓缓的歌,仿佛多年前的一个梦境。逛完旧书店后,微醺归巢,心中响起一首歌:"原来过得很快乐,只我一人未发觉。如能忘掉渴望,岁月长,衣裳薄。无论于什么角落,不假设你或会在旁。我也可畅游异国,放心吃喝。"

首尔:别样风景

出了狎鸥亭,看见一位老者安详坐在长凳上等着我们,果然是林基中先生。林先生步履轻盈,岁月在他脸上刻满了柔和与沉静。在雅室闲坐,我说起读博之时夜以继日研读林先生编的《燕行录全集》,那段难忘的时光产生的涟漪,一直荡漾至今。林先生一边严肃说起东亚不少学者对他所编文献的误解,谈起他对东亚历史与现实的认识,一边笑眯眯望着惠源的两岁儿子允炯。谈话间隙,允炯对我们的谈话渐渐失去耐心,开始走到外面,林先生马上起身追赶,就像生怕自己的孙子走丢一样。我和惠源相视一笑,惠源说林先生在东国大学退休了,一边读书做研究,一边照看自己的小孙子。感谢惠源的完美翻译,才得以从林先生那里受益匪浅,还获赐林先生一部新著和一顿美食。

首尔景福宫勤政殿

从昌德宫出来后,惠源说:后面的秘苑,风景绝美,要不要去?看着她一路推着儿子陪着我,实在辛苦,我说:不去了,留下绝美之遗憾方有再来之企盼。在咖啡馆小憩片刻,喝一杯冰饮,说起一些复旦的往事,我们又顶着首尔闹市的烈日,前往景福宫。实录和论文中各种熟悉的名字一一展现,凝视许久,努力让自己移情于历史现场,在这幽深的殿堂,他们为何做出这样那样的抉择?利见门,应是取"利见大人"意,中国使臣由此登上庆会楼,远眺郑道传选定的这一轴好风水。我在楼前静观,群鱼出游从容于四周一泓清湖之中,摇尾前行,如斯安静。

从景福宫出来后,来到光化门广场。其地位等同于天安门广场,但气氛迥异。我在广场上依次看到这个国家用传统丧礼祭祀日军戕害的同胞,民众摆满世越号沉船死难者的遗像抗议政府的不调查不作为,世宗塑像前是《城市猎人》中朴敏英一样的促销人员,孩子们在李舜臣塑像喷泉前玩儿得欢快尖叫全身尽湿。这个广场上,没有震慑人心的威严,每个人都能从容来往,尽情释放自己的内心。

惠源推着儿子,若有所思地对我说:"其实当年我们有很多人牺牲了,死了很多,很惨!但是,我们并没有被吓倒,反而一波接着一波地继续抗争,一直争取到他们跟我们妥协。"

一路深深的思索，转眼来到首尔最有名的高丽参鸡汤，我对惠源说：这是几年来我品尝到的最美味的食物，那种清香，让你内心平静如水，让你大脑一片空白，让你感受别样风景。

夜光如雪，澍从高丽大赶来见面，两人信步穿梭繁华，笑满汉城。

清早的首尔，安静如林，独自在街头晃悠。清幽的三一运动纪念馆已是路人歇脚的公园。百余年来，韩人争独立，刺日相，光复后勇敢的国民屡死屡战三十多年，换得今日之局势。乘公交穿越几站后，在旅韩中华基督教汉城教会门口与惠源一家会合。惠源的外公是山东烟台人，惠源的老公从

延世大学校园

小在大阪长大，我抱着他们的孩子允炯，笑着说："中日韩三国，你中有我，我中有你，不是吗？"听着唱诗班和众人唱着深情而圣洁的歌声，心中的波澜，风起云扬，瞬间热泪盈眶。发现牧师讲经的方法竟然与朱子读书法如此之像，是否韩国基督教的迅速发展有着传统儒教的思想基础呢？与惠源一家告别后，与澍来到东大门旧书市场，虽无特别心仪之书，但亦淘得四部研究之书。在澍之住处，翻其所淘三大卷本《国朝人物考》《高丽史节要》《三峰集》及几种高丽史专著，不禁羡妒，忙用手机狂拍一阵相关材料。游高丽大学，饭后分开，在宾馆附近书店中逶巡良久，美好的书店中到处都是读书的人。想起午间相勖曾问我对首尔印象如何，我说：人心安适，各得其所，从不刻意教育，温情与敬意皆融于日常，上海还有很长的路要走。

在梨花女大，看到校门墙上贴满了应届毕业生毕业证书的复印件，据说是以此种方式抗议学校的什么事，当然我没想到，正是梨花的这些抗议，即将引发韩国朝政的大动荡和光化门广场的大游行。澍说，韩国每所大学皆有自己的图腾，比如高丽大学是虎，首尔大学是鹤，延世大学是鹰。他们的校园文化认同感远比国内强烈得多。延世意为走向世界，宣扬大学是创造历史的地方。仔细观察了延世的医院和附近的银行，感触很多，每个人都笑意盈盈的，似乎不是来看病，而是过

来休假。两校皆在山腰,超尘脱俗。中午请澍大喝一顿,心情特好。澍陪我离开居住的 YMCA,穿过汉江,来到仁川机场。梁园虽好,终非久恋之家。再会!

昆明:未曾远去的未央歌

一路重读《未央歌》飞来。云大学生陪着走过曲折的夜市,突然发现,昆明岂是边陲? 堪称东亚、东南亚、南亚三大世界的第一都会,它曾是华夏的文化中心,曾在民族最危险的时候铸造了中国学术的黄金时代!

西南联合大学旧址

和姜抮亚、赖正维等老师围桌而坐,见识了正宗过桥米线的阵仗和美味,打听了附近的书店。我问云大学生,读过《未央歌》吗? 皆云不知。我说,这是一部关于西南联大的经典小说,大陆学生在读《青春之歌》时,港台学生在读《未央歌》。云大学生说:您住的云大宾馆附近就是西南联大旧址,旁边有个清华书屋。独自走进夜色,摸索追寻,终于找到西南联大,这黑夜中的熹光。回到宾馆,读各种大牛俊彦论文至半夜,愧难入眠,所幸来此,方知自身差距。任何时刻勿有丝毫得意,因为有的是高明之人,比你聪明十倍的人,还比你用功百倍。若不知耻发愤,只能当土鳖了。

战斗的一天总算结束,受益匪浅。午饭时,与白永瑞先生同坐,我说:"我读过丁博士给您写的访谈。"

"你认识她?"白先生一脸白净,笑眯眯地问。

"啊,不是,她不认识我,可我是她的粉丝耶。"

晚饭后,换上轻快的跑鞋,独自享受昆明的秋夜,随心漫步在幽爽的街巷。漫林书店里一半是女文青爱读的小说,一半是西南各民族的人类学书。云南是少数民族最多的省份,可以想见,当年西南联大的年轻学子虽然跋涉万里苦不堪言,但也应欣幸自己掉入人类学活化石的天堂,认识他者,便是发现自己。街头巷尾到处都是恣酒的男女,歌声,笑声,把这座城市摇曳在红烛昏沉之中。路过陆军讲武堂,来到翠湖,微风从湖面拂过脸庞,众多翁郁不知名的大树遮蔽了夜空,使湖水变得更加神秘黑亮。独身凭栏,突然有种召唤神龙的感觉,它可能在湖心的梦中闪烁着眼睛。

昆明的雨,透着天南的清新幽凉,让人静了心。中午会议闭幕后,复旦同窗约我见面,请我吃了傣族大餐,聊起那时在上海的日子和人们。我说昨晚给人写明信片,说起学历史的人都念旧,念旧的人都有一副软心肠,也都会有好归宿吧,她抿嘴笑着。来到说文书屋,地方不大,却有不少旧书,很满意淘到了四本书。告别同窗后,在云大闲逛,满眼郁郁葱葱的嘉木,处处新生报到的青春气息,看到李埏先生的题匾。暮夜,在翠湖里慢悠悠地溜达,品味着难得的小时光。大片肥绿的荷叶铺在灯影荡漾的湖面上,林间回荡着藏歌、傣歌,抑或是哈尼歌、彝歌?我听不懂,但悠扬的旋律和多彩的舞姿确实让我这个客子沉醉。

"这么晚了,还能给我画像吗?"

大叔抬起头,眉眼含笑:"好啊!请你坐好,正视前方,保持微笑。"

我朝前方望去,湖畔的一棵大垂柳,粗绿的藤叶被晚风摩挲摇动着,似一条巨大的绿狗安闲地摇着尾巴。我凝神望着,不觉想起许多往事,街上匆匆而过的人们向我投来一抹前世的目光。

"画好啦!"

我站起身来,看了一眼画像,说:"师傅,您画的是我刚上大学的样子!"

师傅笑得意味深长:"是啊,因为刚才我只看到了你十年前的样子。"

乍见滇池,有些失望,因为对天天见海的我来说,似乎这个大湖没有心中想象的气派。但坐在湖边,慢慢开始品味到她的美,来自湖上旷怡温柔的轻风和湖畔丰茂绚丽的花树。吹得我异常舒服,竟然坐着发呆了整整一个下午,还倚坐在古老的大树下睡着了。离开滇池后,去见大学同窗,我说九年未见,很欣慰你一直没变,还是阳光下那个骄傲的流浪汉。他领着我在单位附近的官渡古镇溜达,吃了一顿特色饭,走过夜色花园,又买了一张大白纸,让我写字留念,我只好即兴写了首应制诗。多年过去了,有人变了,有人走了,很高兴你没有改变,没有被这莫名的世界改变,真的,我很高兴。再见。

北京:哒哒的燕行马蹄声

黄夜抵京,直奔朝阳使馆区。面签毕,赴北师会复旦同窗,顾氏夫妇邀至赣菜餐馆,鸡黍款之,温暖之气息,兄嫂一般。于附近盛世情书店逡巡良久,偶拾几册,亦是一喜。

是夜,秋雨急注,与珞珈密粟聚于滇菜云海肴。暌违五年,往事随想,飘荡无拘,难得内心平静之雨夜也。

翌晨转至丰台,探访红帅府上,转眼七载,皆云有变,鞍间短聊后匆匆赴驿。雨下如昨,窗外浓浓雾岚,仿佛绵绵思绪,秋风乍起,归车矢离。

威海:好一朵美丽的大明花

难得周末有暇,微曦驾车向着太阳出发,九十分钟后抵达山大威海分校。向刘畅老师讨得会议论文集一部,我对惊奇不已的禹老师说:听说您从韩国赶来,就过来找您聊聊天。载着禹老师和李俸珪老师来到城区一家咖啡馆闲聊,赠给禹老师一函三册的修订本《新五代史》,赠给李老师一篇新发表的韩语论文抽印本。聊了好多,受益匪浅,脑洞大开,激发了我好多新的想法,愈发体认到:若要研究朝鲜时代,必须深入理解宋代。确实,从 16 世纪开始,朝鲜士大夫已经开始瞧不上明朝儒学了,从政治实践和学术涵养上说,他们的理想模型是宋儒。我说,今天回家后要好好整理消化下今天谈到的几个问题。今年深受震动,开始意识到今后必须重视阅读韩日欧美学者的研究。李老师一再说起《宋明理学与政治文化》,问我对余英时怎么看,我说起前段时间研读《朱熹的历史世界》,获得一种醒悟:这就是我心向往之的学问。

请两位老师在一家鲁菜馆吃饭,不知怎么说起了辽大的满语,又说起沈阳的锡伯族,再说起乾隆平回之后迁移锡伯族至伊犁的往事,我说有位博士同窗就研究新疆锡伯族。两位问现在新疆锡伯族还有影响吗?我说,具体不了解,不过我知道中国有个有名的女演员就是伊犁锡伯族的。看了我在网上找到的照片,禹老师说:太漂亮了!李老师问叫啥名,我说:她叫佟丽娅,佟姓应是锡伯族和满族的常见姓,两族渊源甚深。继而李老师说他看过她的电视剧,他认为中国现代电视剧所体现的儒家观念比韩剧更丰富深刻,这让我颇为吃惊,忙问原因,听闻之后,还真如此,果然身在庐山而不知。我谈起在仁川读到的一段关于大明花的材料,结合金庸笔下的红花会说起朝鲜和清朝各自的遗民心态。

饭后,来到闻天楼会议厅门口,景仁文化社正在搞书展推销,禹老师挑了六本书,递给我,说:"今天非常高兴啊!竟然能见到你,你送给我三本,我就送给你六本。"我愣得无以言表。告别两位老师后,踏上回家的路。到家后,夕阳西下,晚上翻阅着书籍资料,望着窗外天心明月,想起朱子的词:"秋夜一天云月,此外尽悠悠。"

多美的一幅画,不正是理想照进现实么?

火奴鲁鲁:漂洋过海来看你

Day 1:刚出机场,正茫然四顾,听到一声 Aloha!Shultz 教授笑盈盈走过来。把行李暂存在 CKS 后,汗如雨下,赶紧换上夏装。晚上去麒麟吃中餐,刚就座,几位教授突突突抛来一连串问题,小慌之中赶紧接招。我说起夏大的成中英和安乐哲,左旁的 Shultz 教授问"你爱复旦吗?"

"爱呀!求学那么久,那里是我最焦虑、最用功的地方,它教会了我许多,因为痛苦,所以深爱。"我问起欧胡岛有孙中山活动的遗址吗,Shultz 点点头,问我怎知,我说中学历史课本上有,后来我又了解到他在这里读书五年,始知沧海之阔,西学之奇,还在此岛创建中国首个革命政党。Shultz 问大陆也重视逸仙吗?我说两党皆视其为先师。右旁的牛津 girl 向我说起她在星球上留下的足迹,简直 splendid resume。席散,虽近深夜,一个人在校园里信马由缰,左拐右折,不知走了多久,竟丝毫不转向。乐天云"新脱冬衣体乍轻",超乎想象的舒服不仅来自太平洋深处的暖风吹拂,还因浸润于周围如同茂林生长的爽朗青春,那片笑声,分明洋溢着不一样的大学深情。

Day2:早饭后参观 CKS 的两层资料室,大为震撼,忙着拍照。上午由早稻田的李成市教授发表古代日韩的木简,下午由早稻田和庆北大的两位博士发表各自研究,一是关于高丽朝的高僧碑,二是关于唐罗之战的稀见史料。每人发表后,讨论异常热烈,每人皆提问题。上午讨论一结束,CKS 在会议室外搭了两张桌子吃工作餐,饭后继续下午的讨论。所以下午讨论结束时,Shultz 长长吁了口气。午间,姜教授语重心长地对我说:"我们都听得出来你的英语好,也很会提问题,但这两天你一直说英语,如果你下次不说韩语,我们就不邀请你了。"听得我大惭不已。姜教授已是 85 岁高龄,他是 CKS 的 pioneer,眼看着 CKS 如此雅致的建筑是如何建造的。午饭后,Shultz 和我坐在凉亭台阶上,进一步说起李成市教授的报告,然后聊起各自的家庭,他给我看了四个可爱的孙子孙女,我说若用中文讲,叫多子多福,他问何意,我答"more kids, more fortunes",他笑着摇头"more headaches",我说"sweet burden"。

夏威夷大学一角

讨论结束后,Shultz 驱车载着我们沿着蜿蜒曲折的山路向檀香山山顶进发,给我们指了指路边奥巴马就读的中学。山上俨然一座原始森林,自成一个失乐园,忽晴忽雨,我说起美剧 LOST 就是在夏威夷所拍。身旁人问我最爱的美国电影是什么,我想到与狼共舞、天国王朝、异形。雨越下越大,狠狠敲打着车窗,我们又没伞,担心能否看到太平洋。但我深信很快就放晴,遂学着"五月花"号的口吻说"我们是世上的光,是山巅的城",Shultz 笑了起来。抵山巅,冒雨躲进亭台,果然一会儿就放晴了,更可幸天公作美,身后出现巨大彩虹,美得要命!远眺山下前方的Punchbowl 火山、Waikiki 海滩和珍珠港,过两天就是日军轰炸珍珠港 75 周年,很遗憾珍珠港封闭不能游览,但远眺其势亦有别致。归途中,Shultz 指着一种鸟对我说,这是从墨西哥飞来的一种鸟,要飞三天才到夏威夷。我问三天之内它们不吃不喝吗,他点点头。去新罗苑吃韩餐,路上他又指着一处教堂和公寓说:"这是奥巴马和他奶奶住的地方,他那时就沿着这条路去中学。"众人对酌山花开,一杯一杯复一杯。

饭后,六人乘着酒兴坐公交来到 Waikiki 海滩,湛蓝碧绿的太平洋如星夜般斑斓迷人,我们就在沙滩上的露天酒吧饮酒。海浪声声,椰林摇曳,听着一个肥胖的男歌者弹着吉他唱着一首首温婉的歌。感觉在梦中,梦里不知身是客。我对朋友们说,难道不是缘分吗?亚欧大陆最西端和最东端的几个人相聚在太平洋深处喝酒聊天。我对日本朋友说,终生难忘的夜晚,用贵国一所动画工作室的两部电影形容我此刻的心情,就是:侧耳倾听,听到涛声。

Day3:鸟鸣更幽,木气袭人。清晨在林肯大厅前踱步等伙伴,这条大道上的建筑是由美国政府所建,所以多以总统命名,像肯尼迪剧院啊,杰斐逊大楼啊。看到林肯,不由想起他说的"of the people, by the people, for the people"之"三民",据说对在夏威夷求学的逸仙影响甚深,催生了他的三民主义和五权宪法,难道……还没想完,车来了,载着我们来到 Waikiki 海滩。我们在海滩树下坐定,Shultz 说为我挑选了最好的海景座。天稍阴沉,但海风吹着头发,一边吃着本地早餐,一边望着前方的人们捕鱼啊,冲浪啊,派对啊,甚感惬意。回到 CKS,德成女大的郑枙根教授发表关于 GIS 对朝鲜地方史的意义,他苦心经营很多年,总算基本完成了此系统。我说 GIS 对文史研究的意义如同"爱因斯坦 - 罗森塔尔桥"一般,现在复旦史地所和哈佛包弼德也合作开发了更完善的中国历史地理信息系统(CHGIS)。

Shultz 真是个大好人,他特别关切我这个唯一中国人的状态。昨天我在一楼看到《坤舆全图》,观赏良久,复旦邹师看到我发的图片,让我询问此版地图之授受来历,上午我问 Shultz,他说今天抽空打电话问问,明天给我答案,我说不用着急,等我离开后,你有空写 email 就行,我知道你现在很忙,万事都要你操心。午饭时,他见我还在地图旁观看,就嚷嚷回办公室打电话,不一会儿就拿着一张彩印的资料给我,他像是 72 岁的老人吗?感动之余,我发自内心地说"You're one in a million!"粗粗翻译和分析了一下,发给邹师。下午三位发表,一是西江博士发表新罗官位制度,二是牛津博士发表关于中古时期鞨鞨的考古状况,最后是我发表辽宋夏金元时期的中韩关系。发表完毕后,师生们饶有兴致地挨个提问,我听取了一些改进建议,稍微惴惴之心终于放松下来,紧绷的神经一松弛,顿感疲倦发困。这两天学到很多,也感到自己与他们的不少差距,如多语言的运用、多学科的交叉等,感到欧美的文史研究越来越社科化、技术化、数字化、多语化,敬业又认真,讨论也自由而刺耳。回看国内,仍然充满天朝自大的得意,不细读原典,多依赖检索;不关注国外成果,只求尽快生产论文,遑论深思知意。学术若不堪,国运将奈何?算了,何必在此找骂。

走在茂密的热带绿林下,听着鸟儿在枝桠深处啼叫,"几处早莺争暖树,谁家新燕啄春泥"。不知为何,远离故国,曾经不以为然的诗词顿时变得鲜活而贴切。也许正因古代交通不便,舟车万里,山一程,水一程,风一更,雪一更的,浮云流水之间挥手自兹去便是天涯异域,故而有别样浓郁情思。

CKS 很用心,头晚吃中餐,次晚吃韩餐,今晚在柳寿司吃日餐,白天吃各种西餐。雨声淅沥,这家日本料理店虽然不大,却人头攒动,墙上贴满老主顾们的照片,老板娘虽然徐娘半老,却秀气高挑。喝了几杯酒,听着85岁的姜教授畅谈李承晚流亡终老夏威夷的故事,我渐渐有些困意,有些恍惚,觉得对面的伙伴越来越像光华楼上的段王,右边的教授越来越像仁川的老师,边上的日本男生越来越像一位福建的师妹。我低下头,仿佛有人从外面的雨夜中轻轻走到我的身后,在耳边说起王家卫的一句台词:"叶先生,人世间所有的相遇,都是久别重逢。"

夏威夷大学韩国研究中心

Day4：晨光中的汉密尔顿图书馆，被晴空映衬得格外美丽。任何人皆可随意出入，想起昨夜零点多的教学楼、宿舍楼和图书馆仍然通明，学生格外自由。这种差异可能是国内管理意识与美帝服务观念的差别，管者，官也，理者，治也，故国内规则是为了便于管理，从小到大，家庭、学校、社会、政府，最喜欢听话的孩子。走遍四层楼，藏书卷轴之丰令人咋舌，其中有关中国研究的书，令人震撼，完败国内不少大学图书馆。赞叹之余，不由忧思涌起。那么多学生去美国，有多少是去研究美国？国内那么多图书馆，有多少支撑研究美国的藏书？我们不了解别人，别人却很了解我们，若有一天与某国会猎，岂不是蒙着眼睛拼刺刀？一个夏大如此，诸多藤校呢？

在 CKS 吃早餐时，二楼的教室正上韩语课，才想起今天是周一。CKS 为了给我们多学科视角，今天特意请了三位学者演讲，一是从考古人类学角度分析东亚的人类迁徙，二是从亚洲研究角度阐释上世纪韩国电影与政治之间的关系，三是从社会学角度研究韩国的劳工阶级和民众运动，大家踊跃提问，受启良多。掌声响起，持续三天的 workshop 宣告结束，姜教授表达了对我们这五个小孩的期望。会后，他把我拉到跟前，说需要我完成一个 homework，话说后周有位神秘使臣出使高丽时因病滞留开京，后被国王挽留任职，极大促进高丽文化，但正史和学界语焉不详，他希望我有机会去他的家乡做番调查。听后，我也很好奇，同时也更加佩服姜教授虽耄耋之年却仍求知若渴的认真劲儿。姜教授和 Shultz 把我们和李成市夫妇送上导游的 MPV。我们花了五个小时把欧胡岛转了一圈，从教堂、海滩、密林、岬角、华埠、故居、市区、草地……

环岛游完后，来到阿拉莫那酒店，堪称夏威夷最奢华者，CKS 全体在职退休学者在 36 层顶楼宴请我们。此处可俯瞰整个欧胡岛，钢琴师在旁边弹着悠悠扬扬的曲子。继中餐、韩餐、日餐后，今晚吃美餐。Shultz 让我坐在对面，他向我介绍身边的妻子："Doctor Huang, this is my wife, her family name is also Huang. "我举杯致意，对 Shultz 夫人说，我们五百年前是一家，你们很般配，Shultz 是个大好人，他每天都会问我吃得怎么样，睡得怎么样，玩儿得怎么样，非常感谢他为我做的一切，衷心祝愿你们健康长寿。Shultz 说，下次一定把你夫人和孩子带来。

叮叮咚咚，大家碰杯，喝着、聊着、笑着，酒宴上英语的揶揄、玩笑、嘲弄、郑重、感奋，一下子都变得那么清晰贴切。我望着山巅的城和海中的夜，睡思昏沉，不知今夕何夕。

上海：娜拉与戈多

在珍珠港附近排云而上，飞行八千余公里，11 个小时后抵沪。沿着国权路走到经世书局，没想到改装得也和鹿鸣一样有韵味了，令人欣喜。漫步校园，朔风扫叶，并未吹起寒意。一年不见，哪些没了，哪些有了，哪些变了，虽是冬夜，却也看得分明。非洲街拐弯的草丘被铲平围了起来，这要干什么呢？宿舍楼旁的餐厅门口开了一家咖啡馆，早怎么不开呢？到体育馆看了半场篮球赛，走进旁边的教育超市，熟玉米和全麦面包的熟悉味道扑鼻而来。像往常一样，很自然顺手买了一瓶葡萄水，在门口的檀树下站着，望着二楼的阳台，好像他们一会儿就下来，或者他们一会儿就从后面拍拍我的肩膀，叫一声"小志"。想到这里，竟然呵呵笑出声来，这时瞥见旁边一只大猫向我抛来的冷眼，我开始慌张忐忑起来：是啊，娜拉走后会怎样？戈多会来吗？

复旦大学邯郸校区

与同窗段王、师兄张佳和葛老师匆匆话别，走出东门，准备去五角场，脑海一个声音响起：只有一天时间，去五角场瞎晃悠啥？说的也是，我停住脚步，回头走向东门，等红灯时，对着光华楼连拍，这时感到镜头中有个人影，不同寻常。我放下手机，看到一个姑娘骑车迎面而来，越来越清晰，我挥着手呼喊道"知恕！"多年不见，神奇的相遇让人有些慌乱和惊喜，她说："师兄，我本来不想走这条路的。"

中午邹师宴请，又见两位新同门，安安静静文文雅雅地坐在对面，如同七年前的我。下午赴虹口足球场与欣博士见面，虽然只聊了一个小时，具体内容也已忘记，德国与往事，计划与变化，但气氛颇仿普鲁斯特的午后时光。刚聊完，两个在此读研或开会的鲁大学生也正好赶来，于是一起乘公交赶往复旦。在大学路一家云南菜馆请永生、秋云、知恕、刘晓、志鑫吃饭。饭毕，学生与我拥别，我们又到对面的雕刻时光聊到深夜。如此惬意酣畅的冬夜，似乎彼此都是知己，秋云眉飞色舞，永生静默停云，知恕端坐浅笑。

"人经历一些事，回忆它，是要储藏起来，以便未来某一时刻能结合自身处境与之对话。"永生大概这样说着，令我赞不绝口。是的，"此情可待成追忆，只是当时已惘然"。多少事情，当时深陷，当时只道是寻常，多年以后，时光之外，才发现生命中的每一段经历，都具有重要的意义，然而这意义，却是后来在不断成长中慢慢体悟，细思心路脉络而赋予的。追忆往事，昨日重现，是因为新的希望与新的恐惧如影随形。三人把我送到校门口，我回头三次，见人也仍在回头。受不了这种电影情节，索性大步向前，把自己淹没在漫漫黑夜中，耳畔响起介甫的诗："草草杯盘供话语，昏昏灯火话平生。自怜湖海三年隔，又作尘沙万里行。"

香港：还好我没有放弃

"先生，对不起，您的签注有问题，不能登机，去不了香港。"

我的微笑霎时冰凝了，急赤白脸地反复询问，两位值机人员均表示无奈。

为之奈何？为之奈何？就这样回去吗？有何面目见江东父老？不行！我要冷静下来，一定还有解决的办法。

我放下行李，坐在蓬莱机场的角落里，深呼吸一口气，整理下思绪，在网上飞快查询相关办法，再致电深航服务热线询问。大脑飞转二十分钟后，确定解决方案，赶紧购买一个小时后飞往深圳的机票，同时在淘宝上订购一张深圳湾口岸的团签。抵达深圳宝安机场后，打车赶至深圳湾口岸领取团签，入关后，乘坐香港大巴，一个小时后到达沙田。学生慧洁带我吃完晚饭，来到浸会吴多泰公寓入住，已是星夜十一点。

次日上午，由浸会和清华主办的第四届中国研究青年学者论坛正式开始。下午演讲完毕后，得到范永聪老师颇多鼓励，受启良多，回答完毕后，他说：你也可多请教坐在你身后城大的林学忠老师。我回过头来，对林老师眨眼说：林老师，您还记得我吗？五年前我们在崇明岛，当时我和两个师妹陪着你们。他睁大双眼，一脸惊异，忙着拍额。第一天的紧张会议结束后，在晚宴上与林老师和新认识的诸多朋友畅聊，彼此发现纵然萍水相逢，却总会找到散落天涯各地的共同朋友，虽然相隔那么远，其实挨得这么近。晚饭后，三四人在山楼一体的校园里溜达。推开月下教堂门，一位姑娘独自在教堂里弹着圣乐。走进毕业典礼专用大厅，音乐系的毕业生正在演奏。轻轻落座，静静听了半小时的曲子，一天中最安静的时刻，克利斯朵夫在徜徉。素手弹出的钢琴，风掠竹叶，灵动活泼，让人置身在何处呢？闭上眼睛，是时光，是海洋，是梦乡，是飞扬。

香港中文大学山顶

　　沿着中文大学蜿蜒曲折的山路爬行，破晓深处，青翠林木和灰色水塔掩映着新亚书院和钱穆图书馆青白的石壁，阒静安适。问了几遍路，总算找到冯景禧楼。昨天偶然得知南开孙师在中大，遂逃会一见。没想到正在举行十六世纪朝鲜战争工作坊，孙师帮我引荐各位久闻的学者。聆听了一上午，也请教了问题，受益匪浅，似乎此次来港的真正收获不是在浸会的论坛，而是这个无心插柳的探访而带来的意外之喜。没想到郑洁西老师是个洒脱的80后，许南麟老师是晓艺在UBC的导师，更没想到几年后再次遇见曹、卜两位老师。在新亚蹭完午饭，瞻望着钱宾四和唐君毅的碑刻，远眺山下的明亮川流，光风雾月，照得人心渊澄取映。在中大的书店挑选了几本很想买的书，在沙田地铁与几位老师告别后，返回浸会论坛，正好赶上蒋竹山的款款演说。两天会议终于结束,在前往尖沙咀赴宴的大巴上,与两位澳洲同学聊得起劲,望着车窗外的华灯,我说:"孰人能远离历史呢?每个人的新年计划何尝不是在自己的人生史上做出的?我们都是宿命手掌中脆弱的孩子,无缘无故被卷入滚滚洪流,它裹挟冲荡着我们,只能在凝望背后的长长身影后,继续挤在人群中徒步前行,永远不能再回头。"

饭后,与新识的复旦系友淑铉在尖沙咀闹市一家咖啡馆聊着,说起成旭、知恕、惠源、秋云,为何走到哪儿都能遇到邯郸路上的那些人呢?地铁经过红磡时,我说:红磡经常有演唱会啊,张国荣、张学友他们以前常来。淑铉说:其实我喜欢黎明。我笑着,说:"他确实是最帅的,你知道他和张曼玉有部电影,讲的是大陆人来香港的故事,算起来,这部电影整整二十年了!"是啊,二十年! 从上学到现在,最美的年华匆匆逝去,如面前呼啸而过吹起额发的地铁。一辈子有多长?抵不过最好的时光。

冬至,从浸会搬到尖沙咀,几步路就到维多利亚港。看着维港的风景,心中有些话想对自己说一说。我们还是不要过于依赖世界为好,也不要互相感动彼此,好吧?怎么说呢,生活中的许多美景其实仍是琐事,日常中的很多零碎也是光之罅隙。城市再繁华,毕竟不是心灵的家,闲步走进最美的书店,多少能遇见美好的自己。"酒越喝越暖,水越喝越寒",那时间的灰烬(Ashes of Time),每次经过野火重温,仍能嗅到新的气息。其实大多数时候,喜欢自己是需要勇气的,不是么?城市之光,如星璀璨,雨下人散,空留一人撑伞临江独坐,就像一千多年前,那个人在岁末他乡:"邯郸驿里逢冬至,抱膝灯前影伴身。想得家中夜深坐,还应说着远行人。"呵呵,你又笑我了,我知道的,可是,与城市之光相比,"诗人是世界之光",毕竟。

夜深千帐灯。圣诞气氛越来越浓,尤其对香港而言,世界各地的人们拖家带口,流连此处,准备欢度圣诞和新年。早上慧洁特意带我到深水埗品尝一家著名的茶餐厅,果然名不虚传。饭后,来到旺角诸多旧书店开始一整天的淘书。在田园书屋,正翻着书,听到后面有人说到"金光耀老师",我扭头搭话,竟是章可老师,不禁感叹邯郸路到底有多长。适逢乐文书店台版书大减价,虽一忍再忍,还是入手几本紧要的研究用书。序言书店最舒适,就像一个小小的家,书多且精,猫儿在柜台与老板依偎着,偶尔几声喵喵叫,猫鸣店更幽。猫旁边有面涂鸦墙,贴满各地慕名而来的字迹,其中一张写着:

无论是对是错,甚至根本无谓对错。我羡慕甚至可以说嫉妒香港青年的天真与理想化,可以大声说出来并有机会被他人听到。但也希望港人能够清楚,生于大陆文化环境下的我们并不如你们想象的千篇一律、无聊无趣。大陆文化环境并没有关闭我们的思考,反而给了我更多的动机去探求 WHY。无论如何,愿香港永不失去这份自由。愿终有一天,我的故乡也不再关闭任何一份声音。(16. 12. 15, loveyourhabbit)

我挨个读完,竟也感动得写了句题壁附庸风雅一番。为了报答这个书店带给我的感动,我还是买了三本书。背着一大包书,汗流浃背,正准备回去,忽然想到诚品还有三本想买的书,遂再坐地铁购之。夕阳渐落,钟楼秀拔,坐在一个金刚塑像旁边,望着余晖照耀着香江,翻着如获至宝的卷册,真想一直这么坐下去,静静读,慢慢品。晚上,在九龙塘附近请慧洁吃饭,她从鲁大文院考入浸会文院,现已在港工作,感谢她这几天的关心和照顾。善良努力的人,终归会有美好归宿。从来没有一年像今年这样,让我在圣诞和新年前夕如此真诚祈祷:好人一生平安~

广州:饮茶粤海未能忘

美丽的中山大学,庭木交翠,紫荆蔽空,虽是隆冬,但南国学府碧草连天,花香沁人。漫步康乐园,走进陈寅恪故居,脚步轻轻,生怕打扰历史深处的肃穆和先贤目光中的宁静。永芳楼前的十八铜人阵,煞有介事地围拱成近代革命的全神堂。出门一笑大江横,珠江浩荡,吞波岭南,泼成一幅波澜壮丽的岁月狂狷图。栏杆拍遍,登临望远,我忍不住歆羡对博士同窗说:"阿柯,好羡慕你! 来到中大,我突然不再对武大之美那么情有独钟了。"柯教授笑笑,请我在紫荆园饕餮一番。

中山大学校园

傍晚赶到番禺,大学好友韩璐提着蛋糕在门口等着,我问:你还专门买了蛋糕? 韩璐笑着说:"太巧了,好久不见,没想到能在广州见到你,而且今天还是我生日! 他在家做着饭呢,一起在家吃吧!"温馨的一顿家常饭,让漂泊在外的人想念家人。回到中大,去阿柯家小坐喝茶,依依不舍与阿柯告别,我对阿柯说:"保重身体,咱不比学问,比长寿吧。"想起一位在附近珠江医院值夜班的初中同学淑爱,深夜赶往医院造访,十五年不见了,竟然一眼就在新生儿科认出来,虽只聊了二十分钟,却照亮了记忆深处清苦的故乡少年。

特意从香港经深圳来到广州,探望了博士、大学、初中同学,三位同学分别代表了不同的求学阶段,让我在三十岁前夕回首已经走过的足迹,掀开尘封的往事,想想今后的路应该怎么走。很欣慰看到我的三位同学都过上了安定的生活,也都有了孩子,都在默默勤奋地努力着。他们眉开眼笑,跟我开着各种玩笑,我望着他们,像个小男孩一样,羞涩腼腆、心满意足地离开了。

深圳:昨天,这儿是一座村庄

从深圳火车站乘坐机场 2 号线,穿越市区,直奔机场。大巴在摩天大楼丛林中穿行,窗外微雨延伸着望不到边的城市。这座容纳近两千万人口的超大城市,像它创造的众多智能产品,无时无刻不在自动升级,不久有望超越上海,甚至成为亚欧中心。倏然间,我的思绪回到二十年前的小学课堂。老师教我们大声念着课文:

> 昨天,这儿是一座村庄,
> 生活,多少年来一个模样。
> 贫穷落后困扰着人们,
> 现代文明是那样遥远、渺茫。
> ……
> 啊,只不过短短的几年时光,
> 变化超出了人们的想象。
> 祖国边陲的这座村庄,
> 奇迹般地改变了自己的模样。

当时我看着课本中仿佛外星城市的插图,问老师这是什么地方? 老师说是深圳。深圳？这个城市离我太过遥远，我不理解课文中啥叫外企啥叫喷泉，我只觉它的昨天跟我们一样，贴近日常，令人舒畅：

> 晨曦中阿爸在田间劳作，
> 烟雾里阿妈煮饭在灶旁，
> 小孩子在稻草堆里打滚，
> 姑娘从溪边挑回一担担摇晃晃的夕阳。

在车上又想起这篇课文，忽然一阵怅惘。是啊，昨天，这儿是一座村庄，我们走得太快，把灵魂扔在地上，它像一个赤子婴儿，看着我们急匆匆的背影，害怕得哭喊惊慌。我们遗忘了什么？是田园故乡，是生活真相，还是当初理想？

在这个团聚的平安夜，如果你们看到天空中的机翼滑翔，那就是我，是我在回乡的云空中祈下的愿望：天道酬诚，阖府安康。

烟台：小径分叉的花园

小径分叉的花园，博尔赫斯讲过的一个故事，迷宫般虚幻的意味，令我着迷。在这个花园里，时间作为谜底被隐去，但故事的起伏，不断随时间而改变，人生的足迹，也时刻被偶然小事所左右。"时间有无数系列，背离的、汇合的和平行的时间织成一张不断增长、错综复杂的网。由互相靠拢、分歧、交错或者永远不干扰的时间织成的网络包含了所有的可能性。在大部分的时间里，我们并不存在；在某些时间，有你而没有我；在另一些时间，有我而没有你；再有一些时间，你我都存在……因为时间永远分岔，通向无数的将来"。

若假设一个提问：十年之后你身在何方？二十年之后你又是哪种模样？很难回答吧，或许人生奇妙之处就在于，人难以自行决定自己的轨迹，被世界冲得四处漂流，但若心怀敬意，运气应该不会太差。某些事情是好是坏，当时难以觉察，但若懂得体悟，很可能就会开启新的契机。因为你的故事你做主，运用之妙，存乎一心。

我不知道冥冥中因何机缘来到烟台，也许是偶然一个回眸，无意中的一丝念想，便决定后面的剧情。在烟台的日暮进入第四个年头时，心中多了几份沉甸甸的牵挂。想起抱着儿郎在午后的床上睡觉，我凝望着他的脸庞，熟睡中的他微微睁开如水的双眼，羞涩地轻轻叫声"爸爸"，然后合眼继续呼呼大睡。孩子真正属于自己的时间能有几年呢？陪伴他静静幸福地成长，应是最知足的事情。想起去年和此时在医院陪伴父母的日夜，二老皆接受了肿瘤手术，他们早年操劳太多，我痛惜心疼他们，仿佛父母已成为自己的孩子。想起去年给研究生开设的两门课程，好像重拾本科专业，我没有讲太多，把课堂办成了读书交流会，与他们一起认真研读了教育史文献和国外教育学名著，教学相长，充实不少。我还想起和学生们的四年之约。四年前初到鲁大时，作为班主任，我对一张张稚嫩的脸说：我和大家一样，都是一个新生，所以，在这四年中，我和大家一起成长，一起努力，看看四年之后，我们都有谁获得更多的成长！为了启蒙，我真心付出了心血，不求尽善尽美，但求尽心尽力。现在，不到半年，我就要送走他们了，心里多了些忧愁的不舍和兴奋的期待。

我相信，遇到的所有人，经历的所有事，都只是为了遇见更好的自己。所以，就这样吧，想着想着，走着走着，我们老了，云也淡了，风也轻了。

（2017 - 01 - 12）

致敬十年

说起上大学时吃过的一家餐馆,就是北门对面的那个。

"那个餐馆,我知道,以前去过一次,"她说。

"是吗,啥时候呢?"我饶有兴致地问。

"不太记得了,好像是大一寒假前吧,哦,应该是腊八,有点印象了。"

"哦,你大一寒假? 那应该是 07 年 1 月份喽,"我推算道,"算起来,那时候我刚刚考完研,嗯,当时我……你刚才说的是腊八?"

"嗯,怎么了?"

"我好像也是腊八去那里吃饭了!"我眼前一亮。

"啊? 不会吧!"她惊异起来。

"让我想想哈,"我努力扫描脑海中的记忆数据,穿越十年中的茫茫人海,试图重温十年前那天那里的气氛和场景。往事像瀑布倾泻而出,一幅画面突然静止了,"我想想,那天很冷,餐馆里人很多。"

"废话!"她笑了起来。

"还没说完呢。那天很冷,风大雪大,积雪很深,餐馆里人很多,显得暖烘烘的,老板娘很瘦,但风姿绰约。我一边吃着,一边心事重重,想着刚刚完毕的考研。我环顾四周,似乎他们也都在谈着考研,谈着回家过年,一种前途未卜的样子。"我看着凝神聆听的她,继续回忆,"是啊,当时就是那样,刚刚考完,就焦灼等待,不知何去何从……这时,我看见了一位同学,就坐在另外一个角落,我自认为我们关系很好。我举手打了个招呼,同学脸一红,好像也在跟别人吃饭,那人背对着我,我看不见……"

"你那同学叫什么名字?"她很认真地吃惊问。我说后,她缓缓说道:"那人就是我。"她轻轻抚摸着酣睡中的儿子,"嗨,当时咱俩还不认识呢,就算看到我了,又能怎样呢?"

"这可说不准哦。不过,若改变过去的一个细节,未来很可能又是另一番模样。所以,还好我没有好奇心,没有惊扰岁月,从相同的城市和大学出发,再走两个城市,到了上海后,终于看到了你。"我眼角温热,"其实你可能不知道,那个时候,我马上就二十岁了,心里很苦闷,头发乱糟糟的,脸也黢黑,身体瘦削,精神也很差,每天都感觉恍恍惚惚地在学校晃悠。不知道明天会有什么,只能卑微地一点一点尽量努力,但总是会想,如果连这一点卑微的努力都不被老天看在眼里呢?"

"嗯,当时我考研前后也有类似感觉。好快呀,都十年了。"她望着窗外的午夜月色,"想一想,当时都不知道会来到这里。记得咱们第一年来开发区,租了个小房间,在阳台上支了个锅,你傍晚回来时,我总是在阳台上炖白菜粉条,你每次都把我吓一大跳。那时,咱俩刚工作,很累,半年之内都打过吊瓶,每天晚上都备课到很晚。"

"你一说,我都有点小怀念呢。"我有些出神,"有些接受不了,一说起97年,就想起左邻右舍的人在奶奶家看电视上香港回归的那个上午,一个叔叔说,看,英国王子光挠鼻子。但转眼间,二十年都过去了。现在一说起07年,感觉没几年,但这可是整整十年啊!残酷吧?不到一个月,我就他妈三十了!真要命啊!又快过年了,我得好好温故一下,反思下这十年。"

"你的年底总结,整得都特别严肃,跟思想汇报似的,"她白了一眼。

"没办法,从高中开始就养成这个习惯了。一年又一年的,总归是自己的一年,一辈子能有多少个一年呢?所以更要珍惜,庄严对待,更要有仪式感,才对得起来世上一遭,我感觉。学历史的,你得习惯。"

"好吧,现在有啥感慨?说来听听,"她打了个哈欠。

"主要是致敬以往的十年,回头看看十年来的心路和许诺,还要致敬即将到来的三十而立,像过去的每年一样,我仍然深信2017同样意义重大。过去的这年是重新发现自己的一年,重新发现自己的各种毛病,各种缺点,所以才需要重新改变自己,又到了告别昨天的时候了。孩子每天都在看着我,若不好好改变,觉得对不起他,对不起自己。我不知道还能不能改变自己,但我也知道自己确实有一些沉重的问题,有时也恶心自己,经常想对自己大吼几遍,但还是要说服自己,让自己坚持,努力克制。克制自己的懒惰,勤奋明快起来。克制自己的拖拖拉拉,果断敏捷起来。克制自己的情绪,让自己多多接受别人的批评,不要一听就上脸或不悦。克制自己的慢性子,唉,越来越痛恨这个。还有各种吧,怎么越说越觉得自己越来越恶心了呢?总之,做好自己吧,但是,必须改变,必须勤奋,必须提早做计划,必须果断做起来,时时用心,刻刻用功。"

"唉,又变成思想汇报了,"她困意缱绻,继而正色道:"其实,我只希望一点,为了我们,保养好身体,为健康做长远打算。"

"对!这才是致敬三十岁的真正意义,需要时时用心、刻刻用功的长远计划。谢谢,幸亏有你。"

（2017 – 01 – 22）

　　如此江湖,飞扬和落寞,伴随着时光起伏。喜欢王家卫在《东邪西毒》勾勒的江湖,人的孤冷如那片黄沙,而桃花岛之绚烂,白驼山之爱恋,如同岁月所作的一个苍凉而美丽的手势,只回荡在记忆之中了。杀入江湖十几年,一直认为自己凌厉非常,"脱身白刃中,杀人红尘里",然而,猛然之间看到一枝桃花,才发现自己的心灵柔软无比,受不得伤害,这时自己才觉得,似乎在天涯路上走得太远太远了。但是没有办法,家园之梦只能影影绰绰地出现在出神和哀伤之中,天涯剑客,不愿回头,似乎注定要流淌一个流浪而坚守的灵魂。

——《天涯与家园》（2008 – 01 – 19）

　　转眼驶进2009,往岁之时,朋友念叨"时光已逝,惟我独留",而今又平添几多感慨。记得2008年的寒假,坐一列超烂的火车回家,一路竟无热水且晚点5个多小时,把我扔在寒风凛冽近乎半夜的济南,喝了几碗羊汤后便在一家客栈沉沉睡下。翌日清晨,听到王菲、那英所唱《相约九八》,不禁唏嘘泪流。十年,天呐!十年前,我尚在小学享受打滚和纯真,十年后,生命中的一些人长大了,走远了,头白了,离开了……戊子之秋,复旦之行让我羞愧难当,从光华楼中落荒而逃,下楼后使劲给自己一个耳光,围着校园漫步几圈,心潮起伏,可恨自己读书不精,坐井观天还自鸣得意……读书所为者何?我只愿说读书乃生活,读书当周流万物,快意游天下。康德言,有崇高,有壮美,如此之美好生活令人心向往之!常对友人说,来日挣钱为买书,"忘怀得失,以此自终"。

——《献岁发,吾将行》（2009 – 01 – 16）

　　我不断让自己相信这副铠甲终会化为翅膀的羽毛,短暂之苦痛终会变为恒久之欢乐,待到那时,心灵飞升至湛蓝云端,"草枯鹰眼疾,雪尽马蹄轻",灵魂何其澄澈,刀剑何其酣畅。被卷入生活的漩涡后,我越来越相信心灵灯塔对生命和世界的神光烛照,也更相信读书对心灵的滋润,它使这座灯塔更高更明,照亮未知的海面和天空。现在做一番回忆和畅想,不禁粲然而笑,年少之时,需要持久的轻狂和勤奋,勇敢追求色彩斑斓、绚烂明亮、温情雅洁的美好生活。

——《唱着情歌回家》(2010-01-22)

如今,2011 像一个绿色的巨人微笑着站在近前,我抬头仰视着他,正如对镜凝望自己的眼睛一般。不仅仅因为它是我的本命年,更因为我强烈地预感到我会更加接近心中的梦想,它就像远方的灯塔一样,我只需迈步前行,没有什么能够阻挡,路上只有欢欣的战斗,我注定会到达那里。2011 是一条梦想之路,在这条路上我期待着永恒的远行……我期盼着这条梦想之路能带给我更多的成长和雄心。2011 是一棵梦想之树,我眼见着这棵大树逐渐根深叶茂……夜深人静和匆匆忙碌之时,窃己体察,常感心灵逐渐丰盈而又轻盈,不禁庆幸自己总能不断发现震撼和滋润心灵的好书,渐渐摆脱狭隘和习气,更加雄健,日益明快。同时我又不禁庆幸自己总能及时地调整,笃行前进,不让内心放任自流。我同样期盼着这棵梦想之树,越长越大,越长越高,扎根大地,勇猛精进,顶着风雪,穿透云霄。

——《2011,梦想!》(2011-02-01)

近来我反复梦见博士毕业后又重新高考进入北大哲学系重过大学时光,又梦见自己跑到北美读天文学,整天背着望远镜在世界各地观测星空,撰写报告。但即将二十五岁的我,第一次对自己的年龄感到惶恐,我渴望在博士论文完成后在理想的指引下赶紧工作。虽然我也知道这绝不轻松也绝非理想中的那么美好,但我相信,人生就是毫无休止的战斗,更大的成长和锤炼还是在工作之后。此刻,结束了对本命年的总结后,我不禁感叹人越往前走,时间越快,美好也越来越无常。虽然 2011 年留下了不少遗憾,但我仍对 2012 心存巨大的期待。正如史怀哲所说:"我们应该达到的成熟,是不断地磨砺自己,使自己变得日益质朴,日益真诚,日益纯洁,日益平和,日益温柔,日益善良富于同情感……通过这种方式,青年理想主义之铁将被锻炼成不会失落的生命理想主义之钢……伟大的自觉在于,结束失望。伟大的奥秘在于,作为充满活力的人度过一生。纯洁自己的人,什么也夺不走他的理想主义。"

——《2011 的梦想和 2012 的理想》(2012-01-10)

曾经多少次梦到我写完博士论文的此时此刻,原本以为现在会感到巨大的激动和欢喜,2012年初曾许下的三大理想,经过一年奋战,现在皆已实现。原本以为我会照例在一年结束的时候书写我的苦难和骄傲,然而,此刻我却满心的平静和伤感,热滚滚的泪水止不住地往下流……如同一个求法人跋山涉水、满脸风沙、满身疲惫地坐在终点的石头上,回望来时的云天和山水。想起约翰·克利斯朵夫死亡时候的梦境,他梦到奋力挣扎游过一条湍急的河流,看到一个婴儿在河中漂流着,他抓住婴儿努力向岸边游去,到了岸上,克利斯朵夫问:"孩子,你真重啊!你是谁啊?"孩子说:"我是你新生的未来。"

——《写完了》(2013 - 02 - 02)

2013年就这么过去了,我是如此怀念它,因为它是一个转折之年,正是在这一年里,我告别了整整二十年的学生时代,经历择业和就业,正式投入到自己的志业中。虽说下半年的工作疲于奔命,然经过一番调适,终于缓解了这一局势,此后可专心读书教书。回首过去二十年的学生时代,读书和成长已升腾为一种信念浸润到我的生命中:必须不断经历痛苦的成长和深刻的超越,方可使心灵沉静如海,飞龙在天。我笃信生命中的每一个阶段都是一场艰苦的战斗,在无尽的战斗中,只有一个敌人,那便是自己,相由心生,万事皆是心灵的无为与有为。只有屏气凝神、枕戈荷戟,方可战胜自我,雄昂投入下一场战斗中。

——《又望北斗星》(2014 - 01 - 27)

听歌的时候,总有种昨日重现的感觉,喝酒的时候,总有种时光凝固的状态。但这些都是令人忧伤的错觉,时间汹涌不止,只是因为我们不想改变,不想离开,迷于习惯,安于现在。但这怎么能行呢?即将逝去的这年让自己体悟良多,或许是因为自己已经步入家庭,已经不是一个人在战斗,或许是因为自己马上迎来孩子,再也不是为一个人而战斗,也或许是因为不敢相信自己越来越接近而立之年,心中的惶惑也越来越多。

——《想起一个晴天》(2015 - 02 - 16)

电视广告中,一群年轻人争相自豪地喊着:我二十三岁!很羡慕他们,因为岁月不居,我只能在记忆深处搜寻当年二十三岁的光和影,年轻人不会一直年轻下去。如今我也像父亲一样成为一个父亲,也会像他目送我一样,目送着自己的孩子学会走路,学会成长,学会跌倒之后的毅然勇往,学会在喜欢的美好事情上独立自主追寻心灵的成长。历史的意义都是在关键的转折点上通过自我努力而赋予的，当然，你需要真正确信这是一个关键之年。所以，2016 年无疑具有人生史上的重大意义，我应在迈入三十而立之前的最后一年中尽心尽力，把每一天都当作一场庄严的仪式，把每一天都视为一场神圣的战斗，平心静气，坚持到底。

——《你努力得还远远不够》(2016 - 02 - 07)

若假设一个提问：十年之后你身在何方？二十年之后你又是哪种模样？很难回答吧，或许人生奇妙之处就在于，人难以自行决定自己的轨迹，被世界冲得四处漂流，但若心怀敬意，运气应该不会太差，某些事情是好是坏，当时难以觉察，但若懂得体悟，很可能就会开启新的契机。因为你的故事你做主，运用之妙，存乎一心。我不知道冥冥中因何机缘来到烟台，也许是偶然一个回眸，无意中的一丝念想，便决定后面的剧情。在烟台的日晷进入第四个年头时，心中多了几份沉甸甸的牵挂……我相信，遇到的所有人，经历的所有事，都只是为了遇见更好的自己。所以，就这样吧，想着想着，走着走着，我们老了，云也淡了，风也轻了。

——《二十二城记》(2017 - 01 - 12)

六十本书

各位同学：

这是最后一次给大家推荐书目了，敲下这句话，我竟有些不甘、不舍。

回想四年前，我们第一次见面时，你们还是青涩稚嫩的少男少女，我也是初执教鞭的大学教师。当时我承诺，每学期都会向大家推荐一批好书，让大家开阔视野、开启惊奇、启蒙真知、滋润心灵。当时我也说过，四年之后，当你们毕业时，大多都会流眼泪的，区别在于，你们是笑着流眼泪离开这个大学，对自己四年的付出而无怨无悔，还是哭着流眼泪离开这个大学，对自己四年的虚度而悔恨羞耻。所以当时咱们第一次见面，我告诉大家，一定要有历史精神，今天你们刚刚踏进大学，就要多想想四年之后是何种模样。

"昔日戏言身后事，今朝都到眼前来"。如今，还有三四个月，你们就毕业了。如今，时间不增不减，只有这么多了，考研的考完了，考教师、公务员、事业编，实习、应聘也已结束或开始了。也就是说，推荐完这次书目，我能帮助大家的基本也就止于此了。

从第一本书《修养》开始，我已为大家推荐了 54 本书，今天最后推荐 6 本，算起来，作为班主任，我为诸位推荐了整整 60 本书。其中你们每人各读了多少，我不得而知，但我很清楚，相当一部分同学是无动于衷的，甚至根本不理解为何要读这些书。就像我曾在许多学院的课堂上教公共课，言者谆谆，听者藐藐，是最正常不过的事情。我没有任何理由说服每一个人：读吧，读了你们肯定有收获的。我深信并暗暗设想，学生中若有那么几个人能因为我推荐的一本书，为自己心有所得而喜悦，为自己睁开眼睛而振奋，那我所有的努力，一点也没有白白浪费，完全可以告慰我心。若他（她）能用心体会，通过一本好书，激起对同一作者、同一时代、同一话题、同一类型的其他更多书籍的兴趣，并且能自主甄别、邀游书海的话，那他（她）已完成了自我教育。更何况，或许未来某一天，有人突然想起，黄老师曾为我们推荐过 60 本书,何不抱着试试看的态度读几本。于我而言,也算是一种宽慰了。

说句心里话,作为一所师范院校的普通老师,我一直深深坚信:我所教的学生,至少五成会成为幼中小学老师,有十成会成为父母,他们对待自己和世界的态度,将影响千万个儿童的未来。扪心自问,为了这千万个儿童,我能做些什么?我能尽心尽力做的就是两件事:做好自己,为学生们树立好的榜样;教好他们,让他们热爱读书,热爱生活,热爱世界。如果你们懂得这份寄托,不仅会成就自己,也会成就自己的孩子和别人的孩子。就像一盏灯,点亮了另外几盏灯,那么这几盏灯又会点亮更多的灯,如此代代传灯,最终会变成万家灯火,满天繁星。

我不敢说,我推荐的每本书,你们都喜欢,物不齐,自然之理。但坦率言之,每次推荐,我都在纸上不断删改,最后拿出适合大家、对得起人文二字的书目。跟你们每个人聊天时,我常说,不要怕不喜欢,你对一个东西不感兴趣,多是因为你不了解它。多读一本好书,了解一种智慧,只会对自己有利。这个"有利",并非世俗所言之"有用",纯粹是"为己"之学。前辈学者批评现在的学生多是"精致的利己主义者",我曾在班会上提倡大家做"朴实的为己主义者"。何为"为己"?去读《论语》吧。

四年来,与大家相处,我自信对大家有一定的观察和了解,但直到今天,我仍然没有放弃任何一位同学,我仍然坚信你们脚下的路才刚刚开始。用心用功,天道酬诚,仍然是我送给大家的忠告,祝福每位同学圆满完成学业,踏上理想的人生之路。

班主任:黄修志

2017 年 2 月 12 日

你若梧桐

春夜渐深,是地球这颗宇宙微尘的巨大背影,把城市和海洋淹没了。窗外,是刚刚熬过严冬再次吐绿的花树,正在这个背影里安然地睡着。我打了个哈欠,合上书册,正要关掉电脑去休息,隐隐有一件心事开始萦绕心头。好像,好像最近总是少了点什么……是什么呢,我闭目冥想,大脑疲惫空荡,无从想起。刚一起身,一个念头雷鸣电闪般降临。我赶紧登上人人网,点开他的主页。看到主页上端的一条消息,我的眼泪夺眶而出,整个身体像是被卷入一个巨大的漩涡,又如进入外太空失重眩晕一般。言芹问我怎么了,我说:梅青去世了! 我把她紧紧搂在怀里,泪水还是止不住地往下流。当晚,我辗转难眠,脑海中闪烁着一团明灭不定的火光,如即将燃尽的青春,照亮一段绿树遮掩、白花缠绕的岁月。

相　逢

时光要追溯到 2006 年,我刚大三,申请到聊大一个勤工助学岗,住在 11 号教学楼 6 楼的一间小办公室中,看守旁边教科院的几间大教室,我把这间小办公室命名为"松雨轩"。一个阳光如瀑的上午,我走出松雨轩,在长长的走廊上踱步,远远望见一个清瘦秀雅的男生从走廊的尽头走来,简约素净的穿着令人清爽,明朗的微笑略带稚气,我忍不住多看了一眼,随即将目光移向窗外。

就在擦肩而过之时,他突然叫住了我:"同学,能不能帮我个忙?"他说,他最近正练气功,想知道自己的气息如何,但一个人无法感知自己的气,必须找他人作为参照。我甚感惊异,跟他走进一个名为"商学院学生会"的房间,房间倒也整齐,只是一桌子满眼溪山的水墨书画惹起了我的极大兴趣,我眼前一亮:"这些都是你写的画的?"他腼腆地点了点头。测完气息后,我邀他来到松雨轩,他静静打量着这个房间,翻阅着我的书籍,我问他:"还没有问你,你叫什么名字?"他拿起钢笔,在纸上写了两个雅秀的字,"梅青"。

我说:"青梅煮酒论英雄啊,你写的字真好,毛笔字和硬笔字都很有风格。"

他淡淡地笑了,问:"知道我为什么想认识你吗?"

我摇摇头。

"你从对面远远向我走来,我就望见了你的气,发现你有一种与众不同的气,我会望气呢。"他略有得意地说,似乎又觉察到我的笑意,怕我不相信,继续说:"每一个人身上都有气,言谈举止之间,走路、站立、手势、谈吐、呼吸,莫不有气,身正则气正,身不正则不畅不匀。尤其是说话时的声调、音色和呼吸,尤其能表现心性经过磨砺或自我克制后的气,一个人的内心修为与气息的自然深厚相契合。古人就特别注重品人。"他停顿了一下,笑着说:"而且,我发现,你说话时,嘴角往右上角上扬,也能反映出一些气息和解剖学、神经学上的一些形态。"

我哈哈大笑:"你可真会说,我那可不叫嘴角上扬,那是嘴歪了,很小时整天靠一侧睡,小孩头骨软,所以直接把腮骨睡歪了。"他也哈哈大笑起来。

我和梅青就在朗声大笑的大学中认识了。自此之后,每次见面我们总会在松雨轩聊很久,聊各种东西,聊天的感觉如同窗外明朗的天气一般清透,氤氲着草木香气。他跟我聊得最多的是中医和解剖学,他说,中医最讲究的是气,气为血之帅,气虚则血虚,气血充盈方可身心健泰,所以一定要掌握驾驭住自己的气。我当然知道他所讲的是中医上的气,但等我跟他混熟之后,我才发现他一身的才气与灵气。大学是我读《红楼梦》的年代,心灵被滋润而又被撕扯,许多光阴都消耗在茶闲烟绿而棋罢指凉的闲愁中。有人曾告诉我:薛蘅芜满身才气,可学但并不可爱,而林潇湘满身灵气,乃天然之气。是的,我也渐渐悟到,薛蘅芜如子美,赋到沧桑句便工,林潇湘如太白,黄河之水天上来。在当时的轻狂岁月中,我认为梅青兼具两气,他是人间诗人,红尘赤子,一身诗意,万丈灵气。我惊讶地发现,梅青不仅在性灵方面有着超然质朴的认识,在书画、箫笛、琴筝、埙、二胡、篆刻、围棋、太极、推拿、剑术等方面也兴致勃勃且造诣颇高。

在书画方面,梅青自童年时就有所浸润,他说自己对书法的热情并非日久生情,而是发自内心原始而朦胧却是最强烈的激动。对农村孩子来说,能亲近书法的机会并不多,小时候每逢赶集,他就会到书摊寻找一些字帖,用毛笔在石上蘸水苦练。书画相通,他渐渐对绘画也着迷起来,幼时曾拿着厨房锅底燃烧未尽的烧火棍在白墙上画花鸟,画青龙,至今仍保留在家中的墙上。中学时,梅青已成为梅集村知名的小书法家,村中有一位德高望重的孙老人看到梅青的毛笔字后,特意主动与他结为忘年之交,梅青曾回忆说这位孙老人"在我初尝书法的美妙滋味之时,恰如其分地闯进了我的精神世界,又春风化雨般把我的一时兴起引为一生所好"。二十年寒暑,梅青在黑白墨纸的笔势和笔锋中追寻着自己的成长和气息,所以,梅青认为自己与书法的缘分是"书心相合,相知相依,如携手白发,无多言语,相顾两不厌,不弃不离,平淡如水,耐品恰似菜根"。他曾用一段充满柔情的话表达他对书法的爱恋:

> 起初,我看你,你像云,很远,我心里每每都是爱慕和眷恋;后来,我们很近很近,你像成林的峰峦,我攀爬你的每一个高度,纠结在一起,总看不到你的全貌,让我喜欢得很尴尬,也很怀疑;再后来,我已不去寻你,因为你已是无处不在,远在天涯,近在我心。

在音乐方面,梅青精通许多乐器。我是一个特别羡慕敬佩会吹拉弹唱的人,总觉得会乐器的人,心中应有一个无法用文字来表达的世界。所以每次遇到梅青,我总会邀他吹奏一曲,我在一旁静静地聆听。他在东校住宿,常在宿舍附近的卧龙广场吹奏,引来很多听众,许多人拜他为师学习箫笛和太极。学生多得让梅青叫苦,只好立一些可爱的规矩去面试他们,甚至学校附近的琴行老板都拉拢他做店里的笛子师傅,但梅青从未以师傅自居,他常说当师傅其实就是当学生。梅青在2010年马上要毕业时,不无自豪地感慨:"我要毕业了,但我留了三百多个学生在聊大。"梅青说自己喜欢"撞笛",就是每次去逛琴行时,去结识一些精良的乐器和知音者,撞笛就是撞人,也是撞见了自己。如果说梅青在诸多乐器中对哪些钟情偏爱的话,那就是筝、琴、笛、箫,他曾撰文品味自己对四者的心得:

> 筝者,妙龄淑女,端庄秀气,朝气满满,音如玉石,空静灵动,如工笔画,细致美妙。

> 古琴,如沧桑老者,静而洒脱,深而悠远,声散而松透,音慢而古朴,音拙简却透心像泼墨写意,寥寥几笔,形散神现。就连外形,同是弦木,筝,二十几弦和柱,身材修长曼妙,古琴却经历风霜,落尽铅华,散去杂物,仅为七弦。

> 笛子是年轻少年,高亢活泼,自由多变,横吹尽吐霸气,悲欢快慢,大起大落,气势如龙,变化万千,自由掉阖。

> 箫者,却如古琴,一老者风范,不争而为,古拙朴素,一音悠悠,却诉尽衷肠。无有多言,更胜繁复,质简而游,更是一番自在超脱,洞看世间,悠然自得。

怀着对性灵的无限探索和对生命的无尽追问，梅青"诚于中，形于外"，将各种爱好都品哂到高度。夜幕低垂，风清月白之时，东校卧龙广场水流如注，灯如繁星，宛若置身银河之中，成了梅青挥洒心灵和才华的天地。他在灯下读书思索，池边吹笛弄箫，提剑如风，长穗飘飘，舞完天罡剑和太极剑，打一套行云流水的太极拳，拎着大椽毛笔，蘸着池水，画地为纸。在广场上，他以才会友，认识了不少朋友，如练习拳剑的吕占山师傅和传振、音乐系的安峰和柱超、书法系的几位师哥、痴迷洞箫的傅雪晴等等。

衣带猎猎的梅青，用古人的话，"吟咏之间，吐纳珠玉之声，眉睫之前，卷舒风云之色"。在旁人看来，梅青宛如仙人一般，但在我看来，梅青无论在做什么，他的面容是沉静的，眼睛是澄澈的，脚步是从容的，生命是充盈的，但灵魂却是不安的，这种不安源自上下求索，源自取法乎上。与梅青那么多次交谈，梅青常常郑重地说："修志，正如你所说的，青春无法被拒绝，只能被雕琢。在我看来，其实每一个人在一生中都是需要雕琢的，我们每个人都在寻求一个原点，一个生命和心灵的原点，而我现在仍然没有找到。"有次梅青泼墨写字，我站在旁边一边观赏一边说："写八个字试试。"梅青握着狼毫抬头问："哪八个字？"我说："如花美眷，似水流年。"他举笔沉吟，写了端端正正的隶书，写完后问我："为何让我写这八个字？"我眨了眨眼睛说："不知道，突然想起来了。"这只是一件小事，不知过了多长时间，梅青对我说："最近我一直在琢磨那天你说的那八个字，写了好几张，越写越觉得难以把捉其中的气韵。"

梅青怀有一颗精致而真实的心灵，在我看来，这种精致和才情，只有家刚可以匹之。我是在一次讲座上认识家刚的，那是一段狂傲奔流、大风飞扬、迷惘痴傻的时光，现在想起那段时光，疏影横斜，爱恨交织，仿佛前世之倒影。我的大学好友主要有三个来源：一是班级同学，二是辩论赛，三是"大学生百家论坛"。当时学校举办"大学生百家论坛"，第一讲由李腾主讲陈寅恪的生平及思想，第二讲由杨家刚主讲东西方的星空认识，第三讲由我主讲死亡意识与历史人生，后来由王言男主讲中国近现代的新诗发展。以讲座为契机，我与历史学院的李腾、家刚、言男及文学院的李杰成为好友，常在一起喝酒，"醉里且贪欢笑，要愁哪得功夫"。记得当时我讲完后，以李大钊的一句话作为结尾："吾愿吾亲爱之青年，生于青春，死于青春。"讲完后，因为初逢的喜悦，几个人一起去痛饮。夜饮中宵时，李腾突然跳到桌子上大吼："中国学术的未来，全靠我们了！"家刚眯着眼睛躺在椅子上笑呵呵地说："终于知道自己多大量了！"而我已完全醉倒，被他们抬回松雨轩。

认识梅青之后，我很快就把梅青介绍给他们认识，很快家刚便与他惺惺相惜，切磋琢磨。于是梅青也加入这支豪饮大军,然而梅青在喝酒方面一向谨慎清淡,正如他的品格一般。就像他从来不喜欢辩论赛一般,他认为辩论已经变了味道,完全变成了各执己见和竞相攻伐的咄咄逼人。多年以后的今天,我在悲喜弥漫的岁月中追寻当时几次饮酒倾谈的心情和意气,许多画面都开始褪色,有些甚至难辨真假,但有一首词能表现当时的状态:"忆昔午桥桥上饮,坐中多是豪英。长沟流月去无声。杏花疏影里,吹笛到天明。二十馀年如一梦,此身虽在堪惊。闲登小阁看新晴。古今多少事,渔唱起三更。"

当时我们一起谈论梅青时,认为他的境界确实很高,很超然,梅青听后不以为然,他说,别人认为我很超然,其实我只是随然而已。是的,自上大学开始,十年来,我见过许多才华横溢的朋友,他们纵横呼啸,出语惊人,绣口一张便是丝路花雨,出手一亮便是狂风乍起,或狂或狷。而梅青是我所见少数几个懂得将才华转化为内心修养的朋友,他懂得谦冲自牧,平易诚挚,对人对事从无丝毫的戾气,始终保留着农家子弟的那份谦和质朴与明快简约,还夹杂着一些可贵的害羞。他对生活和生命的每一个细节都心存敬畏,力图从中获得悠然心会的启示,我们所看到的他的种种才华,恰是他那颗真诚心灵所盛开的花朵和散发出的香味。他在一篇文章中特别强调树根和树干的美:"树叶的飘零和飞扬是枝干和树根的另一种风韵,他们本来就是树根和树干的延伸。那些飘扬在外的不也是埋藏在内的美么?"梅青曾描述过一个细节:

> 最爱给老爸倒茶,这是最简单的孝敬。每次提壶倒水,老爸必然用手指轻抚茶杯,直至水满壶去,很严肃客气。或许正是因为如此,我更加珍视地为父亲倒水。父亲的这一举动总警示我:即便小事,都要心端身正,心存感恩。

不错,"古之学者为己",在我看来,人应不断追寻心灵中最坦荡的那份宁静,所以必须不断求索,切己体察,而别人所谓的才华无非是自己在求索时的外在表现形式,一个人最大的才华便是通过艰苦的战斗和克制最终把自己调教成理想中的那个样子。

怎样形容那时我们的友情?答案取决于那时我们的心灵。用言男回忆我的话,就是"我相信他有时候也曾迷惑过,相信的东西崩溃,信仰的迷失,前途的未卜,在我见到他的那段时间里他统统都遭遇了"。那时我曾陪家刚到阳谷海会寺参禅,李腾也不止一次跑到教堂,在那段旧时光中,家刚成为居士,李腾成为修士,言男成为绅士,李杰凭杂文成为战士。"那时我们有梦,关于文学,关于爱情,关于穿越世界的旅行。如今我们深夜饮酒,杯子碰到一起,都是梦破碎的声音"。

在离开大学之前，家刚给我治了四方印章，分别是"黄修志""为之""渊松""松雨轩藏书印"，字体各不相同，金文、大篆、小篆皆有，雅致非常，让我惊喜不已。梅青写了一幅字："倚天照海花无数，高山流水心自知。"笔力遒劲，丰润沉敛，看到后，我笑着说："曾国藩的诗。"梅青笑着点点头。我特别喜欢这幅字，把它悬挂在松雨轩的墙上。时间很快，2007年的夏天，我马上就要大学毕业了，有天晚上，我跨过徒骇河，徒步到东校找清远居士家刚，听见梅青在广场上吹笛，三人遂下起围棋，一会儿家刚和梅青兴致陡增，家刚舞剑，梅青抚箫。我坐在一旁观赏着，如在画图中，遂写成一首毫无章法的词：

> 青山红叶点渊松，碎玉落弦，料峭几枝寒梅青？箫笛鸣，剑气冲，一舟月华，江上清远声。多少落花细梦，如水难流东，沉酣秋林杳杳钟。醉西风，尽在云空烟雨中。

明明是仲夏，但我却感到秋意重重，日暮苍山远，语罢暮天钟。在大学的最后一个夜晚，我在西校请梅青、家刚吃完饭后，在校园里散步，忽然想到明天我就要离开大学了，但仨人还从来没有一张合影作为流年的留念。仨人在校园中寻找照相馆，但因夜已深沉，照相馆都关了门。快走到南门时，我与梅青、家刚拥抱作别，我说："以后再见！"拥抱之时，我分明听到了梅青哽咽的声音。

离开聊城后，我去了武汉，又赴上海求学，与梅青联系渐少，偶尔打个电话问候一下，碰巧在网上遇到就聊几句。我大致可以想象，当时的梅青仍然在享受着自己的兴趣，让自己具有无限探究性，仍然在为日渐增多的徒弟而烦恼，仍然在课余时间做家教为父母减轻负担。有人说梅青超然物外，不食人间烟火，有人说他是一个骑着五彩青牛的道人，随风飘逸，还有人说他是一张四平八稳的桌子。梅青几次对这几种说法表示不认同，却又无可奈何。我也不同意这种看法，梅青是一个热爱生活热爱人间的人，他带着一种珍视内心的欢乐爱着周遭的一切，他对生活中的许多琐碎都给予了深深的关注，他最强调的是"世事洞明皆学问，人情练达即文章"，他也曾表示"低下头俯下身，才是真正的大气"。在自己的前途选择上，他踌躇满志，他的专业是经济学，所以一直希望能在此方面做出一番成就来。

2009年7月22日上午，天空出现了日全食，"日月光华，旦复旦兮"，天下都在仰头观望。梅青认为这是一个重大日子，他在网上说："我高兴得嚎啕大哭，我伤心得嚎啕大哭，我骑着自行车，眼泪洒遍整个校园，抑郁在心中两年半的忧伤，难过，自责，恐惧，悲痛，一下子爆发了出来，我自由了！"我一直不知道他那天为什么会如此痛哭，是为弟弟刚考上了理想的大学而高兴？还是为近期姥姥的病情恶化而悲痛？或者为自己一直没有表达的情愫而伤心？或者他曾像我一样在内心深处有过一段漫长的幽暗岁月？无论出于什么样的缘由，日食是灿烂的天地经历短暂的黑暗后重新焕发了光明，我觉得这对梅青来说有着强烈的象征和隐喻意义。日食之后便是大四了，这是一个重新出发和昂扬奋斗的开始，梅青坚信自己能通过努力顺利实现自己的理想。然而毕业之前的几次考试，梅青未能如愿，令人惋惜，但毕业之时，有两家单位的负责人都主动邀请梅青前来工作，出于对自己专业的热爱，梅青加入了盟威集团，不到半年，便提升到了销售部经理。

　　梅青在单位为人谦卑，才干突出，很受器重，越来越忙，内心的孤单促使他回望刚刚逝去的大学和即将逝去的青春，他曾写道，"似水流年等闲过，如花美眷何处寻"，"幽梦拂窗，夜雨滴铃，秋风绕孤静，心寒透"。我不知道当时的梅青在想些什么，我只知道，他的人生是丰盈的，大有可为，但仍然在寻找一个原点，一个能让自己安宁坦然的支撑点。

噩　梦

　　2011 年岁末，我再次闭关，远离电脑，专心读书。一个中午，我正在复旦北区餐厅跟同学吃饭，突然接到李腾打来的一个急匆匆的电话，他说："我在人人网上看到梅青写了一个状态，他说'黄修志，修志啊，多么希望你能读到我的文字！'"我惊问："梅青怎么了？"李腾说："他得了白血病，已经住院一个多月了。"

　　我愕然愣在原地，怎么可能?! 白血病？我急忙回到宿舍，打开人人网，其中一条状态写着："我的病全称为非霍西金 T 细胞淋巴瘤，恶性无痛淋巴瘤，晚期，血液病，化疗可以治愈……"我赶紧拨通了梅青的电话，问："梅青，梅青你怎么了？"

　　梅青沙哑的声音中带着疲惫和高兴："修志，我得了血癌，但我这个病可以治愈，你放心，没事儿。"

　　我又急又慌："怎么会这样呢？不可能啊！告诉我你的住院地址，我去看你。"

　　当晚我坐火车北上，列车像长蛇一般在漆黑的夜中诡异地穿行着，簌簌作声。次日上午，我到达济南，狂雨大作，如风一般扫来，哗啦啦越下越大，打湿了眼帘。

　　转了两次车，我终于到达省立医院东院区血液内科。进入病房，看到一位母亲陪坐在梅青的身边，那半头的银发与她的年龄那么不相称，阿姨对我说："你来了，梅青常常提起你。"此刻还在化疗的梅青躺在病床上，微笑着轻声说："修志，终于把你等来了，我今天一早还刮了胡子，不想让你看到我狼狈的样子，本来以为中午就能化疗完,没想到现在还没完,只能躺着跟你说话了。"

我看着他的胳膊跟个棍儿似的,忍住眼泪给他捋了捋袖子,他的手火热滚烫,面如土色。他紧紧握住我的手,聊起曾经美好的大学时光,聊起他工作之后的种种经历,我听着,感觉虽然他的气不免受一些世俗之扰,但毕竟会经历这个过程,他还是个孩子。他说:"工作之后,不感觉到孤独,就是感觉到孤单,后来得了这场病后,许多同学和朋友不知从哪儿都冒了出来,很多都赶过来看我,有小学同学,中学同学,还有大学同学,从各地赶了过来。"

我笑着说:"是吧,其实每个人并不孤单,都被无形的情谊之网暗中护着呢。你看,就你我认识的朋友中,有佛教徒也有天主教徒,他们都为你祈祷,佛祖和上帝都在罩着你,还愁什么呢?"随后两个人谈起大学中的几个朋友,我说:"前天我还和李腾在华师一起开会宣读论文了呢,下个月底我再去北京参加一个世界史的论坛。"梅青满眼歆羡:"真羡慕你们还上着学,能经常见面。"我望着他憔悴消瘦的脸,说:"你年纪比我还小一岁呢,抵抗力强大着呢。等你康复之后,就来上海找我们玩儿,我还从来没去过杭州呢,看呐,你的名字与江南多相配啊,等你来了,咱一起去杭州看山看水。"

探视马上就结束,我站起来对梅青说:"梅青,记住我们的约定,养好身体,期待我们的重逢,一定要赴约。"梅青笑着说:"好,我答应你。"告别梅青后,我撑着伞走进风雨之中,当晚坐上了返回上海的列车。

从济南回来后,我仍然无法说服自己:这样一种病怎么会降临到他的身上?会不会诊断时哪里出了错?纵使我有多么的不情愿,但事实是,我的挚友梅青已开始在漫长的化疗中默默忍受地狱般的折磨和煎熬,他已然做好了挣扎与战斗的准备。这是一场生死之战,也是灵魂之战,最终使他不忧亦不惧。

梅青刚开始住院时,体温40度,血小板和白细胞极低,腹泻,浑身无力,躺在床上一动不动,只能在高烧里听着自己的快速心跳过夜,第一次化疗持续了18个小时,灌了15瓶药。他以为这只是暂时的,但实际上,这只是煎熬的开始,更惨烈的折磨还在后面。他的血型是罕见的熊猫血,骨髓移植很难,只能反复化疗。之后他又进行了二十多次化疗,近三十次放疗,脱发八次,五内俱焚,长期的化疗像恶魔一样折磨着梅青身体的各个部分。最让人难以忍受的是全身骨头疼,通宵达旦的骨头疼,关节也钻心地疼,"那骨痛未停一刻地折磨着我,我辗转反侧,扭曲着身体,宿夜不能眠,困得不行也睡不下,每分每秒都如经年,直恨此身非我有,分分寸寸无处安放,不得安生,不禁失声痛叫,奋力捶墙,大喘其气,不能自已,好似要绝尘而去","神经紧绷着,少有一丝懈怠,好似楼阁立于薄冰,危楼挂于悬崖,风一过便分崩离析。骨头都要散架一般，腰要断，腿要折，胸骨要碎，脊柱要散，心脏直扑扑的欲蹦出，呼吸像被缠住的蛇身一样绷紧扭曲时快时慢，汗滴豆大的悬着"。骨痛如幽灵一般一直伴随着化疗中的梅青，这种残酷的疼痛如雷电一般一遍遍击打着梅青那本就瘦弱的身体，尽管骨痛难忍，但梅青仍然挺住了，想方设法从心理上消释这种痛感：

> 疼得波浪涌动，诡异莫测，我时不时疼得嚎叫，惊得同房病友心惊胆战，心揪得不行，满脸也是痛苦，不忍看我听我，几次出屋躲避，我见了不免更疼了。我便有意识地在疼时改为哈哈呵呵的笑声，一是告慰他人，我还好；二是提醒自己药起作用，大笑庆贺；三是着实有趣，亦减去不少疼痛。病友们也破涕为笑，我见了也舒心不少，又与他们交谈几声，疼意再去几分。

化疗数月后，梅青的血象又开始恶化起来，毒性全面爆发，全身的免疫系统几近崩溃边缘，时常在高烧出汗和彻夜骨痛中处于半梦半醒状态。期间双腿出现几百个病毒性疱疹，无法伸腿，只能架上双拐在室内做少许走动。但化疗已使双腿瘦得皮包骨头，肌肉缩成绵绳般，软塌塌得没有一丝力气，双腿只能直直戳在地上，完全是骨头的支撑。第十次化疗后，梅青的血小板几乎为零，只要有一个小小的出血点就极度危险。梅青痛苦地说：

> 各种迹象让人提不起精神！感受身体在积贫积弱，吸氧，各种药片；对病情顽固的了解深入，观察各指标的浮动不稳；还有对经济压力的担忧，护士天天催款；对未来的预期，工作，婚姻，债务的担忧；每每发烧出汗，灌水，跟水结仇；各种食物，全若嚼蜡；数月卧床，环睹四墙，封闭视听；腿不能迈，忧虑恐慌；数月住院，尽是大爷大妈为伴，懒言少语……种种都在鞭打我的自信，肆虐我心灵的平静，轰炸我精神的高地……

自梅青确诊住院后，他从小到大的同学和朋友纷纷从全国各地赶过来看望他，力所能及地帮助他。几位好友在网上和社会中组织捐款，惠民县清河镇梅集村的全体村民、梅青所在单位的同事及梅叔叔所在车间的工友也自发捐款，红十字会和一些慈善组织亦伸出援助之手，许多同学朋友陆续给他汇款，更有不少不知姓名的人悄悄汇款。在大家看来，梅青是那么一位美好的朋友，那么一个好孩子，那么一位坚强的志士，谁都希望他能把生命延续下去，继续闪闪发光照亮我们。在梅青看来，他突然感觉到无数人瞬间从各个角落冒了出来去关心他，这让他本就坚实的内心更加铆足了背水一战的勇气。他决心与死神奋战下去，他决心将无间炼狱般的痛苦化为飞升的翅膀，让自己在生死之际荡平心中的恐惧，抚慰不安的灵魂，锤炼一个更加坚韧的梅青！他告诉自己："每次化疗完都是死里逃生，有太多看不见的危险，如履薄冰，如攀峭壁，你不可有一丁点的放松，心会累，但那是好的，因为你还活着，而且迎着生命的光亮，向前向上……"

在病床上，梅青决定好好珍惜卧病的这段时间，他通过在网上写日志、写状态让大家放心，让自己保持斗志。与他有过一面之缘的张杰劝导他说："当年，孙正义病了两年多，期间读了 2000 本书，了解各行各业，出来后独身打天下……这段时间看作你今生最大的磨难的话，也有可能是最大的机遇，有很多的时间训练思维、视野的机遇。我相信，你能挺过去。而且，我相信天降大任，苦其心志。而且，我相信福祸相互转化，在青年时受的苦，后来一定会加倍回报。反之，现在大学生，在学校时很爽，毕业时很痛苦一样。易经有句话叫：潜龙勿用。我相信你能挺过去，而且将来一定会很好。"

在梅青看来，这一建议正合自己的心意。他生病期间一直坚持读书，同学和朋友们听说他需要读书，纷纷给他买书寄书。梅青带着极强烈的求知欲品读着远方寄来的每一本书，诗词、散文、史书、小说、哲学、经济学、心理学、书法、艺术、园林素描、曲谱、中医、儒道经典、佛经、圣经等等，无所不包。梅青一手握笔，一手捧书，仿佛在品咂一块块温润的美玉一般。无论在省立医院还是在惠民结防医院，梅青所在病房几乎变成了一个小型图书馆，在书的滋润下，炼狱变成了天堂的模样，读书使他心生欢喜："我本啃书人，躬耕在书田，埋身书海，葬魂书乡，悠悠也……"有次，一个朋友来看望他，临走前送给梅青一本几米的《拥抱》，梅青欣慰地说：

> 今天下午收到朋友离开时送的几米的《拥抱》，就像书里面的故事，我被这本书从梦中砸醒，又进入了另一个梦。里面好多故事就像现在、过去、将来，看着它好像跟似曾相识的记忆拥抱，合上它，心里感觉拥抱着时间，都是恬静美好，闭上眼，感觉许多暗暗的期待在涌动。

除了读书之外，梅青更加珍惜在化疗之外的时间中吹笛练箫，挥毫泼墨，吹埙练拳，此时的他更加体会到音乐带给他的安慰，不少朋友也给他寄来了一些乐器。他对箫和笛越来越钟情，在后期的治疗中，他轻叹："箫，岁月的知音。"同样，笛子对梅青来说又是另外一位知音，梅青无处不吹笛，有笛声的地方便是心静之地。有次梅青正在病房读书，倏然间从窗外传来一阵清亮的笛声，如清风细雨投窗而进，梅青四处寻觅，怎奈笛声戛然而止，无迹可寻。梅青不禁惋惜感慨："人生也不过是几句笛声,又有几声能如此?"梅青欲回病房寻笛,又蹙然心伤,陪伴自己八年的心爱老笛已迸裂多日,如故人长辞,从此只能低吹洞箫,尽是寂寞。

书法之于梅青,相当于初恋之于人生般。卧病这么久,梅青仍然没有放下书法,闲暇时间,梅青便执笔练字,宣纸不够,就在报纸和朋友所送礼品的包装纸上写。他静静地写着,心中的气息也在静静地升腾着。病重使梅青看到,人存在的每一寸光阴是多么宝贵,而自己却有那么多喜欢的事情没有去做,何不抓住时光的碎片,即使在病痛中也要享受这些美好的赐予。于是,当他觉得自己能稍稍活动或站立时,就在病房或者走廊练习太极和推拿,此时的他在练太极时没有大学时的那份优雅,却添了几份从容。

病痛折磨时间越来越长,读书思考和业余爱好也越来越精进,梅青获得越来越深的"体悟",用身体的疼痛来领悟生命,用心体的充盈来领悟人生,他说:

> 感谢生命的赐予吧!痛的,乐的,经历着,感受着,前行着,感恩着,别悲伤,也不必遗忘,它本是生命的一部分,就让时光如风吹沙一般,带走那要走的,留下愿留的,时间久了,有金灿灿的或闪着光的宝石般的东西凸露在曾经路过的地方,那是岁月的馈赠,还要多感谢感恩的心……

探视梅青的人那么多,有人带着乐器来,有人带着书籍来,有人带着治疗药物来,有人带着救命钱来,有人抱着大簇鲜花来,有人带着羊绒裤子来,有人在出海前不忘来看他一眼,有人忙于考试仍冒雪前来,有他父母都不认识的花甲老人前来,说是练太极认识他的,还有他做家教的孩子和家长也来,有人纵在国外也想着给他买药。病房里的人不禁感叹这是多么丰富的孩子,大学生就是好啊!临床的一大爷就说,不见得,24号床也是大学生,怎么不见这么有人气?这孩子脾气好,心气好。护士们说,他有才,写文章,乐器、书法……医生说,他性格好,积极乐观坚强。有些病重的老人化疗完之后,依依不舍离开梅青,一段时间后,这些老人返回医院,争着要跟梅青住一个病房。

许多人在远方祈祷着:这个人那么好,上天,请你不要伤害他,请让他好起来吧!面对这一切,梅青都感念在心,他把所有帮助他的人,一一记在一个名为《感恩录》的文件中。他说,"生命不是为了吃好饭,睡好觉而活着,生命的意义在感恩里面显得那么澄澈明亮。人的善良和美好,在感恩中,会带给自己无限的力量和动力","化疗药物对每个人都是公平的,我几乎忘记我初打化疗时已是这病晚期,生命早已命悬一线。我哪能不知道呢?不过,幸运的是我被那么多美好的事物围着,就没空暇去苦去痛,或者即使苦即使痛有这美好相伴便也中和不少,或者处处可以耐受"。

飞 腾

躺在病床上的梅青被禁足了,今天跟身旁的病友说着话,次日只听见病友家属的痛哭声,病友走了一个又一个。他想念骑着山地车在春日的野外自由飞驰的场景,想念初中红瓦房教室中明媚柔和的阳光,想念家中那片绿叶黄花、风起果现的菜园,想念自己迈着轻盈的步伐练剑练拳的样子,想念聊大图书馆、栖凤林、紫藤廊、小竹林及西门的小吃美食,他更想念二十几年往日时光中的这些人和那些事。

怎么可能让这些记忆随着时间和病痛而模糊了呢?虽然虚卧病床,高烧腹泻,全身瘫软,但大脑还是清醒的。于是梅青拿起手机,敲着键盘,一字一句,集腋成裘,聚沙成塔,写下一篇篇日志,回忆往事和老友,体味"生命边缘的暖意",抒发读书感悟,写啊写,两年多写了近 300 篇日志,共计 40 多万字!梅青病弱的身体中深嵌着一颗蓝宝石般坚硬闪亮的心脏,喷发出惊人的精神之光!原本不大写作的梅青在不断读书、体悟和练笔中逐渐运笔如飞,流露出轻灵素净、疏朗清雅的风格,淡淡的喜悦中流淌着淡淡的忧愁,似琦君。他尝试着去投稿,竟然在报刊上发表了十几篇散文和小说!在鬼门关外,他用自己力所能及的各种方式完成了自己的成长和心灵的飞升。同是出身清贫的农家子弟,我最喜欢他那些描写故乡风物和童年往事的小说和散文,乡土味如春风裹着粉细的黄土和清幽的麦香扑面而来,让我忍不住暖暖的辛酸。

在病房中,一位老人跟梅青谈起了老家的土屋,梅青静静听着,触动着心弦,他在一篇微型小说《老人的老土屋》中写到一位老人久久不愿意离开自己的老土屋:

> 正是农闲,于是,天天拿了马扎,拎上烟袋,在老槐树根儿下坐定,自卷着旱烟,满是老茧的大手,夹着喇叭样的烟卷,眯起眼来,扬着脸,咂口烟,嘘的一声,向太阳吐去,阳光淋下来,漫着烟团,些许烟影映在沟壑纵横的面颊,嘴角轻轻咧开岁月的笑纹……老屋确实老了,即便不停修葺,也挡不住它的颓落。老人最终还是被请到了儿孙的砖房美室,颐养天年。但老人时不时还是要去老屋看看,摸摸裸露的土坯,揪下土坯缝里长出的杂草,打开低矮的门

窗,吹一吹灰尘,倚着门槛儿,夹着自制烟卷,咂着,蹲坐下来,一坐好久……

梅青在病房中吃着从超市中买来的青枣,想起儿时和小伙伴们在大枣树下拿着石头或瓦片掷枣儿的画面:

> 立秋过后,青枣就开始擦黄了,有的泛红了,密密的高高的挂满了全树。有了颜色,一颗颗的绿珍珠似的小肚满满的。三五四六的扎堆在一起,一挂挂的,像插在密匝匝的嫩绿羊耳儿似的枣叶儿头发里的簪子穗儿。枣树就像暴发户、土财主的爱美娇媳儿,这么多穗儿,塞满了她疏散蓬松的小烫卷发型里,扬着头,迎着太阳,更绿亮了,显摆着,招摇着,直惹得农家的孩子口水直流……不知,现在回老家,见那累累青枣,还会不会有儿时的身手呢?

他在《农家灶》《农家饭》《白菜萝卜一个冬》等文章中回忆八岁时就在家中为父母生火做饭的乐趣:

> 这生火诚如战役一般,看着火苗,我斗志昂扬,于是,不断调整战略,改变战术。运用不同生火材料,废纸,树叶,秸秆,树枝,树皮,塑料……可入灶之物,皆被搜罗前来,以备我调兵遣将之用;琢磨着改变生火位置,灶前灶后,膛上膛下,各有地利,亦能物尽其妙;尝试各种材料搭配,不断调整柴火位置结构,软硬搭配,纵横交错,上下疏密,真如排兵布阵一般。我诚然享受这如军师一般,坐镇于火房之中,运筹千质百物,决胜于炉灶之内,真有千种万般的乐趣,实在令人着迷!

> 时间一久,生火技术已纯熟。如此以后,很喜欢窝坐在灶前,一边往灶里续柴,一边看着旺铮铮的火苗,心里特别踏实。有时会拿本书看,心里悠闲,读的格外有味道;如果是雨天,那就更好,一面是雨帘漫布,罩满整个天地,而我这面,却是火光闪闪,暖气扑面,更兼饭香溢出,在这冷雨困顿里,灶前的小天地格外温存,让人迷恋!这样更不用说那寒冬飘雪的季节了,那灶前可就是实实在在的温暖的享受了!其实,最爱秋分后半年里做晚饭,那时生火天已然擦黑了,也不去开灯,就喜欢守着这黑暗里的火光,格外迷人,让人浮想联翩。

故乡如一堆干香的柴,一经记忆点燃,便熊熊闪烁,温暖着病痛中的梅青。最让梅青魂牵梦绕的是家中的那些老树,他认为家中的老树"像守护神一样的存在,并不敬畏,却十分亲切,有它才算家,有它就踏实"。他最钟情于院中的那两棵大

梧桐树,梧桐树是他对故乡深刻记忆的象征:

> 老宅,有点像四合院,土坯垒起,庭院正中央,矗着两棵笔直高耸,华盖撑张的梧桐,整个庭院在他的庇佑之下!远看最美,四季各有风姿,让人百看不厌,话说梧桐招凤凰,我看梧桐四季都是凤凰……
>
> 春天,花开锦簇,随枝干儿,羽扇张开,如凤尾一般,花开的极盛,淡香悠悠,最喜春风细雨后,那喇叭似的粉粉的花儿,簌簌地飘过,实乃花雨,倒觉得更加华丽……之后,满院铺满,踩上去软软的,花儿铺的地毯,很奢侈啊,大自然真大方啊!
>
> 夏天,最是那硕大的手掌样的叶子,铺张伸展全书诚如一伞盖,又像凤凰收尾卧于屋顶,任那烈日肆虐,树下自是清凉,堂姊妹几个,在两树枝间,嬉戏玩耍,不知留下多少欢声笑语。夏雨漫漫,庭院竟不湿,只记得爷爷这时喜欢提长椅,手捧茶壶,悠然躺在两树之间,听着雨滴啪啪地打在密实的树叶上。
>
> 羡慕秋天飘落的梧桐叶,黄斑点点,硕大铺张,自由飘远,洋洋洒洒,像自由的旅行家……
>
> 冬天时,我十分着迷他们笔直躯干上曲折有力的树枝,觉得像行书的筋骨,追随它伸展的姿态,惊叹他们如此曲折却不凌乱,如此自然舒展,错落有致……

故乡和童年,是人心最柔软的所在,无论你在哪里,它都会温暖冰冷的心窝,抚慰苍凉的灵魂。个体生命心灵的根在童年,中国文化心灵的根则在乡村。梅青曾说:"我们不是落叶也不是蒲公英,而是风筝,任我们飞得再远,总有根线牵着,这根线就是牵挂,线的末端就是我们的根。那份牵挂一头牵着我们,一头牵着故乡。"他也曾作一首无韵的小诗:"浮云几时别,流水过春秋。落叶常思根,飞落不知处。"诗如那首《故乡的云》呼唤着梅青:"归来吧,归来呦,浪迹天涯的游子。"

读书、思索、写作,加之艺术上的精进,使梅青对自身的认识越来越通透。梅青逐渐发现自己的各种喜好之间都是相通的,如推拿之于书法,书法之于太极、太极之于笛箫,皆在于存乎一心的气息,"心摹手追至心手双畅,心驰手转,如飞转飘摇","书法的章法像太极的重心推演变化,字体齐边留白完形就像太极架子的撑满,处处内圆外合,气息饱满流畅,从而超脱笔法升入笔势,那么看来推拿也是有章法的,在于循经导气,通达四稍"。梅青最终绽放了这种气象!这种气象便是会通,是"超乎象外,得其环中",是"入乎其中,出乎其外"的生气和高致,是"远离颠倒梦想"的"观自在"。许多人醉心于外在的技艺,却泥足深陷于此种小道之中,只讲"变"而不求"化",只讲"学"而不求"育",岂非缘木求鱼也哉!

化疗两年左右之时,梅青因为面神经炎,半边脸面瘫一个多月,失去了吹箫吹笛的能力,"我的音乐生命死掉了,或者音乐的世界崩塌了"。这使他重新审视这些爱好和自己的精神世界,"让我回归到自我精神的本原",最终发现只有把精神世界也就是心之本体养好才是最重要的,他借用一首歌名,说这是"多么痛的领悟",同时又是多么深的领悟:

> 面神经炎的两大痛苦就是眼睛不能看书,嘴巴不能吹笛箫,这大概是老天用这种方式让我休息一下,静一静,沉淀一下。试想,有一天我们老了,会失去很多,没本事了,不能做了,那时我该如何面对? 我现在是否对这些所谓的爱好有过分的执念和企求,这似乎也是面神经炎给我的启示和警醒。我追求这些爱好究竟意义何在? 或许,应该再次清零、归零,才发现,无非一片真善美的清净心,这些东西不过是走向这片清净心的不同路径,这样即使老了真的失去了这些爱好的能力,只要保持了那份清净心就够了。

实际上,梅青在思索一个终极关怀的问题,当面对衰老、面对死亡、面对末日之时,一个人又应该如何以轻盈的心灵来承受这沉重的肉身所带来的痛苦? 于是,梅青愈发用心读书,专心体悟,注重修心,此时他更加重视经典如老子、庄子、周易、论语、阳明、佛经等。他反复揣摩,虚心涵泳,重建自己的精神家园,他给自己写了个座右铭:"心斋坐忘,乘物游心,为而不争,君子不器,不滞于物,心念物至。"这个座右铭超脱了自己的诸种爱好,"善假于物但不滞于物",在对待诸家学说方面又呈现出会通气象! 他说这些似乎都与佛家所讲的"应无所住而生其心,不入名相"相呼应,他说:"成于事外并不虚妄,不过,我们不能侥幸,而是要踏实去做事,为而不争,不去强求,不入名相,心无挂碍,也就心斋坐忘,乘物游心了。原来儒家,佛家,道家他们的修行本是一致,只是说法不同罢了。"一些朋友劝他信佛、信基督,他都浅笑以待,说:"自己不信神佛,我敬畏甚至喜欢他们在人心中的存在,因为那往往与心灵的美好相连,并帮助人们把那善美守护和传递。"

以前梅青曾赠给家刚一串菩提子念珠,得病后,家刚在千里之外的西安每日必捻此珠诵经礼佛,为他祈求神灵眷顾,又寄来一些佛经和亲笔书信,劝他治病消业障。梅青常向他求教佛学方面的问题,他赞成梅青的态度,说:"其实佛法不离生活,做到心安就很好,信与不信都是外在形式,不必强求,只要有受益,那就是这个学说存在的价值。就像我和你提到的《卡拉玛经》,佛陀自己都不主张盲从,孔子也是主张有独立见解的,你是率性的人,用你自己感觉最受用的方式去了解,随缘、随性、随喜,'道法自然'。"

家刚的这番话说到了梅青和我的心坎上。在梅青看来,修心也是让自己追求"简约","简约是种美,是凝练的简单,美好得不复杂,简省得没有一点多余的东西"。梅青的领悟越来越深,"简约"之说已在其会通气象基础上更进一步,他越来越接近灵魂飞升的云层!面神经炎也令他反思自己的爱好假象,重回简约清净的心境,他突破自己害羞的心理,大声去唱歌,弹起自己一向不喜欢的吉他,体会到和弦的妙用。在我看来,"简约"即是博观之后的约取,是由世界走进心灵的平静成熟,如苏东坡所说:"凡文字,少小时须令气象峥嵘,彩色绚烂。渐老渐熟,乃造平淡。其实不是平淡,绚烂之极也。"梅青很喜欢茉莉花的清淡香气,认为这就是一种简约之美,他说:"茉莉花,清清淡淡,我愿像它那样活着……"

住院两年多,花费50多万,对一个清贫农家来说,如何承受?他的父母日夜守护在他身旁,父亲千方百计去借钱,去跟医院交涉,从不想让儿子因为医药费而愧疚担心,母亲昼夜照顾着心爱的儿子,几乎每天都彻夜难眠,黑发熬得全白。这一切,梅青都看在眼里,怎会不愧疚心疼呢?梅青是个孝顺的孩子,因为自己的病而让双亲遭受如此的担心和折磨,于心何忍呢?面对全身骨痛、发烧、口腔溃疡、心律过速、便秘、失眠、水肿一起向自己冲来,梅青咬着牙告诉自己,必须振作起来,有再大的疼痛也要忍住,要用最大的毅力和信心迎接每次化疗。有次,梅青发起了40多度的高烧,怕身旁的母亲过于担心,在病床上扮可爱,装微笑,一副孩童般的纯真和烂漫。为了让儿子能在病床上多点揉保健穴位,也为了让儿子减少愧疚感和焦虑感,梅阿姨主动跟着梅青学习背诵一些推拿和穴位方面的知识,母子俩相互敦促,就像同窗共读一般:

> 上了年纪的人多是不爱动脑子的,但母亲常常像小学生一样背着八要穴歌儿:"肚腹三里留,腰背委中求,头项寻列缺,面口合谷收,心胸取内关,小腹三阴谋,坐骨刺环跳,腿痛阳陵透。"她拿着我抄下来的字句,看一眼,背一句,又闭上眼,默念,有时紧锁眉头,好像在使劲地想,显得格外可爱。我见她背得费劲,好久没想起下一句,就给她续上一句,或提醒一个词,母亲竟恼了,努着嘴嗔怪我,说我打搅了她。母亲看这么认真的样儿,我哭笑不得,心中暗暗地流动着一种幸福感。

在梅青看来,尽管化疗一次次如烈火冰霜一遍遍地折磨着自己,但只要心中清静,这些折磨就会像八次脱发一样,虽脱得脑袋光鲜亮洁,但也可像一休哥一样在脑袋上画个圆圈静静思考一番,获得启示和灵光,静静等待着新发如春风吹又生。在这种时刻,梅青说,最怕自己如秃笔一样失去了锋芒,失去了精气神儿。2013年对梅青来说是一个关键之年,他已经过关斩将,度过了一个个的危险期,在枪林弹雨和硝烟弥漫的战场中屡次死里逃生、旌旗招展。北京专家听说后很惊讶,他们说非霍奇金T细胞淋巴瘤第四期,最多就七个月生存期,而梅青从确诊到现在已经两年多了仍然坚强地战斗着,越战越勇。当时的我忙完博士论文答辩后,来到烟台工作,虽然在这一年中忙忙碌碌,但读着梅青的日志和状态,打心眼儿为他高兴,在网上鼓励他,胜利就在前方! 梅青也信心百倍,期盼着这次能回家过年。

新　生

"时间都去哪儿了? 还没好好看看你,眼睛就花了,柴米油盐半辈子,转眼就只剩下满脸的皱纹了……"2014年的新春在让人心酸的歌声中拉开了序幕,我在家乡的院子中仰望着北斗星,不知梅青此刻是否也在听这首歌,是否也会望着父母的白发流泪。大年初二的傍晚,我突然莫名地浑身发热,说不出的全身难受,躺在炕上一动不想动,心慌恶心头晕,母亲把我裹得严严实实,她开着电动三轮车带着我穿过漆黑的田野,到医院里打了一针才好些。

三月中旬,终于点校完两部古文献,我长吁一口气。过了几天,在网上溜达,总觉得有什么事不对劲,但一时没想出个所以然来。直到那天深夜,我正要关机去睡觉,突然想到:为什么最近一直没见梅青在网上发状态、写日志了呢? 想到这里,心中陡然慌张起来,赶紧点开他的人人网主页,上面赫然写着几行字:

> 我是梅龙,梅青的弟弟,我哥哥已于2014.2.1晚间七点半病逝,摆脱了病痛的折磨。非常感谢各位哥哥姐姐这两年半以来对哥哥的关心,在此祝大家工作顺利、身体健康、家庭美满!

怎么会? 怎么可能? 为什么? 为什么? 为什么?! 我一遍遍地在心中反问着,泪水淹没了我的视线……他顽强抵抗了这么久,在一个万家欢聚的时候,上天最终还是从父母身边夺走了他。

在时间的洪流中,在茫茫的人海中,我最终还是失去了这位挚友。琴弦断了,箫笛裂了,墨笔枯了,宝剑折了,少年死了!

次日一早,我给梅龙打电话:"梅龙,我是你哥哥的好友,相信他应该向你提起过我,我现在才知道他的消息,我很难过。记得你哥曾说你在烟大上学,你现在毕业了吗? 在哪儿工作啊?"梅龙说:"哥,我就在烟台工作,在莱山区。"我说:"正好,咱俩见个面吧。"

我在鲁大南门等着梅龙,一辆33路驶过来,梅龙还没下车,我就认出他来了,清朗的面容一如他的哥哥。在我的办公室中,梅龙默默地说:"我哥他自己也没有想到会走这么早,一直认为自己肯定会好起来的,年底时突然肠胃大出血,输了好几天的血,身体一下子极度虚弱下去了,想说话但发不出声音,他在纸上歪歪斜斜写了几行字就写不下去了,意识也有些模糊了。输了几单位血后,医院又嫌我们欠费,没有继续输血。大年初二那天下午,我哥还在病房里打了一套太极拳,回到病床上没多久,病情就恶化了,晚上人就走了……"

我忍着眼泪,隐隐想起了什么。我一边给梅龙夹菜,一边静静望着他的眼睛。那双眼睛真像梅青啊,清澈、明亮、柔和,如山涧中的幽映青草的溪水一样,恍惚间,似乎梅青一如从前一般坐在身旁微笑着看着我:"修志,你在想什么呢?"我回过神来,对梅龙说:"你哥是个很有才华很有灵气的人,为人又谦和朴实,从无傲气,更无戾气,这很难得,他懂得热爱生命,珍爱生活。他懂得克制自己,知行合一,是一个勇敢的人,现在他走了,我一时真不知道该怎么表达,我还想着等他好了,能和他一起喝酒,一起去江南……"

梅龙说:"估计我对我哥的了解,可能还不如像你这样的朋友们对他了解得多。他的很多同学和朋友给他寄了好多书,最后我们收拾遗物时,整整三个大箱子,装的全是你们寄给他的书。他很想读完这些书,但是时间已经不够用了。"

送走梅龙,我默默回到办公室,点开梅青的人人网和QQ空间,反复地阅读他写的状态和日志。他在大年初一晚上向我们发了最后一条状态:"严重缺钠,身体极度虚弱,无力,思维迷迷糊糊,失眠……"他在人生最后的岁月中还牵挂着许多老朋友,他想念家刚,曾说:"我与他千里相隔却感受到他每日面佛的真诚,病痛和化疗中的我便觉得有份牵挂,心里暖暖的,倒不觉得怎么苦……然而,我心里不断的浮现现在读研的他寒冬里在书摊前蜷缩瘦弱的身体痴迷地看着,不时全身咳动的身影,应该会有搁在一旁的二手自行车,记得骑起来吱吱喳喳地响。心里不免担心他来……"年底时,我几次熬夜写论文,他在网上留言劝我不要熬夜,这是他对我说的最后一句话。梅龙告诉我,他整理他哥的电脑时,发现其中有个文件,名字叫《雨中漫话修志的小屋》,但是里面没有内容。

在梅青看来,朋友是春风,是美酒,让人沉醉,让人挂怀,在无数个风雨之日和飘雪之夜,梅青在高烧和骨痛中与死亡恶战,朋友是他坚持到最后的重要动力,他说：

> 只想如果我们老了，还有几个人朋友可以让我们去关心去挂怀，这样才算活着。要不，朋友离去，就好像丢了一个自己，心里一下子空了好多，只好一个劲地去回忆，去填补那段空虚，正视着那曾经的温暖的存在。然而越是回忆心里愈发地空得难受。索性把朋友放开，要更好地做自己，因为自己也是朋友的牵挂和继续存在，你的美好生活是他们实实在在的安慰和怀念。他们何曾离去，精神与你同在，伴着你踏实地走下去，在你的生命里继续延伸着生命的长与宽。自己一下子就不空了。真正的朋友，他们的牵挂和存在感更是超越生死的。

我花了几天时间把梅青从2008年开始写的日志和状态都静静地读了一遍，一边感受着梅青一路走来的艰辛，一边回忆着两人交往的往事，黯然心伤。他在人生最后的岁月中写了40万字的日志，用内心的丰盈、轻盈、飞腾照亮了原本孤寂不安的灵魂，终于追寻到自己梦想中的那个让自己安宁坦然的原点，自由坚韧的灵魂得以回归。他写完诸多日志后，曾想把它们整理成一部纪念性的文集《非常纪念》，他在序中说：

> 我发现文字是长存的而不累赘的，事物和回忆在文字里可以得到另一较为长久流变而又被升化提纯的生命，或者它们被珍惜的意义被文字提炼出来而有了生命，从而到无所谓实物的存灭。就好似臧克家说的"有的人死了，但他还活着"的躯体与灵魂的关系。这么说，用文字记录他们，是给它们铸魂呢。让他们活在我们心里，那似乎才是它们真正的归宿，我们纯粹的挂念。这些非常的纪念慢慢也融会成我们自己内心的实体，沉甸甸的，实实在在的，暖暖的。这些文字又好像心灵的粮食，藏在心底，岁月把他们酿成醉心的酒，香气不时在人生的哪道夹缝里飘出，单是闻一下，便陶醉回味，拾起生活的美好，鼓起生命的勇气和劲头。

读到这段话，我内心被猛地震了一下，望着窗外刚刚吐绿的树木发呆出神：梅青，你在文字中实现了飞腾，我也要在文字中纪念你，纪念你的坚强和勇敢，纪念你追寻自由安宁的历程，纪念我们曾经的青春。许多人的青春都在荒唐、堕落、虚妄和无知中烂掉了，死掉了，但你的青春是不死的，不朽的！你生于青春，死于青春，只有你的青春永远留在了那灿烂无匹、血色浪漫的季节中，并在清溪繁花中绽放清辉！你的青春如同你的品格，是一块闪亮温润的美玉，纵使陨落，纵使深埋，也会照亮时间的灰烬,照亮我们追求自由和安宁的心灵。

死亡对我们意味着什么呢? 九年前,曾有一位好友失去至亲,我曾安慰他,我们的亲人就像是陪同我们前行的旅客,有的比我们早下车,但十年后,经历了那么多的事情,好友心中的石头仍比千斤重,他说:"眼睁睁看着美丽的花在最好的年华凋谢,那种无能为力的痛苦,有时恨不得一踩油门从环山上冲下悬崖。"他人的去世让我们难过,是因为这让我们想到自己的亲人也会遭受到这一点。亲人的去世让我们痛哭流涕,不仅源自我们失去了他们的关爱,对他们遭受巨大不幸的深深同情,也是源自这会让我们联想到自己也终会遭受这种不幸而让自己的亲人失去我们对他们的爱,所以,这是一种对失去被爱和爱的恐惧。对父母来说,他们去世前最牵挂的还是自己的孩子,他们依依不舍,躺在床上看着哭泣的孩子,心中只有抱歉和恐惧:孩子,不能再看着你往前走了,但我仍然担心你。对孩子来说,他们也满心抱歉和恐惧:我再也不能被您爱了,可是我还没有爱您,您就这样走了。有的人甚至都来不及说再见……我们最不愿看到,山一样的父亲轰然倒下,水一样的母亲骤然枯竭。

然而,死亡未必就是一副完全惊悚冷冰的面孔,在心灵层面,死亡代表的是一种巨大的困顿,每个人都要面临身体的衰老和心灵的苦难,这些都直接与死亡相连,它给生命带来巨大的冲击和反思:我要以怎样的心态去面对死亡? 有些人在无穷的困顿中仍然秉持内心的尊严和安宁,将之视为重建心灵、回归本原的时机。这就是西方哲学家不断强调学习哲学就是实践死亡的意义。叔本华曾这样说过:

> 死亡虽然让我们不寒而栗,但死亡并非真的是一大不幸。很多时候死亡看上去甚至是一件好事,是我们渴望已久的东西,是久违了的朋友。所有在生存或者奋斗过程中碰上无法克服的障碍的人,还有得了不治之症的病人或者难以排遣的悲痛的人,到了最后,起码还可以有这一通常自动向他们敞开的退路,返回到自然的怀抱。上述这些人,就像其他的一切,本来就出自这大自然的怀抱。在那么短暂的一段时间里,他们满怀对存在的美好条件的憧憬,直至终于发现那不过是一枕黄粱而已。

梅青在世时,多次跟我谈起:"每一个人都在寻找一个生命和心灵的原点。"他在最后的岁月中,历经挣扎,心灵得以飞腾和新生,他心有所得,欣然会意,认为已经回归自我精神的本原。现在给学生们讲课,在讲《论语》时,我讲到《史记·孔子世家》中关于孔子之死的那段记载。孔子将死时,"负杖逍遥于门",一副坦荡安然的样子,他对子贡唱了一首歌后,说,昨晚我做了一个梦,"昨暮梦坐奠两柱之间,予始殷人也"。他梦见自己的棺材停在两柱之间受人祭奠,这是殷商的仪式,因为自己是殷商的后代啊。一代至圣,面临死亡之时,返本归源,感受到故园的呼唤。王静安说:"书成付与炉中火,了却人间是与非。"对梅青来说,他挣扎着,抗争着,求索着,终于回归到自己梦想中的安宁原点,无关生死,只关心灵。

我不断回忆梅青在世时的样子,虽然我和梅青交往八年,但印象中梅青似乎从未提起爱情方面的事情。记得梅青常在卧龙广场上吹奏笛曲《女儿情》,"悄悄问圣僧,女儿美不美?"我一直很想问:梅青,有没有一个人曾像光一样向你走来?在你心中惊起甜醉的波澜? 你可曾爱她如生命,敬她如灵魂? 在你与命运抗争时,是否有一个人在你心中的一个角落支撑着你? 看完梅青的状态和日志,我为他感到欣慰。他在住院后不久曾说:"清明雨,沾湿了多少的未归魂儿;心透凉,只是不忍那迷恋的地方儿;归何方,只要有'她'的地儿便是家。"他在最后的日子中,开始心慕尺八,通过尺八这种乐器,他说出了自己对人生挚爱的态度,他说与尺八为伴,如同"老夫老妻,执手相默,有声无声都是共鸣,哪怕一声叹息,一句长吟,都暗通心怀,不动唇齿。那时,就像平常日子,简简单单,平平淡淡,心底确实清清净净,闲坐相看两不厌"。

当一生困顿的司汤达去世后,他的墓碑上刻着:"活过、写过、爱过。"维特根斯坦听说自己患上癌症,他平静地说:"告诉他们,这个人度过了极其美好的一生。"梅青,虽然你不到26岁就离开了我们,离开了这个拥塞喧乱的暴力人间,离开了这颗面临毁灭的悲伤星球,但这刹那春华,两载思索,强过许多人浑噩无知长寿一辈子,你的离别应该伴随着圣洁的歌声和宁静的花香,吹拂飞扬着英雄的气息。今天的我们应该趁着生命气息的逗留,珍惜眼前人,心怀感恩,勇敢踏上无尽的心灵旅途。正如荷尔德林在《塔楼之诗》中的句子:"生命之旅迥异,犹如歧路,或群山的亮光。我们此地之所是,神于彼处,能以和谐、永恒的奖酬及宁静充实之。倘若人们快乐,试将如何询问? 是否他们也为善良,循美德而生存;如此灵魂轻快,而哀怨更稀,信仰为此所承认。"

在阅读梅青文章的过程中,出于对故友的尊重,我认真揣摩他的文字和思索,力图真实再现他的心灵。他的文章比较博杂,有些中医和推拿方面的文章,我看得半懂不懂,比如他在最后的一段时间有个畅想,想建立一个"青梅气宗会所",我很惭愧不能理解其中的精华。四十多万字的文章,我花费几个日夜才读完,几度钦佩,几度伤感,数日的思绪全部投入到撰写这篇文章中。午后斜阳照在书桌上,我凝视着窗外的花树和附近的青山,似乎听见山中传来悠扬轻快的笛声,晚上走在回家的路上,听着海浪声声,仰望春水般的长天,仿佛看到月光云海中白衣飘飘的少年。近日连续做梦,梦见我急匆匆来到一幢教学楼,不知是聊大 11 号楼还是鲁大南 4 楼,看到梅青穿着医院的病号服站在大门口,他笑着问:修志,你要到哪儿去? 我说:要给孩子们上课,快迟到啦! 我得赶紧上楼,下课后再聊。等我到达教室,空无一人,下楼后,斯人不见。

过几天就是清明了,我应该委托梅龙将此文在梅青墓前烧化,愿他的英灵在天上享受最最安宁的休息。正这样想着,倏忽间,一首诗飞入眼帘,我顿感惊艳,忧叹不已,仿佛看到梅青家中此刻正散发清香的梧桐树,那是故乡的原风景啊。这是梅青根据朋友之作改编而成,用自己的笔调写出了自己的情致,诗名《你若我必》:

> 你若是风,逍遥漂游
> 我必是云,连着你的衣襟
> 你便是我的方向
>
> 你若是海,柔软的情怀
> 我必是鱼,深深的眷恋
> 你就是我全部的世界
>
> 你若梧桐,伫立春田
> 华似凤衣,清香漫摇
> 我当如何?
> 且化作清池伴卿侧
> 只为拥你倒影入怀

(2014 年 3 月初稿,2017 年清明修订)

青兰台

青兰台上没有兰花，只是一个被绿树包围的石台，石基上镌刻着这三个字，静默在校园的东门旁，灰石嵌着白砖，平平整整的，我却很喜欢它。

它像一个棋盘，夹在图书馆和教科院中间。春夏是读书的惬意时节，每次从图书馆借到一大抱喜出望外的书，就会坐在青兰台上畅快地先睹为快。高大的杨树遮蔽着阳光，碎碎的光影裹挟着白纸黑字的墨香，让人有种近观溪流的明亮错觉。读得入神，猛然被人拍醒，同学笑嘻嘻地拉我去上心理学课。

上心理学课时总在教科院最东北角的多媒体教室，一边听老师讲着各种流派理论，一边把视线转移到窗外的青兰台。一个女孩正坐在石凳上抽泣着，似乎附近梧桐花的浓烈香气都不能安慰她，男孩则在她身后一筹莫展地沉默着。他们怎么了？正想着，左耳被凯塞进了一只耳麦，那是 Jay 的声音："哪里有彩虹告诉我，能不能把我的愿望还给我，为什么天这么安静，所有的云都跑到我这里。有没有口罩一个给我，释怀说了太多就成真不了。也许时间是一种解药，也是我现在正服下的毒药。"

"格式塔心理学研究直接经验，直接经验是什么呢？就是主体当时感受到或体验到的一切，也就是主体在对现象的认识过程中所把握到的经验。"李老师带着阴柔的嗓音在上面慢条斯理地说着。我看了看窗外，青兰台上空荡荡的，秋风吹起台上一双双手掌似的落叶，宛如吹着湖面的水花。

冬天的时候，青兰台上是很冷的，积雪覆盖住石桌石凳和两个雕塑，一个是凌空振翅的"翔"，一个是叫"红烛"的大石头。四周的树木在刺骨的冷风中吱吱呀呀地仿佛发出干柴碎裂的声音，我却喜欢在石台上踱来踱去，一踱可能就是一个下午。暮光降临，站在青兰台上向西越过草坪眺望，可以看到墨绿的栖凤林，这清冷的风景是一幅黄绿水晶镶成的画。

"干吗呢？走，去欣岩网吧玩玩儿去。"鹏把我从台子上扯下来。

"昨天傍晚,壮一个人在青兰台上坐着,猛灌了一斤白酒,他歪歪斜斜地傻笑着,被小宝一路拖到宿舍,疯狂呕吐后,半夜就被我们送到了校医院……"我冻得牙齿发紧,一边说着一边裹紧军大衣。

"靠,这么壮烈呀!俺昨天晚上去打通宵了。"鹏往手心里吹着暖气,"你说巧冷的天,他跑到台子上干啥去?"

等到最终离开青兰台的时候,有人说,青兰台下面是一个防空洞,三十年前全校师生都在下面挖洞,挖了好几年才挖成,里面很深很大。听说后,我很想趁着月黑风高钻到下面去一探究竟,但底下锈迹斑斑的铁门紧锁着下面的黑暗,似乎很长时间没有打开过。冲着里面大喊一声,没有任何回声。也许青兰台下面确实锁着一些东西,到底是什么呢?是有关动物凶猛的秘密,还是记忆光阴的消息?

"你还记得青兰台吗?"夜晚在书房看完书,我突然问道。

"哦,青兰台?"她迟疑了一下,"是教科院旁边那个吧,叫青兰台吗?想起来好久远了呢。"

"那是,离开那里已经十年了呢,快吧?"

聊城大学青兰台(解玉鹏/摄)

其实那片校园有许多景致,栖凤林啊,竹林啊,紫藤长廊啊,虽然青兰台很普通,普通得很多人都记不起它的名字,可我却很想念它,随便用记忆的触角一嗅,似乎有着兰花草的清淡气息。

(2017年3月21日刊于《聊城大学报》)

你两岁啦

道宁：

你好呀！爸爸刚给妈妈打了电话，妈妈说你好些了，但还是有点发热，爸爸听见你在电话那头喊爸爸了。坐在刚刚开动、连夜驶向北京的绿皮车里，爸爸有些发愣，是不舍？愧疚？还是后悔？爸爸也不知道，只是感到特别抱歉，为今年不能每天陪伴你，为妈妈日夜操劳，也为爷爷奶奶辛苦。爸爸刚才等车的时候，看到一幅画，上面写着"你陪我长大，我陪你变老"。突然间，爸爸就想呀，此刻爸爸这么牵挂你，那爷爷奶奶也在牵挂爸爸呀，所以爸爸也给爷爷奶奶报了平安。

道宁，你都两岁啦！前两天给你过生日的时候，爸爸妈妈都觉得咋就这么快呢。翻着你从出生到现在的照片，感觉确实好快，你从当时躺在手心里的小娃娃长成了今天跑得飞快的小伙子，两岁就已经90厘米，快30斤了，像一棵小树似地噌噌噌往上长。很多时候，爸爸妈妈一边欣喜地看着你展示各种新技能，哇呀呀跟着大人学话呀，吼哈哈在家里跟着节奏跳舞呀，一边怀念着那个只能躺在怀里充满无限依赖的大眼睛。爸爸妈妈是不是很傻？其实，爸爸妈妈只是非常爱惜、珍视陪伴你成长的每一天。

爸爸最近突然意识到内心的一种变化，就是从修志纪年变成道宁纪年了。怎么说呢？以前爸爸可能会想，哦，我今年都三十岁了，三十岁应该赶紧努力啊！现在不同了，我就会想：哦，道宁都已经两岁了，我可得好好努力啊，不仅是为了这个家，也要让道宁感受到努力是咱家的品质，家人要共同努力，彼此相爱。

道宁，你两岁啦！旅途中的爸爸其实有很多话想对你说，但只能想象着此刻正在熟睡中的你。爸爸想起有两个月，家里特别难，爷爷在医院陪着奶奶，妈妈去上班，爸爸白天整天带着你出去到公园和海边玩儿，和你一起在长江路上一边捡树叶捡烟头一边等妈妈下班。你最喜欢笑哈哈地像小飞机一样从小山坡上俯冲到爸爸的怀里，你最喜欢藏在窗帘下面等着爸爸去跟你捉迷藏，你最喜欢爸爸抱着你大声念《沙发底下藏着什么》，你最喜欢让爸爸举高高抛高高后才答应吃药，你最喜欢趴在爸爸肩头一晃就进入梦乡。有次，爸爸陪你午睡，凝视着你稚嫩的笑脸和长长的睫毛，你睁开水亮的眼睛，羞涩地叫了声"爸爸"后继续呼呼大睡。是啊，妈妈对爸爸说过，你肯定会特别怀念那专职陪伴的两个月。想到这里，爸爸眼睛有些温热，不仅怀念之前的陪伴，也是遗憾今年不能常在你身边。

道宁，我的小船长，你两岁啦！爸爸妈妈希望你能继续笑哈哈地成长，爱上绘本，爱上故事，爱上阅读，爱上玩具，爱上花草，爱上动物。爸爸妈妈也希望你能认识越来越多的小朋友，和你的小伙伴们成为好朋友，一起玩耍，一起长大。这个世界，风大雨大，爸爸妈妈会为你撑开一把大伞，但爸爸妈妈也相信你是个勇敢的孩子，慢慢就会撑起自己的小伞，踩着水花，马蹄哒哒。

昨天在医院里抱着你，我对妈妈说：豆豆这两天一发烧，我都忘记写生日寄语了。妈妈说，来得及，你每年写一封，等到以后就订成个小册子送给他，多有纪念意义啊！是啊，妈妈说得对。爸爸看重这些东西，注重一种仪式感和纪念性，是因为爸爸觉得，人一辈子很短，父母真正陪伴孩子的时间更短，何不好好纪念过去的一段时间呢？这种纪念，不仅是一种怀念，更是一种寄望，一种期许，一种不断启蒙的自我督促。你说呢？

火车轰隆隆，车厢里人都睡了。好了，就到这里，明年爸爸再写给你吧。晚安。

（2017－4－11）

灯火下楼台

亲爱的同学们：

此刻，你们穿戴整齐，笑靥如花，头上的学士服帽穗儿迎风飘扬。我想象着，你们就像当下抽穗的麦田，向上登攀，夏风吹过，绿浪滔天。

其实，我早已想到了这幅画面，在四年前。当时我刚刚在复旦的毕业典礼上饱含深情地回顾了整整二十年的求学历程，怀着美好的憧憬来到鲁大，满心期待地准备迎接我的第一批学生。九月的那天，我穿着浅蓝色衬衫，在北区运动场上翘首相望，当时的你们，青涩、腼腆、稚嫩、兴奋，我记住了每一个人甚至你们父母的脸。晚上，我们第一次班会，我说了很多，提到最多的一个词，就是：四年之后。当时我说：现在大家刚刚迈入大学的门口，应该想想四年之后你以怎样的背影离开；只有一个认真的开场，才会有一个无愧的谢场；四年之后，你们肯定会流泪的，区别在于，是笑着流泪，为自己的努力而无怨无悔，还是哭着流泪，为自己的虚度而羞耻悔恨；我跟大家一样，也是一个新生，也需要从头再来，好好学习，就让我们一起成长，看看四年之后谁成长得更快……

我真心地喜欢你们。看着你们，我总想起我的大学生活，仿佛看到了当年那个在迷惘中挣扎求索的人。所以我想尽可能地去了解你们，引导你们，督促你们，最终让你们完成自我的启蒙，就像康德所说，启蒙就是在无人督促和引导时仍能坚决勇敢地运用自己的理智。我们有许多难忘的时光。我用了一年时间，跟全班42位同学都进行了一个小时左右的谈心，了解你们的童年、父母、兴趣、性格、困惑、闪光点……我用了半年时间，与你们坐在同一教室，跟着朴银姬老师听了一学期的韩语课……我用了四年时间，向你们推荐了六十本经我亲身检验的人文经典，它们似乎也变成我们班级中的一员……我还让你们与我保持同步，写了四年的年终总结……现在，我把六十本书的清单和你们四年的年终总结，统统还给你们。

"我相信你还是爱着我们的,"记得咱班有位同学在最后一次年终总结中写道,她说:正是遇到我们之后,四年之中,你初为人师、初为人夫、初为人父,是我们见证了你生命中这些最重要的时刻……是的,看到这句话时,我瞬间被感动了,从未想过我会和你们一起分享生命中最刻骨铭心的岁月。确实,你们是我种出的第一畦春韭,滋养的第一畹兰草,栽下的第一亩蕙苗。所以,四年来,我努力为你们树立好的榜样,帮助你们追寻自由坚定的灵魂,而非精明玲珑的习气,我明白无法做到尽善尽美,但只求尽心尽力。

其实仍然好多遗憾呢,计划和你们一起做一些事,但还是没做成。比如我们一起远足到青翠山岗听鸟声啁啾,一起乘船到庙岛群岛看沧海横流,一起拍部毕业大戏留下流年影像,就连等待了四年的毕业合影,远在北京的我,也没办法和你们完成了。不过,转念一想,如果照片上没有我,未来岁月中,你们捧出毕业照追忆大学和青春时,难道不会更想念我吗? 黄老师在哪里呢? 我相信,我们已彼此融入各自的生命河流中。

我们的生活,都是时间的故事。有时候,我好羡慕你们啊! 你们现在有大把大把的春光,而我却往往觉得时间很不够用。我也是从你们这个年龄走过来的,许多年的经验和体悟告诉我:应该多用成长的眼光、历史的精神、未来的视野去反思当前正在经历的困惑、痛苦和挣扎,不要怨天,也不要尤人,吃多大苦,就享多大福,未来的某时某刻必定感谢今天的此时此刻,如果你想家了,那么恭喜你,因为你一旦挺住,就马上进步了,马上告别原来的自我,迎来一个崭新的自己了。多年以后,当你告诉别人自己不断挣扎、吃苦努力的过往时,就像在讲别人的故事,讲着讲着,连自己都被感动了。

我不知道黄老师对你们意味着什么,我也明白每个人的想法不一样,有些事情也不见得人人都能理解。但就像前段时间送走我指导毕业论文的几位学生时,我告诉他们:希望多年以后,面对这个魔幻世界,有人回首往事:"那些年,是黄老师带着我们一起领略惊叹从未见过的人文风景和历史世界,他让我们干了一碗又一碗心灵鸡汤,从那以后,我将读书的兴趣和内心的平静贯彻生命始终。"

在这座城市,人们常说:爱在烟台,难以离开。是啊,这片海,这些树,这群人,让人舍不得、丢不开。昨晚我刚在国家大剧院听了场华丽的钢琴音乐会,闭目聆听时,仿佛世间一切纷扰都归于内心的沉寂,但曲有终了的时候,人有离散的时候。现在我想起白居易《宴散》中的一句诗,"笙歌归院落,灯火下楼台"。我们最终要一次又一次地阔别,阔别心爱的亲友,阔别昨天的自己,这是一生一世、命中注定的日常。

所以,在今天你们拍毕业照的日子里,我虽然不能前来,但仍把酝酿了四年的礼物送给你们。我并非迷恋时间,肆意伤感,亦非缠绵回忆,更不是个预言者,我只是希望我们能继续怀有历史精神和未来视野。正如四年之前我跟大家初逢时,我劝告大家想想四年之后的离别,许多年以后,你会怎样把这四年写入自己的人生史中。现在跟大家离别,你们的路才刚刚开始,我也劝告大家想想十年之后。是的,突然想跟你们做一个未来的约定:十年之后的夏天,应该是2027年6月,无论你们散落在天涯的哪个角落,这颗星球发生了怎样的改变,我希望你们能想起给黄老师写一封信,把你那时的状态告诉我,就像老朋友久别重逢后的聊天。好吗?

临别之际,要送给你们几句寄语,这也是我在与你们共同走过的四年中体悟出来的一段心声:"用心用功,天道酬诚。不是自己的东西,永远别伸手;依靠自己的努力,坦荡过一生。"

最后,祝贺你们,祝福你们。

班主任:黄修志

2017年5月12日

同床异梦的孤岛

中午去朋友家地铁上开始读伊坂幸太郎《奥杜邦的祈祷》,吃晚饭时读,在办公室读,趴宿舍读,凌晨终于读完。读完后稍有失落,以为不过是个推理性的温暖故事,但重新翻阅品味勾连了全书一些对话和情节后,才大大佩服此书的理想和寓意。看了豆瓣评论,感觉很多人只关注故事推理,基本没有理解作者心思,忍不住写上几句。

伊藤莫名来到一个孤岛,遇到一个会说话且预知未来的稻草人,得知这座孤岛从 1855 年就开始与世隔绝了。1855 年是什么年代?是日本安政二年,是美国佩里黑船来航和日本被迫开放的年代。但此岛却在这年选择闭锁和逃避,切断了与日本母体和世界的联系。

伊藤自幼父母双亡,祖母临终说,你会选择逃跑;伊藤的前女友静香也正因为缺乏母爱,而极度想在事业和荣誉中获得安全感,导致她和伊藤的分手;樱是岛上执法的杀手,没爹没娘,他可以射杀伤害鸽子和花草的人,因为一个人活一辈子会毁灭无数生物;日比野从小父母被杀,他说人类成长过程中最需要的是与父母的沟通;田中的妻子遭人强暴后被人认为死亡多年,却在封闭的家中靠着丈夫所绘一幅幅逼真的自然风景度日。

在 1855 年,勇于反抗锁岛命令的年轻人被杀,临死前用西班牙海船龙骨制作了一个稻草人,他把鲜血和灵魂灌注其中,成为会说话的稻草人。他认定:"在这里,重要的东西,一开始便缺失。因此无论任何人,均为空壳。从岛外来的人,会将欠缺之物安置于此。"一百五十年后,稻草人看到伊藤到来,经过精密计算,拜托了包括伊藤在内的岛上许多居民做一件小事,然后自杀。在蝴蝶效应和混沌理论的影响下,岛内居民无意中杀死了两个岛外恶人,而伊藤和静香在岛上山丘重逢,静香吹响了悠扬的萨克斯音乐,她应该放下了自己的固执,打开了心锁。

那欠缺之物是什么?其实不是书中表面所说的音乐,而是稻草人前世所要争取而被压制的东西,就是交流。一个人,不能隔断与父母的感情交流,静香说:"无论哪个小孩都需要父母的爱,就像牛奶一样不可或缺。"一个国也是如此,不能闭着眼隔断与世界的交流;人类也是,每天都有许多物种在被人类屠杀灭绝,应该学会珍惜与其他物种的共生和交流。书中提到,为什么人们去超市买肉那么自然,因为中间省略了屠杀的过程,直接切成整齐的块状供人喜滋滋挑选。如果让都市的人亲自宰杀牛羊猪鸡狗等动物,他们还会整天无肉不欢吗?

　　我不知道作者是在说人生幸福和苦难的根源还是暗示日本孤岛似的国家命运和国民心理。西贤曾说,没有人是一座孤岛,但其实这是一句鼓励性和劝告性的话,事实是一些人已经成为一座座孤岛。我宁愿相信,他是在说:不要逃避,直面真我,敞开心胸,枷锁自落。

　　我们面对的难道不是一个日益孤岛化的社会和国际吗?大家睡在同一张床上,却紧锁双眉,闭着眼沉睡下去,各自做着各自的梦不愿醒来。

(2017 – 05 – 07)

闲步话武汉

从二龙路经过西长安街,在复兴门附近穿过地下通道来到对面,红绿花树渐渐多了起来。

"瞧,一边散步一边吹着凉风,多舒服。"余老师惬意地说。左手边写着黄鹤楼酒店,我笑说,这是一家湖北菜馆吗？余老师摇摇头说不知道啊。

黄鹤楼,依稀记得十年前,第一次登上黄鹤楼的那个场景,顿生杜少陵"昔闻""今上"的感慨。回到珞珈山后,即兴写了一篇短文,交给曾任武大广播台台长的睿姐。我说:完成你交的任务了！睿姐一边看,一边说:嗯嗯,很青春的文字啊！

黄鹤楼

其实那篇短文,是对崔颢诗歌的赏析,只是我加入了自己的想象:

诗人从边塞而来,马蹄声碎,几千里尘埃,路过武昌蛇山黄鹤楼。岁月匆匆,兴亡更迭,黄鹤楼虽屡次被毁,但仍陆续被后人重建,弦歌绵延,矗立在滚滚江畔。诗人于山下仰望黄鹤楼,寂然凝虑,思接千载,顿发感慨,于是便有了登高之念。

传说中的仙人早已驾乘黄鹤,悠然而去,空然留下一栋黄鹤楼在此,徒令诗人神思万里。千年已过,昔日的仙人与黄鹤自飞去之后,就如时光流水一般,奔流入海,再也没有回来,千古兴亡多少事都如这平平仄仄的大江东去,顷刻间转瞬即逝,还有头顶上的白云,飘忽长空,随风化作流云飘烟,也已悠悠不见踪迹。水天浩荡,三镇雄武,诗人登山临水,凭栏远望,顿时天地开阔,江山如画。阳光洒满江面,汉阳树木郁郁葱葱,不可胜言,古老的鹦鹉洲畔,芳草茂盛,碧色连天。夕阳西下之时,此景此情,诗人却是满目江山无限愁,不禁怀念起自己遥远的故乡,当年浮云一别,流水十年,多年来戎马倥偬,宦海沉浮,而远去的故乡,又在哪里呢?而长江奔流无声,帆船往来如织,山水苍茫,无人应答,眼前这浩淼的烟波却让人更起浓浓的乡愁。

中国历代文人墨客在登楼之时,总有一种伤怀,这种伤怀是一种对生命的追问,对人生的感慨,从王粲的凄凉,李白的放达,到王勃的豪兴,都体现出诗人们对历史和命运的感念。仰望星空,登临送目,天高地迥,兴尽悲来,人生的无常在面对宇宙的无限时,诗人们想到自己漂泊的生命与坎坷的身世,往往可惜流年,忧愁风雨。而在众多的登楼诗赋中,也只有崔颢的这首《黄鹤楼》更为高致雄浑。全诗一气呵成,行云流畅,开篇就有一种时光的流转破空而来,诗人在历史的记忆中徜徉怀想,转而又将视角定格在现实的黄鹤楼,从传说到天上,江上,再到自己,强烈的时空效应和浮生若梦的慨叹在诗人心中产生剧烈的摩擦创痛,虽有晴川树木,江潭青草,但他乡生白发,旧国见青山,更让人生起莼鲈故乡之思,余味悠长,风格高古,无怪乎连李白看到此诗都惭愧搁笔了。

曾经是五陵少年的杏花春雨江南,而今却是孤舟万里,书剑飘零,萧落管弦。但江山气象如斯,人生超拔如此,在梦想和追求面前,诗人于忧愁之中又能隐隐流露出一种坚韧,一种纵横千古的恢弘胸怀。虽往者远去,然今日可追,江水澎湃了几千年,想来也会洗净这古今的忧愁吧。

走进余晖林深的中央音乐学院,适逢钢琴音乐节,随处可见背着乐器的学子和匆匆赶来的听众。此校虽然占地不大，却小巧雅致，虽然衣裙络绎不绝，三四总角顽童踢球嬉闹，却也闲适阒静。站在醇亲王府两殿之间的广场上，凉风徐徐，愈发快哉了。

"这就是鲍家街43号？"我指着东门上的门牌号说，"汪峰的乐队吧？"

继续往前走在几条不熟悉的街道，似乎是为了故意寻找一种陌生性。

"你刚说有在武汉待过，是哪一年到哪一年？"眼镜后面的余老师像少年柯南一样认真地看着我。

"难道你也在武汉待过？"

"是啊，在湖大待了三年呢，"他叹道。

"湖大？我去过两次。有次我和一位同学去湖大送论文，当时一场春雨刚过，湖大校园树木被洗得青翠茂密，印象很深刻。"我好像听见了湖大附近长江波涛里轮船特有的鸣笛声，即便在珞珈山也能听见。

"是啊，湖大的树木确实很好，又在长江边上，离一桥二桥那么近。"

"我说呢，一开始就看见了黄鹤楼字眼，还说起了湖北菜馆，原来在这儿等着呢，"我笑了起来，无限神往起来，"其实，2008年的夏天，就像现在的天气，我很怀念。那时候坚持锻炼，每天早晨从风光村出发，经过磨山、梅园一口气跑到武汉植物园，然后我再坐公交车回来。当时挥汗如雨啊，那片风景真是好，湖光山色的，感觉像奔腾在森林里。"

余老师点点头："磨山确实好，那附近好像还有花展吧。武汉和周边确实有不少好风景，当时我们还去黄陂木兰去实践旅游地理学了呢。"

木兰？讲真，那时同窗几人还想着去木兰做一个短途的毕业旅行，可惜也没去成。

说话间，已经走回来了，他摇摇手机说：今晚走了有两万步呢，很愉快。

(2017－06－01)

高考:平平凡凡的日子

那一天,一个平平凡凡的日子,八九月间的秋老虎正肆虐着大清河畔的校园。刚刚步入高三没几天的我们,一边摇着书本当扇子,一边埋头做着厚厚的习题集。

"学习委员和语文课代表出来一下。"语文老师杜文东在教室门口喊了一声。

我走出门口,杜老师问:课代表呢?我说:我也是您的课代表。杜老师问:明年就高考了,你的目标是哪所大学?我一时没有反应过来,其实我不知道外面的世界都有什么大学。杜老师笑着看着我,用一口流利的鲁西南话说:以你的实力和脑壳,必须底气十足地说山大啊!我回到座位,在日记本上不断写着山东大学、山东大学……

高三之于我,是刻骨铭心的戕害,是天崩地坼的劫难,也是历久弥新的启示和体悟。那时内心仿佛遭遇魔灵入侵,近一年的抑郁和灰暗几乎让我在理想面前崩溃,为此我与自己展开了长达四五年的艰苦斗争,直到读研后期才真正释然,从此变为一生的心灵财富。很多年以后,每逢想起那段漫长的日子,我都无法想象当时是怎么熬过来的。

2004年6月,马上就要高考了,我仍然未从内心的混战中解脱出来,我写了几页日记,有种认命随缘的样子。那一天,我们坐着学校租用的几辆大巴沿着大清河驶向县城,我们明白,身为山东人,在这场考试中,绝大多数人名落本科是注定的结局。能想象这是我印象中第一次去县城吗?虽然东平是一个国家级贫困县,但当时我很惊讶地见到了县城宽阔的大街、高级的学校和丰富的商品,第一次跟着同学进了网吧,讶异于能在电脑上看电影的神奇魅力。

虽然内心仍然没有做好准备,但我轻声安慰自己:就当作一次平平凡凡的月考,随意发挥吧。那三天好像真的很随意,考试间隙,我跟同学们打乒乓球,到附近的书店买了本《史记》和《水煮三国》,读到半夜,次日迎接最后一门考试。

高考就这样结束了,我没有很多解放的感觉,平平静静地收拾完书包,跟着同学们望着车窗外明亮激荡的河流,一路唱着歌回到学校。回到家里,父亲小心翼翼地问我:"你感觉能考多少分?"我说:"按平时水平的话,应该在630左右。"父亲听后沉默了一会儿,他说:"那天,我听咱村经销点的宪清叔说,咱村儿还从来没有人考过500分以上。"我没有说什么,暗暗计算着查分数的日子。

那一天,一个平平凡凡的日子,我来到西厢房,深呼吸一口气,按了几个号码,电话机里传来一串声音:黄修志,五百……八十……一分。我有些发呆,慢慢走进堂屋,父母和两个妹妹正若无其事地包饺子。说了这个数字后,父亲拿出一瓶白酒,满面红光,说:小来,大大可高兴啦,我可得好好喝两盅!全家人都在笑,我却哭了。因为我明白这个分数太尴尬了,当时雨萱在齐鲁卫视《金榜工程》节目上公布了山东的分数线,我注定上不了山大,更上不了那段时期一直等待政审和体检的国防科大,山大梦碎了,军校梦也碎了。我一夜难眠,反复纠结:是复课,还是上大学?

7月,一个平平凡凡的日子,我又拨通了一个电话号码,一串声音传来:黄修志,聊城大学教育科学学院。我异常平静地扣上电话,母亲正揉着面,她对小妹说:哎呀,俺儿考上大学啦!咱村儿第一个本科生啊!

听着母亲的话,我有些感动,有些开心,顿时感到很知足:挺好的,一切才刚刚开始,生命的轨迹从此往另外一条路上疾驰了,任何一个阶段都是自己生命的一部分,都要好好珍惜才行,只要肯继续努力,我相信仍会不断遇到一群又一群与众不同的人们。

2017年6月7日,于我而言确实是一个平平凡凡的工作日,听到部里同事说起今天是高考第一天,忽地想起那些平平凡凡的日子。我想,如果没有那些平平凡凡的选择,怎会遇到此刻正读这篇文章的你呢?

正如香港作家陶杰所说:"当你老了,回顾一生,就会发觉:什么时候出国读书、什么时候决定做第一份职业、何时选定了对象而恋爱、什么时候结婚,其实都是命运的巨变。只是当时站在三岔路口,眼见风云千樯,你作出抉择的那一日,在日记上,相当沉闷和平凡,当时还以为是生命中普通的一天。"

(2017－06－07)

火星相遇前的那一夜

三十年后，六十岁的我乘坐太空旅行飞船穿过星云，在火星山丘上仰望太阳系的壮丽星空时，发现远方天际走来一群熟悉的面孔，他们呼唤着"老师！老师！"霎时，回忆像此刻火星尘沙随风漫卷而来，我忍不住将目光投向远方那颗蔚蓝星球，仍然清楚地记起此前的那个夜晚。

那是三十年前，二〇一七年六月二十三日，在地球亚洲东端、太平洋西岸的一个中国小城，我来得很早，在鲁东大学一个校内餐厅包厢等着他们。窗外是群山夕照中的文学院，习习凉风吹来一种山雨欲来风满楼的幽爽。今天上午他们刚参加完毕业典礼，晚上要和我一起吃饭见最后一面，我从北京请假连夜赶来。

"老师好！"同学们鱼贯而入，神情兴奋而羞涩，好像四年前我们第一次见面的情景。很快，包厢里两张大席已坐满，我这一桌坐了十五六位同学。佳肴美酒次第上桌，同学们等着我提第一杯酒，但坐在我左右的两个位置还空着，团支书和学习委员还没有来。我提议大家先吃，等两人回来后一起举杯。半个多小时过去了，我等得有点着急了，快七点了，我说：靓雯，你打电话催催贺萱和刘琦。靓雯说：老师，她俩就在路上，马上赶过来，正在忙班级档案的事。哦，我想，临到最后一天还在忙。

马上就七点了，张凯和几个男生等不及了，在人群中举起酒杯说：请老师为我们说几句话，让我们喝下第一杯酒。虽还惦念着路上的两位同学，但事已至此，我只能站起来举杯。

"首先，非常感谢大家邀请我参加这次聚餐！上个月大家照毕业照时，我无法抽身前来，前段时间班委说起这次聚餐，我很动心，所以才专门请假前来，跟大家在大学里见最后一面。现在，你们都住得很近，宿舍就在楼下，我不用担心，我虽然住得远，但我可以告诉大家，今天我特意没有开车过来。"说到这里，同学们会心笑起来，我继续说道："所以，今晚，请大家务必义无反顾地尽兴！这第一杯酒，先祝贺大家,祝大家毕业快乐!"

一杯饮尽后,我有些担心了,对靓雯说:你问问她俩怎么还没来。靓雯说:老师,我问了,她们说马上就到了。不一会儿,正跟左右同学们聊着她们毕业的去向,有人喊道:老师,来了!只见一个彩色蛋糕像一只鱼从门口游到我的眼前,正发愣,一抱鲜花已像一只鸟眨眼间飞到我的怀里。正在回神时,贺萱站在人群中,高声说:今天,我们请到了老师和我们毕业聚餐,我们特意给您做了蛋糕,要向您说声——"

"谢谢老师!"所有人都站了起来,一边鞠躬一边齐声喊道。

有那么几秒钟,像一生那么漫长,我大脑一片空白,就像第一次来到太空看到星球的那一刻。我抱着鲜花,有些痴呆,眼里闪着泪花,望着相处了四年的同学们,怔怔地竟不知该怎么说话。必须要说点什么,这是意料之外的变化,全靠即兴发挥了。我收了收激动和感动的心神,任凭心底的波澜流动:

"非常感谢大家!真的,我非常开心,非常感动!我没想到能收到这样的礼物。你们知道吗?今天面对你们,我感慨很多。2007年夏天,我大学毕业了,现在是2017年,算起来,我已经走到大学毕业十年的这一刻。人一辈子有几个十年?我在给你们的毕业礼物中,跟你们有过一个十年之约,说到2027年6月,无论你身在何处,无论这颗星球发生了怎样的变化,希望你们别忘了跟黄老师写封信。当然,我预想的这个十年之约,不是为了要跟我产生某种联系,而是希望大家到了我这个年龄,仍然还记得十年前我们曾有过非常美好的四年时光,仍然还记得班内一个个鲜活的生命、真诚的心灵、为了梦想而努力前行的身影,你们会想,那些人,现在在哪里呢?仍然还记得十年前我们倾心相交的这个夜晚。是的,倾心相交。今天你们毕业了,许多话我都在毕业礼物里跟你们说了。但我还是想说,今天我们好像平平淡淡地挥手告别,好像只要有时间,只要用微信联系,随时都能见面。但以我的经验,离开大学后,世间许多事,都是人在江湖,身不由己。比如十年前我与我们班里的同窗告别,十年之中,再次见面重逢的,能有几个人呢?掐指一算,其实不超过十个人,一直保持联系的就更少了,也就是说,一半以上的人,十年之内,我一直没有见到,现在见不到,以后更难见到。今天我们告别,命中注定这场告别对很多人来说就是永别了。所以,请大家珍惜彼此。四年前,我曾在我最后学业的毕业典礼上说过一段话:'人生是一条梦想之路,只有脚踏实地,才能走得长远;人生又是一棵梦想之树,只有扎根大地,方可长得崇高。'今天我也把这句话重新送给你我,希望我们每一个人,都能在这条梦想之路上稳步前进,都能成长为一棵棵高大的梦想之树!来,让我们干了这杯酒!"

依次呼喊完在座所有同学的名字后,我一饮而尽。

对桌的方浩站起身来,开头唱起来:"这些年,一个人,风也过,雨也走。有过泪,有过错,还记得坚持什么。"身旁的贺萱接唱:"真爱过,才会懂,会寂寞,会回首。终有梦,终有你,在心中。"不约而同,我和大家一起合唱:"朋友一生一起走,那些日子不再有。一句话,一辈子。一生情,一杯酒。朋友不曾孤单过,一声朋友你会懂,还有伤,还有痛,还要走,还有我。"

酒过三巡,同学们挨个站起来,说着自己的毕业感言,许多同学抑制不住自己流下了眼泪。我静静地听着,眼角温热,像湖水一样平静安宁,又像海水一样涌动翻腾。他们讲得都这么真挚,这么动情,好多说得很精彩很有水平,我无法一一记清。有同学说:我们拥有过共同的时光,就是永远拥有了彼此。有同学引用了歌词,说:我知道,那些夏天就像青春一样回不来,所以,你好,再见。有同学说:四年来,我们确实成长了好多,但好突然啊,我们马上就要分开了,真的很难受。有同学说,我要谢谢咱班的男生们,我想说,我们爱你们,你们一直是我们女生的——姑娘们齐声喊道"男神!"小伙子们果断回应高喊:"我们也爱你们,你们一直是我们男生的——女神!"晓琳通过微信视频从浙江剧组里跟我们说:感谢老师和同学们,下半年播的电视剧里,你们肯定能看到我的脸!健琨在军队宿舍里通过视频跟我们唱了首军歌后,以水代酒和我们干杯。

该姜嵩发言了,她坐在那里讲了一席话后说,很感谢老师同学们,我想唱一首歌。说完,她唱了第一句"我听见雨滴落在青青草地",紧接着,大家突然齐声合唱起来,清脆而深情,再次出乎我的意料。我没有听过这首歌,一代人有一代人的歌,所以我也无法加入这个合唱,但这明显也是同学们事先准备好的。我坐在歌声和目光中,听得字字分明:

> 我听见雨滴落在青青草地,我听见远方下课钟声响起,可是我没有听见你的声音,认真呼唤我姓名。爱上你的时候还不懂感情,离别了才觉得刻骨铭心,为什么没有发现遇见了你,是生命最好的事情。也许当时忙着微笑和哭泣,忙着追逐天空中的流星。人理所当然的忘记,是谁风里雨里一直默默守护在原地。原来你是我最想留住的幸运,原来我们和爱情曾经靠得那么近,那为我对抗世界的决定,那陪我淋的雨,一幕幕都是你一尘不染的真心。与你相遇好幸运,可我已失去为你泪流满面的权利,但愿在我看不到的天际,你张开了双翼,遇见你的注定,她会有多幸运。

真好,这歌词,我忍不住加入同学们的掌声。同学们继续说着,有同学说:老师,真的很感谢您,四年来,无论我们有什么问题,你都会第一时间站出来为我们解答解决。有同学说:牛贺萱,我真的很佩服你,四年来,你一直都没有变,从穿着到形象到精神。有同学借用热词说:愿我们历尽千帆,归来仍是少年。班长刘盟端着酒杯走到我面前说:老师,你一直是我为人处世的榜样,很幸运能遇见你,我从来没有遇见过您这样的老师。我说:谢谢!但愿我一直不会辜负你对我的这种期许。有同学说:当时咱们第一次见面时,我上台介绍自己,当时很紧张,现在也是,没想到这么快我们就要分开了……感谢老师,感谢同学们,我现在想说:大家好,我叫李聪聪,来自山东青岛,请多多指教!

那么多同学,说了那么多心里话,我很感动,感觉这是迄今为止我所听过的最好的赞美和友情。我几次站起身来,总结大家的感言,我说:"作为老师,他最好的作品不是研究,而应该是学生,你们能成长起来,就是我最大的荣誉,很荣幸我教师生涯的第一个四年,献给了你们。我希望你们能在今后收获平平安安、踏踏实实的幸福,这个社会有很多苦难,这个世界也充满了危险,愿你们能对周围的人和不幸的人们心怀宽容、同情和理解,其实许多人无论光彩还是平凡的背后,都有一些别人难以置信的苦衷。不要过于追求外在的一些东西,事实上,只要平心静气地做好自己、保持本色,名利都是如影随形的。只要做好自己,蝴蝶效应的大旋风就会把你卷到另外一个路口,真的,回想从前到现在,我觉得自己始终处在一个蝴蝶效应的旋风口上,一个不经意就可能迎来生命轨迹的大改变。现在我每个月都需要去好几趟地铁站、火车站甚至飞机场,有时我就会站在出站口踟蹰思索:如果我从另一个出站口出来,会不会遇到一个人或一些事,从此又迎来另外一种人生?我们不得不承认,咱们的大学不是世俗人眼中的好大学,十年前,我毕业的那所大学也是如此,但我觉得那不重要,是的,一点儿都不重要。重要的是,你走上社会后,仍能保持着上进心,仍能坚守不断追求向上的勇气,仍能不断发现自我,仍能不断启蒙自己,这是最好的自我证明。我们比那些本科就是名牌大学的人,固然失去了许多机会和资源,但也相反,我们也更加认识到自己的不足和奋斗的空间,也认识了许多在泥泞中携手艰辛前行的朋友。所以,请大家不要以此为耻,而应视为财富。"

自由碰杯时刻,我挨个儿与同学们碰杯,他们和我拥抱,甚至亲我的脸颊,最后用蛋糕涂满我的脸,我笑呵呵地应承着,好像有种看到儿女成长后的幸福。去洗手间把脸洗干净后,回到宴厅,许多人都在三三两两地抱头痛哭。我与各位喝了一杯又一杯,说着祝福,说着从前的往事,说着最后的忠告。

宴席散,与同学们在大厅合影,把我下午从学院领来的毕业证和学位证发给

大家后,我已经喝了许多酒,趁着还清醒,面对各奔天涯的同学们,说了最后一番话:

"第一,今天你们说,为我感到骄傲,我希望十年之后,你们会为我更加骄傲,我也会为你们更加骄傲。如果十年之后,我不会让你们更加骄傲,那我就没有给你们做好榜样,我就是失败的!"

"第二,希望二十年后,三十年后,我们能在更广阔的天地相遇,我现在突然的一个想法就是,我很希望那个时候,我们能在火星上相遇,是的,我们要相信自己,相信这个时代,相信这个世界就是自己的时代!"

……
……

送走一届青春

没想到已经三十年了,那个夜晚历历在目,那片笑声恍如昨日,那些誓言仍在耳畔。我站起身来,视线从蔚蓝星球移到前方山丘,张开双臂,向飞船上走下来的少年们走去。

(2017 – 06 – 25)

香港记忆二十年

一

"修志,快来看啊!"刚扔下书包,就被喊过来。

七八个人围在奶奶房间的 12 寸飞跃牌黑白电视机旁,这是胡同里唯一的电视机。

画面上是回归仪式,老江和查尔斯并排走下台阶。

两面红旗猎猎飘扬起来。

"英国王子肯定不好受,看他一个劲儿挠鼻子。"柱叔笑起来。

"你今天怎么来奶奶家了?"堂姐问道。

"大大和娘娘到外面卖西瓜去了。"我掏出四年级第八册语文课本。

正写着作业,堂姐突然来了一句:"哎,修志,你最喜欢哪个香港明星?"

二

"刘德华!"

醉眼迷离的陈老师看了一眼电视机,顿时睁大了眼睛。

画面是回归十周年晚会重播。

"看,老胡跟刘德华握手交谈,央视还专门给了个特写。"陈老师得意地说。

我和庄玮、广海相视而笑,知道他最喜欢刘德华了。记得大一军训时,他专门给我们唱了《冰雨》,大一迎春晚会还登台演唱《谢谢你的爱》。

"来,陈老师,这次我们仨专门请您,要谢谢您!"我们仨举起酒杯。

陈老师笑得越来越不正经:"是啊,你们仨提前从这里滚蛋,修志去武汉,庄玮去长沙,广海去深圳。不容易,来,一切顺利!"

他其实比我们只大三四岁,说是班主任,但更像一位大哥。

酒酣耳热,我忘了谁在问,"修志,将来想去哪里工作?"

三

"香港!"

"你确定?"在光华楼草坪上吹着风,她看着我说。

"还有长春。如果是南方,最想去香港,我已经报名了。如果是北方,最想去长春。"我说,"我希望咱们一起去。你在哪儿,我也就在那儿。"

两个月后,刚从烟台回到上海,正在准备博士论文答辩,接到长春的电话。

"中联办没去成,东北师大也没去成,很遗憾吧?"她说。

"没有啊,接到赵老师让我去的电话后,我给他写了一封长信,我觉得他在回信里说得很好。他说,理解你的选择,人生得一知己,比得一职位更重要。"

"你不后悔?"

四

"我一点也不后悔。"在尖沙咀的咖啡馆里,我对一位韩国朋友说。

"是吗?"淑铉淡淡地笑着。

"是的,其实世事很奇妙,有时难以捉摸。时间像洪流一样把我们冲荡得四处漂流,无论在哪儿上岸,定有上苍之深意。"我听着缓缓的钢琴曲,"否则我也很难想象在岁末来到这里。"

路过红磡时,我说:"这里经常有演唱会啊,张国荣、张学友他们以前常来。"

她一脸郑重其事:"其实我喜欢黎明。"

"四大天王里,他确实是最帅的,你知道他和张曼玉有部电影的,回归前一年拍的,讲的是大陆人来香港的故事,算起来已经整整二十年了!"

她笑着不住点头。地铁来了,她说:"你觉得下次我们最有可能在哪儿相见?"

五

"没想到我们能在北京相见！送走上半年，迎接下半年，庆祝香港回归二十周年。"我举起酒杯，看着从布达佩斯飞来的两个哥们儿。

"还真是，好快啊！香港回归，感觉好久远啊！"浸会毕业的冯老师感慨道。

"哦，你是90后嘛！那时我十岁啊，正上小学四年级，十周年，我二十岁，正好大学毕业。"我有些出神。

"修志，你好小啊。"莉宁老师说，"不知大家有没有一种感觉，有时会感觉有另外一个自己在看着自己。"

"是的，我就常常有种'观自在'的错觉，就像此时我们在西单喝酒，我的另外一个分身，或者是真正的那个自己，正在角落里默默看着自己，我会觉得他就是未来的自己，所以总是感慨良多。"我深有同感。

"未来是一个人工智能的时代，未来需要的是人的感受能力，感受情感，感受世界，这是机器永远无法企及的。"莉宁老师顿时严肃起来，"所以，我希望孩子能有一种自我感受的能力，保持好奇心。"

莉宁老师又说了一番话，让我深深陷入思索。

我想，如果此时此刻，那个未来的自己正在看着我，他肯定知道了我一辈子的事，那么他可能会在观察：如果回到从前，我还会坚持当初的选择吗？

"你肯定还会做出同样的选择，因为你就是你！"不知他们谈起了什么，莉宁老师说。

"是啊！这就是我，这就是我的路，这就是我的人生。"我举起酒杯。

这个夜晚，黎明在香江唱道："我们大家在狮子山下相遇，总算是欢笑多于唏嘘。"

我却依稀想起一首老歌："再过二十年，我们再相会，举杯赞英雄，光荣属于谁？"

(2017－07－01)

燕京逢书八记

砖塔春夜

春意喧闹，花间夕照。晚饭后，本想溜达着去历代帝王庙和妙应寺白塔，因为那天透过车窗，好像看到白塔旁闪过一家旧书店。还没到西四，路边就看到一间小庙模样的院子，矗立着一座黑塔。进门吃了一惊，原来是《帝京景物略》里的万松老人塔。万松老人是金元之际的名僧行秀，受蒙汗扶持，成北方佛魁，窃以为其声势与全真教丘处机相当。

小小的塔院，洒洒落落，塔下是正阳书局的旧书店，散发着暖暖的光，摇曳着老北京的弦声。在院子里跛着细碎的步子，才得知这塔就是砖塔胡同的地标建筑。虽然砖塔胡同只是一个小胡同，却是北京城胡同的根。更惊人的是，这条小小的胡同，竟然住过鲁迅、老舍、张恨水等几位文坛巨擘。当时鲁迅来教育部任职，曾和家人在此住过九个月，此间他校勘《嵇康集》，编定《中国小说史略》下卷，还创作了《祝福》《在酒楼上》等作品。老舍对砖塔胡同青眼有加，他曾创作了一部以公务员为主题、以西单和西四为地点的小说《离婚》，书中说："房子是在砖塔胡同，离电车站近，离市场近，而胡同里又比兵马司和丰盛胡同清静一些，比大院胡同整齐一些，最宜于住家。"张恨水则把人生最后的时光都寄托在砖塔胡同，在此病逝。

随手翻阅着院子角落里的一些旧书，才得知这些掌故，手有些发颤，不曾想，我这个来此任职的客子，竟然也能"履巨人之足迹"。转过头来，看着一位老爷爷抱着胖丫头，胖丫头穿着大红碎花衣服，隔着围栏唤着草间的大白猫，"猫、猫、猫"，她兴奋地口齿不清。大白猫傲然蹲坐在草丛之中，微闭双目，丝毫不把身旁几个人类放在眼里。

看中了两本好玩儿的旧书，纠结了半天要不要买。难以忍受这种煎熬的抉择，索性采取另一种策略：过两天若还在，说明与我应有缘，再买也不迟。出了书店门，一轮仲春明月，清冷皎洁，照着七百多年的砖塔，与墙外喧嚣灯火竟如两个世界，仿佛山林之中，真是难得。（2017－04－05）

妙应是个好名字

在车水马龙的西城，信步走进春风沉醉的傍晚。杨兄说：看这条街，乱七八糟，你相信这是北京吗？

阜内大街白塔寺书店

我笑想：北京的魅力，其实就在于它的面子是京城，里子却是一个大村庄。八百年来，远方的村民赶到这里庆祝胜利，一瓶二锅头就能过上小日子。看，这历代帝王庙，就是把各朝的村长们聚在一起，跟那些孔家弟子们斗气：别老整个道统镇日"惟精惟一"地拿学问来压我们，我们也有个帝统，正大光明比你们不知道高到哪里去了。

晚风吹过，庙楼庄严，却深锁着一群孤家寡人和孤魂野鬼。穿过一道道胡同，终于看到那天在车上一闪而过的旧书店了，就在妙应寺白塔外围的十字路口，以为十元一本的旧书店无甚好书，不想也兴致勃勃捡到六本。

回到办公室，翻到一页，看到冯至的一段文字，竟如此深契今夜的心绪："两三年来，这一切，给我的生命许多滋养。但我相信它们也曾以同样的坦白和恩惠对待那消逝了的村庄。这些风物，好像至今还在诉说它的运命。在风雨如晦的时刻，我踏着那村里的人们也踏过的土地，觉得彼此相隔虽然将及一世纪，但在生命的深处，却和他们有着意味不尽的关连。"

"意味不尽的关连"，即是"妙应"也，真是妙啊。（2017 – 04 – 13）

那些年的书店

酒后深夜，杰哥说起鲁大一家书店，现在已变成政法学院，"那个书店全是学术书啊，我每次一去就读两个多小时，读得感觉自己都不好意思了，左思右想要不要买这本书……当时在那个书店买的第一本是《万历十五年》，直接刷新了我的历史观……我一哥们儿买了一整套马恩全集啊，都看完了……"

倏忽间，他的一席话让我想起了很多年前的那些书。很多年前，穷乡哪有书啊，到邻居叔叔大爷家借书，只能借到五册毛选，高中暑假起得早，背完诗词看毛选，一本本生吞活剥地像故事书一样读。刚上大学时，常常去四月天书店看书，对着一本书站着读了好几天，老板烦死了，犹豫好几天，花了 60 多块钱买了钱穆的《晚学盲言》。从此，感觉进入一个新世界。后来又去大学附近一家旧书店买了南怀瑾《原本大学微言》，吃了一片白加黑熬通宵在宿舍走廊里写了一万字的读后感。又在这家旧书店花 110 块买了一套繁体仿刻本《史记评林》，疼得心里霍霍疼，骑自行车驮了一箱子书回学校，保安把我拦住了，开箱检查翻了翻，不让我进，我只好走小门回了宿舍。那时候其实很迷茫很挣扎，只能瞎读一气，暂时寻求安慰和镇定。

许多年过去后，直到有个夜晚，我在上海南京东路的街头苦等迟迟未来的朋友，有约不来过夜半，只好拿出钱穆《秦汉史》打发时光，但朋友仍然未能赶来，我已经记不得当时合上书本后在灯火阑珊月明人静之时是怎样回去的，地铁快停了，我就想，谁会等你这样的呆子。"我在上海待了四年，亲眼看见实体书店是瘪里啪啦地一片片倒啊,现在走在北京城,需要走好久才能偶然发现一家书店,感觉好恐怖。"

就这样慢慢侃着,杰哥说起令他心仪的吕思勉的道教研究,我说有一年寒假读他的一本小书《经子解题》入了迷,走路看,坐车看,如厕看,密密麻麻写满了注,可是现在却找不着了。窗外远方夜空中,理藩院的阁楼闪着明晃晃的光,我问:"你以前也读武侠吗?"杰哥慨然道:"那个年代,哪个男生不读武侠呢?"

是啊,一晃那么多年过去了,旧时心潮虽仍在澎湃,那时风景却渐渐萧瑟。那些年我们路过的书店,迷过的书缘,就像往日的情愫,旧时的恋人,藏在记忆的云端,偶尔想起,却难以再见。(2017 - 05 - 27)

书卷多情似故人

晚饭后拖着疲惫信步闲逛,眨眼间已来到白塔寺旧书店。犹豫了几秒,还是穿过车流进去了,不想来得巧,还真多了一批颇有年代或市面难寻的书。目光像探照灯般在书架上扫过,嗯,这个用不着买,看完一遍就得扔;这个到图书馆借就行了;这个价值不大,版本也不好;这个稀见,可以多买一本寄给沪上研究近世戏曲的同门;这个竟然可以出版,也是醉了,赶紧入手;这个……我停住了目光,思绪有些冰凝,像看到故人一样从书丛中把它拨了出来。

好久不见啊,记得高一暑假读到你,当时心灵深受震撼和激励,在日记里还写了好长好长的读后感,可后来我却不知丢到哪里去了。后来我和茄子、猴子跑遍了州城的几家书店,终于从一家小书店里找到了仅有的一本盗版书,老板娘多讹了我几块钱,但我当时着急送人,也是愿打愿挨了。

越来越接近盛夏了,燕京被罩在热岛燥气中,回忆在喧哗中若浮若沉。提着捆好的书走着,接到沪上电话:这本书正是我要找的,师兄好有心。同门说起一段读书往事,我想:这大概就是人与书的相遇,在人与书的相遇背后,其实是人与人的相遇,人与昨日自己的相遇吧。

所以,书是朋友,也是另外一个自己,能怡情悦性,更能让人如坐春风,正如明代于谦诗中所说:"书卷多情似故人,晨昏忧乐每相亲。眼前直下三千字,胸次全无一点尘。活水源流随处满,东风花柳逐时新。金鞍玉勒寻芳客,未信我庐别有春。"(2017 - 05 - 31)

长夏逢书

雨后暮色中的北京,空气难得清新,乘着微微晚风踱至白塔寺,渐感凉意。已经立秋好几天了,夏天就这样过去了,真是好快啊。不,现在仍是旧历六月,还不是秋天,而是五季中的长夏。

前几日去北海看荷花,突然想起杨万里的诗,"毕竟西湖六月中,风光不与四时同"。杨万里分明在说,六月的风光跟四季是不一样的,说明六月是处在夏秋之交的另一个季节,就是长夏。中国人的阴阳五行观念可以笼罩宇宙万物,从五方、五色、五味、五音、五官、五脏到五星、五德、五帝,怎能没有五季呢?长夏居中,是值得沉思的季节。

正想着,又快到旧书店了,心想有些日子没来了,不妨留些残步看看。惊喜来得太突然,一进门就看见了三册铜版纸《中国历代战争史地图集》静静躺在那里等着我,只需30元。由于渴慕已久,所以今宵相逢,倾盖如故。

其实说来有点掌故,50年代,毛蒋二人皆以个人意志推动学术精英编纂过重要著作。1954年,毛泽东因读史书需要,指示编绘《中国历史地图集》,成就了这一传世经典,也成就了谭其骧及复旦史地所。1955年,蒋介石痛思败退台湾,天下得而复失,密令台湾三军大学组织一流学者编纂《中国历代战争史》,同样成就了这一战争史皇皇名著。两书的编纂,却投射出两人对"攻守之势异也"的读书准备。(2017 – 08 – 16)

拉铁摩尔的背影

"拉铁摩尔是我最敬佩的美国汉学家。"

"之一?"猷猷笑问。

"没有之一。"我说,"虽然我读过许多美国汉学家的书,也很佩服魏斐德、史华慈、列文森、孔飞力、史景迁、宇文所安、罗威廉、施坚雅等等,但我一直很难忘记读拉铁摩尔那本书带给我的震撼力,这种震撼只有托克维尔才可匹配,所以我在毕业演讲中专门提到了他俩的名字。"

"是的,他不是书斋里的学者,做了这么久这么广的调查。他凭这一本书就可以了!"猷猷点头说。

是啊! 现在的学者早已失去了这种本分和职责,拉铁摩尔沿着长城从东北走到印度,无形之中不是在致敬司马迁吗? 史圣若是如今天这般闭门造车,岂能成就千古之作?

书是一位超级朋友。八九年前的寒假读完拉铁摩尔后,启发和思考久久回荡心间,回校后去听姚大力老师的课,他正讲这本书。我始终认为复旦课堂的好传统是师生一起读书讨论切磋琢磨。听了姚老师的讲读,又多了些认识。该书是唐晓峰老师翻译,袁剑老师又是我喜欢的学者和译者,我也曾读过他翻译的几本书。去年某个时日,与猷猷博士聊天,偶然聊起了拉铁摩尔。这个寒夜,猷猷博士专门送来学者们讨论拉铁摩尔的书《拉铁摩尔与边疆中国》,可谓雅集。拉铁摩尔虽然作古,但他的书,却无形之中成为一个超级朋友,把那么多人连在一起。这不是人与人的相遇么?(2018 - 01 - 16)

原来你还在这里

看着窗外一大早就天色阴郁,就知今天寒风凛冽,但人们不愿出门的周末,恰是逛旧书店捡漏的好天气。在北京的日子,工作间隙,常爱逛旧书店。真正逛旧书店的人,都会对版本很较真,而且特别留意古籍。我只是一个爱读闲书的人,只图阅读体验和价格便宜,所以仅在西城一些不起眼的旧书店里自娱自乐。

穿上厚厚衣服,背上书包,出门坐上 22 路来到铁狮子坟。盛世情书店门口挂着"撤店大甩卖"的条幅,可来得有点早,书店还没开门。太冷了,望见路的对面有家潇水堂旧书店,遂跨过天桥,经过北师东门。

潇水堂的旧书确实不少,涉及从建国到现在的各类书,不少重要文献的初版包着塑封,贴上白纸说明,工工整整写清版本、内容和意义,看来老板是识货人。我盘桓两个多小时,把所有库存都扫了一遍,本来拿了七八本,但用排除法做了几次选择题,决定只拿四本。

第一本是《日本历史辞典》,看到书脊时就不假思索抽出来了。这本原是由日本组织学者编写的两部工具书,经周一良先生组织学者翻译,把两书合为一书。看到扉页几位译者的签字,分别写着"沈仁安""马斌""李玉""宋成有",是赠给"圣安同志"的。我大为惊异,八八年翻译此书的学者尚是中青年,而今已是史学界、翻译界、国际关系研究领域的大佬。只是这位"圣安同志"是谁呢? 必是他们的前辈或领导。会是谁呢？暂时想不出，我权当是在恭请我的圣安，流落此地专等我的垂青。念及此，虽然老板的标价到一百多，我仍然买下了。其他三本，两本是关于上世纪美国中情局的，一本是罗素《西方哲学史》的姊妹篇，皆是二十元一本。

北师对面的盛世情书店

从潇水堂出来后，来到对面的盛世情书店，不由得想起上次来的情景。2016年10月，北师的晓伟教授陪着我来到此家旧书店，当时看到韩老师的东大博士论文，还有商务版《日本科学史》。老板说，你净挑绝版书，这两本都是一百以上。这价格太咋舌了，我只好放弃，只拿了本《昌耀的诗》聊作纪念。

但这次过来，没想到韩老师这本书还在，还是躺在那个角落里。我抽出这本书，又挑了增订版的《中国历史通论》和沟口的《中国前近代思想的演变》。观书之余，听见一位书友跟老板聊了起来。

"网上说您这店快到期了，啥时候搬走啊？"

"其实已经到期了，这不是书忒多嘛，得容我慢慢打理装箱啊！"

"您说这房东也真是的，北师好不容易有您家这么好的旧书店，您这一走，估计北京城的好多教授和学生也不来啦。"

"哪个不是瞅着为了挣钱呐！您还别说，就他们，宁可租给卖淫嫖娼的，也不会再让我续了，人家多给个仨瓜俩枣的就能把他们搞定。"

我拿着三本书走到柜台前，老板瞅了一眼上面的《中国历史通论》说："您挑的都是贵书，昨儿个一教授过来买这书，一听价格，硬是没拿走。"

"那您看看这两本呢？"

老板看了看两本书，又透过厚厚的眼镜瞄了瞄我，说："这俩书，其实都是初版，原来一直放在一个箱子底下，要不品相怎么会这么好呢？怎么着也得比原价高点吧！"

"好呀！那我就买这两本吧！"我一下子兴奋起来。

结账时，韩书按原价收了23，估计是两年来一直没人买，价格自然凉了下来；沟口收了40，比原价多了几块。老板看着我付钱的时候，开始叨叨："其实我这撤店甩卖，不是抽筋，只是换换血，也让我搬的时候少点压力，有好多书我一般不轻易贱卖，怎么着我还得再找个地儿做生意不是？"

坐公交回到西四，在附近的西府面馆吃完一碗大削筋后，转战妙应寺白塔旧书店。第一眼就看到王瑞来的书，预感今天必有大斩获，果然，这次书店不知从哪儿进了这么多中华的库存。十元一本，简直农夫山泉价，不到半小时，一阵喊里咔嚓，好似在市场扒白菜，我已提着十三本书走出店外。

回到郑王府，好不容易爬到六楼。把十九本书放到书架前，洗洗手，准备上架。去年来京时，书架空空如也，如今却已无缝可插。虽说去年读书超过一百本，但这些书仍要运回家，买书不知读书难，读书不知搬书难，搬书不知藏书难。

想到这里，一股"忧桑"，浮上心头。（2018 - 01 - 21）

书籍环流

视线从满屋的书架转移到书桌上的一台读书架，上面安放着一本古书。

古书是打开着的，粗大的繁体字旁有几个红笔圆圈。这表明书的主人最近在研读。

我捧在手里翻阅着，禹景燮老师抽着烟，醉眼微饧地坐在沙发上看着我，我对这本书突然产生了兴趣，在他看来，似乎饶有兴趣。

很快明白书的来历，作者祖先是山东章丘人，姑且叫老王吧。老王曾任明朝国防部职方司的司长，估计是吃了败仗，被清军掳到沈阳，正好朝鲜的王子在沈阳当人质，一聊天顿时相中了，就把他带回朝鲜。后来明朝灭亡，朝鲜国王设立大报坛祭祀明朝皇帝，就让老王家族看守大报坛。作者其实在书中讲了一个家族、一个半岛和两个王朝的故事。

这种类似的故事，其实以前在孙老师的书中读过，我望着窗外的仁荷校园想。

翻着翻着，陡然间看到两页记载，我才突觉此书的有趣之处，想得越来越远。

"禹老师，您知道金庸吗？"

"啊，怎么写呢？"禹老师站起身来，递给我一张高丽纸。

我用铅笔写上两个名词，"金庸""红花会"。就这样，我在异国的二手烟中讲了几个故事。

一年后,在燕京,又想起在仁川的那个上午,遂联系首尔大的姜博士。

"麻烦你到奎章阁帮我复印啊,谢谢啦!"

"没问题的,到时我找个合适机会寄给你。"

看着晨楠发来的一篇篇文献,我忍不住惊叹,深感要学的东西太多。

"桂老师的书,没废话没长句子,我最早开始就是读他的书学韩文。"她说,"我拿了四本书找他签名,他吓坏了,然后满会场找签名笔。笑死了……"

默默记下,再次联系首尔大,发过去两本书的名字。

"那我下单了?"姜博士说,"豆瓣上的书,是不是都是老丁上传的?"

"不知道,但这两本书就是她推荐给我的。对了,你叫她老丁,她知道吗?"

"哈哈哈,我这还是跟别人学的呢。"

"黄师兄,把地址给我吧,我把两本书和奎章阁印的资料给你寄过去。"

"好呀好呀,你现在到老家啦?"我一边说,一边在想,白城在吉林哪个方位呢?

立春,在办公室拆着箱子,不就三本书嘛,怎么那么大,怎么那么沉? 姜师妹是怎样提着这死沉的文献,在异国坐上飞机拎到科尔沁附近,然后再寄到燕京的呢?

这师兄,简直了……(2018-02-04)

郑王府的天空

燕京旧雨六则

民大相逢

下班后,几口面吞下,匆匆乘地铁赶往北外听万明老师的讲座。从几栋厅堂馆楼穿过,感到与上外相比,夜晚的北外似乎更有欧美的氛围。快到图书馆了,我开始兴奋紧张起来,在池畔驻足查询讲座具体信息,没想到下午已经举行完毕,顿时傻眼,直接哭晕在门口。肿么办?围着民大和北外转悠,处处胡姬压酒,轻歌霓灯,也没见半个书店,只好乘地铁转战燕园。

"我刚回来的路上看到一位很像你的人。"素未谋面但网聊已久的徐兄在微信上对我说。

"哦,是吗,刚才应该就是我。"从地铁站出来,见到徐兄,又叫来师从蒙古族老师研究中韩关系、学习满文、信奉伊斯兰教的东北回族应届博士毕业生王兄,仨人在星巴克里聊着。

散后,和徐兄在民大夜访古碑,借着手机光亮,摩挲着几百年前似花似兽的图案,徐兄在一旁说脚下土地尽为簪缨坟冢,李东阳文正公即眠近处。恍恍然,奇妙的相逢,转眼灯火阑珊,中宵月残。(2017 – 03 – 22)

真如的智慧

出门不远,就是广济寺了,也是中国佛教协会驻地。踏进佛门,蓦地天地清静了许多,仿佛进了深山。钟鼓楼守卫着天王、大雄、圆通三殿,汗漫不清的白碑在翠木黄瓦中矗立了许多年代,但高扬的五色彩旗和五星红旗提示着须弥山今夕为何夕。北京大概是世界上寺庙数量最多的城市了,鼎盛时曾超千座,所谓南朝四百八十寺,也不过尔尔。为什么? 窃以为其原因在于"佛教长城"的兴起。在军事上,万里长城拱卫着作为帝都的北京,但在政治和宗教上,分布于中国西南北三个方向的佛教长城使边疆的东北、蒙古、西域、西藏、西南及外围的朝鲜、日本、缅甸、泰国、老挝、柬埔寨等有了共同的宗教纽带,也遏制了伊斯兰的东扩。统驭多民族的元明清,若要从宗教心理上使边疆和周边得其所安,须把帝都打造成融合各宗各派的佛都,如此方可人心皆向帝都。

北京广济寺

听着悲悯的经声,我对老友密粟说:其实佛家不是宗教,因为佛中无神,人是未来佛,佛是过来人,真正的和尚朝拜佛陀,称之为本师释迦牟尼佛,如同儒生朝拜先师孔子,是在崇拜他们智慧的高妙和修行的坚忍,今天我们称之为佛教,是后世把佛家世俗化了;百姓只求灵验和心安,不求佛家真正的智慧和学问,树人君说中国的脊梁有舍身求法的人,说的是玄奘,是真正求索的伟人,他苦苦追寻心灵的困惑和人生的本质,归来后创立唯识宗,传了两代便断了,为什么? 因为世俗人追求的不是学问和真理,而是名利和安逸。

密粟听着,淡淡地笑,她指着空中的五色彩旗,问和尚:这是什么旗? 和尚说:是全世界通用的佛旗,佛陀成道时身上散发出来的几种颜色。我心想:那应该是真如的光芒！走出广济寺，本想再去妙应寺白塔，怎奈闭馆，只能留待他日。沿着曲曲折折的胡同，蜿蜒前行，渐渐看到那片绿绿的爬山虎，像悬挂的绿瀑，猛地从岁月的罅隙中倾泻到人间的柴门。（2017－04－16）

深情的告白

"我们还会再见的！"四年前，在朱家角，遇见了国瑞、成旭、瑛婕、光宇、杨曦等友，没想到这段相逢能一直在清苦的读书时光里持续下去，不知不觉四年过去了。

晚上，成旭为我送来博文大作和会议论文集。一如既往相谈甚欢，很奇怪每次见到他，总能彼此心无旁骛地聊学术，越来越喜欢这位来自韩国的北京女婿。

他在后记中说最最对不起的是他的女儿，在繁忙的博士阶段没有太多时间可以陪伴她，"虽然我的做法很自私，但是希望她长大后可以理解我的史学之道。"

心有戚戚，走上这条路，可谓苦中作乐，而苦尽甘来，也只是未来收获内心的平静罢了。只希望挚爱之家人一切安好，我会尽力完成陪伴这一深情告白，即便不在身边，但你我永远同在。（2017－04－19）

青春是永远的聚会

霎时好像回到从前，应该是几年前的复旦宿舍。这个房间不大，却满满的清香。温暖的灯光照着整洁的桌面和密实的书架，洁白的瓷瓶洋溢着花草自我克制的生机与舒展，啜着热茶，淡淡地谈着一些事，声音和身体纷纷沉降柔和下来，渐渐忘却了傍晚来时车上的头疼。他的房间总令我感到一种清爽和温馨，我舒服地坐着那儿，说起曾经一段对话，那时我赞叹："晓伟，你的房间总是这样整洁，光风霁月啊！"他笑言："相由心生，没办法！"嫂子听我说起这段掌故，眉眼含笑地转头看他。

看着书架上摆放的几行字，想起了一些事，我说，去年在恩施朋友书房里，也是在书架上，摆着谢冕先生的一块北大纪念盘，写着"青春是永远的聚会，思想是百年的荣光"，感觉跟这个很配啊。一顿家常菜，比起闹市楼阁更加唇齿留香。饭后再聊，少顷末几，正说话间，已入亥时。临走时，嫂子递给我一包衡阳的黄花菜，嗯，这菜跟我同宗。晓伟送给我一本维特根斯坦，嗯，头开始疼了。

走出北师大，乘坐 22 路返回，翻着书，似乎看到一个瘦长呆滞的士兵望着硝烟弥漫的天空喃喃自语："世界是我的世界……我是我的世界……我的语言的诸界限意味着我的世界的诸界限……明天太阳会升起来，这是一个假设；这也就是说，我们不知道它是否会升起来……我们的生命是没有尽头的，正如我们的视野是没有界限的一样……对于不可言说的东西，人们必须以沉默待之……"下车后，冷风吹着脸，被卷入西单的人海中，我思忖着书中一些支离破碎的句子，不知为何想起一首歌，歌里说："夜空中最亮的星，是否知道，曾与我同行的身

影，如今在哪里。夜空中最亮的星，是否在意，是等太阳升起，还是意外先来临……每当我找不到存在的意义，每当我迷失在黑夜里，夜空中最亮的星，请照亮我前行……"（2017 – 04 – 25）

跨越十六年的碰杯

你当时是走读生吧，有次天还没亮，很黑呢，我和伙伴骑车从沙河站过来，正好碰到你背着包走着去学校。

是吗？不过那条路挺宽的，每次夜课后和早读前，我都和邻居同学一起摸着黑走。

有次咱们和红岩一起到教育局改卷子。

我怎么不记得，什么时候的事儿？

那应该是 2000 年夏天了。后来毕业了，2001 年 11 月，孙鸽还给我捎了一封信，你说班主任要你写保证书保持全年级第几名，很苦恼。

是啊，我记得。你记性也太好了吧。唉，难以想象当时我们这些农村的孩子都是怎么熬到现在的，还能在首都聚到一起。

其实那时你是我学习的榜样啦，感觉要感谢你！嘿~你看，他来啦！

我话音刚落,一个彪形大汉从雾气蒙蒙的记忆中走过来。

仨人举起酒杯,我说:来,不容易,跨越十六年的碰杯!

1998 年,马蹄催趱,一切如故。风吹麦浪,求学艰辛,染遍故乡树。回首萧瑟,风雨流年路,少时志向,切莫辜负。(2017 – 04 – 25)

杨家春秋

与珞珈同窗刘兄在西直门相会,一起前往拜访杨逢彬老师。他就是传说中我国语言学界天资、学历、家学、师承四者俱备的学者。杨老师邀我们小酌,几杯酒,几番话后,渐露汉儒锋芒。我们谈起了李若晖老师、郑妞师姐等出身珞珈的师长。回到杨老师住处,他又各送我们两部新作,怎不使人分外激动?

作为杨树达先生的嫡孙、杨德豫先生的侄子、杨伯峻先生的堂侄、郭锡良先生的高足,他以十二年光阴结合现代语言学和传统训诂学撰写出《论语新注新译》,旨在求真求实。展开此书首页,首句就有"当今之世,舍我其谁"的气概:"著者之撰作本书,志在創作一部如楊伯峻先生《論語譯注》那樣的傳世之作。"他结合治学心得和具体文本,平心静气、滔滔不绝说起乾嘉二王"審句例""揆之本文而协,验之他卷而通"的理念,感觉又像回到珞珈山上听课的时光。受教良多,静心不少,忍不住想望望窗外是否仍有檐角绽樱的珞珈山。

我问起树达先生和伯峻先生的往事,杨老师娓娓道来,同时感慨和罗章龙先生十几年的交情。第二本书《杨树达先生之后的杨家》中说:"杨家的事情,足以写好几部《家》《春》《秋》,此言不虚。"

回去路上,我想起求学路上受到杨家几代滋养的那些书,对刘兄说:"看,杨家的学术生命现在都已延伸到第四代了,真是让人难以忘怀啊!"刘兄说:"其实有时也会存在隔辈亲,你们正在成为第一代!"我说:"其实刚才杨老师说论语的时候,我突然想起一个画面,那是十年前,咱们在武大考研复试,就在樱舍旁边的教学楼里笔试,有一道题目就考到了论语中'饩羊'这个词。当时你坐在我前面,早已答完,掰得手指啪啪响。黄御虎坐在我左边,写字像刻石,刻得桌子都在颤抖,陈云豪坐在他的前面。一切好像就在昨天……"(2017 – 07 – 13)

西单的大卫

那是值得纪念的一天，
天神在空中肆意征战，
洪水滔滔在天地蔓延。
母亲用那孱弱的身体，
把我降生在粗糙的马槽间。
她抚摸着我柔嫩新亮的肌肤，
从未想到人们会以我来纪年，
但众神并未理会，大漠依然硝烟。

草木青青，河水潺潺，牛羊满山，
转眼我已长成健壮的青年。
我赶着心爱的羊儿在河边，
光色新亮，投石在肩，赤身作战，
赶走魔王，建立了以色列的家园。
我创造斧头，伐木丁丁，屋舍俨然，
弹琴吹笛，写下赞美的诗篇，
天父赐我以群山和草原，
人们赠我万王之王的冠冕。
但我永远不会自满和疲倦。

满天的星辰，依旧贪得无厌，
我，新生的神祇，宇宙的光芒，
怎会在它们脚下苟延残喘？

冲入高空,迅如闪电,
把腐烂的天空统统砸烂,
狂风大作,低唱凯歌,
笑着,把众神送入英灵殿。

在山巅,
献上一朵野花,
祭奠那给我生命的,
再也回不去的,
从前,
稚脸。

(2017 - 07 - 03)

侗家乡愁

好像又回到那个传说，
在姬家人尚未到来的岁月。
阿公吹着芦笙，
乳燕翩飞，
迎亲在阳春绚烂的山坡。
水车吱吱，
内心多少事，要对何人说，
阿婆唱起青草溪流的歌。

竹楼擎起一片水月，
在谷垛旁唤醒一颗种子，
梦见在太阳里飞过。
那漠漠水田的稻叶啊，
怎样见证了阿婆的背箩，
背一背，抱一抱，
把阿爸从前心贴到肩窝。
他却像鱼儿一样，
一眨眼，从家中游到江河。

江河，是阿妈的泪眼婆娑，
婆娑，是月光的桂花姮娥。
许多年已经流去，
在姬家人已经到来的岁月。

鼓楼旁的踩堂，
花桥边的赛歌，
嘎夜，嘎国朵，
我却已经行走在另一片山野。
那么多的星光，
都抵不过童年的一夜篝火。

其实，哪有什么侗家人，
世间本不分你我，
先民的血液，
生生不息，
至今流淌在许多衣冠和村落，
诗经里唱着，
楚辞中说过。
那是嫩草青青的故乡，
也是乡愁深深的中国。

(2017 – 07 – 15)

岭南书香

岭南细雨如丝，山间车马如织。从白云机场乘车至江门新会，抑制不住一种向往，新会，应是温故知新的千里相会。

隔着雨窗一路望着蓬江绕过群山，新会朋友缓缓说道：知道崖门吗？就在附近。崖门？您说的是崖山？我颇为震惊，原来崖山竟在新会！闭上眼睛，浮现比田横五百士还壮烈的画面。那年，一场残酷的海战之后，海水皆赤，就在此处，陆秀夫背着八岁的小皇帝投海自杀，噩耗传来，十万崖山赵宋军民纷纷投海殉国，从此天亡宋祚。七百多年过去，往日激荡的海崖已化为此刻身后窗外随风摇曳、清波环润的筱竹葵林，平静明澈。听着朋友们的聊天，才知新会是五邑之一，多葵多柑，故而葵扇、陈皮名满天下。葵扇清风伴着陈皮清香，弥漫在新会人的生活和饮食中，便化为一种安静不喧的意念。

趁着亥时的上弦月光，从知政路走过仁寿路，亮堂堂的店铺鳞次栉比，一个县城竟比中等城市的夜市都更有味道。但最让我们感叹的是，在最繁华的步行街中央，不是纸醉金迷的场所，而是图书馆、几家书店和公众阅览室，还有许多深夜里仍在读书、看报的男女老幼。走进乡贤冯景堂捐赠的智识府库参观，更加惊叹这个图书馆的开放性和人性化。环球书店写着"为好书找读者，为读者找好书"，清华书店里坐着一对对亲子阅读的背影，阅览室里人们整齐安静地翻阅着各种报纸，黑板报上娟秀地写着上个月第 200 期来自世界的各种消息。林嘉老师说：如果在北方，根本不可能在步行街上看到图书馆和书店。我说：是啊，你我一个山西人，一个山东人，关公加秦琼，高高的个子走在这座城很扎眼，我看见好几个人都看我们，肯定知道咱俩是北方人，不过五胡乱华后，晋代衣冠多已南渡，诗书弦歌也随之而来，你说谁是夷狄呢？

回去路上，我默默地想，新会如此重视读书，是有渊源的，也是有成效的，不然一个县怎会出现陈白沙、陈援庵、梁任公这等巨子？宾馆附近的圭峰山，就是陈白沙曾经讲学的地方，他是明代唯一从祀孔庙的粤儒。正是因为他的反思，明代朱子学一统天下的局面才被打破，他注重"虚明静一"的"自得"之学启发了弟子湛若水"随处体认天理"，与王阳明注重"知行合一"的"良知"之学相匹，可谓明代心学的先行者，可叹世人皆知王阳明，却鲜知陈白沙。究其原因，阳明立言立功皆大，世人重功业，故而门徒遍天下，但白沙立德，虽仕途不达，却在家乡躬行道德伦理，化民成俗，这种坚持实则比阳明更崇高。正是因为如此众多的儒生在穷厄之时仍知圣贤明道为己之学，所以才有了昨日今天新会"海滨邹鲁"的称号。

　　我应该就是个夷狄吧，但这里却不应是南蛮。身为邹鲁之人，走在新会，面对白沙，深夜想到这里，我惭愧不已，一声叹息。

白沙先生陈献章

（2017 - 08 - 02）

东莞书生袁崇焕

透过摄录室的玻璃窗望去,发音人谭叔精神饱满地端坐在话筒和镜头前。我翻着语保调查手册,每个词条后面写着相应的新会方言,嘉乐说谭叔会预先跟老哥几个商量好一个词所对应的最地道的新会方言,大家笑着说谭叔也有自己的智囊团呀,足见咱新会人对语保的热情。

巡检座谈完,马不停蹄乘车越过西江,由中山、广州途经零丁洋,进入虎门大桥后,俯瞰珠江浩荡入海,跨过大半个珠三角后,最终抵达东莞沙田镇。在面朝大海的雄记与濒危疍家语调查团队见面,聊起了疍家人和咸水歌,一时东莞话、广州话、潮汕话、肇庆话似鸟儿在花树间起起落落。东莞以莞草为名,一个平凡的农业县一跃成为四小虎之首和世界工厂,其能量难以想象。但东莞的这股能量,并非只有在今天才让人惊讶。

"咱们东莞,最有名的还是袁崇焕吧?"我突然想起这个人。

"哦,他在石碣镇。"几位东莞姑娘说道,神情就像在说邻村的一个小伙子。

是啊,很难想象,一个出身东莞乡村的广东书生,十年寒窗,由此进京,指挥着最精锐的关宁铁骑坚守大明朝最重要的边关,用西洋大炮轰败一直所向无敌的努尔哈赤,致其愤懑而死,使得皇太极只好用反间计让崇祯自毁长城。在此前后,熊廷弼传首九边,袁崇焕凌迟处死,孙承宗自杀殉国,孙传庭战死沙场,大明还能靠谁? 只欠一亡。想起很久以前读当年明月,他说起袁崇焕:有时,我常梦见他向我走来,对我说:我这一生,从来没有放弃过。

求学之时,长期浸润于明清史籍中,关注明清之际一连串的战争,发现袁崇焕在不同史籍中的形象差别很大,尤其是明朝遗民似乎对他有刻骨的偏见。计六奇在《明季北略》把袁崇焕斩杀毛文龙类比成秦桧杀岳飞,张岱把他说成是一个整天做白日梦,"短小精悍,形如小猱"的庸才。甚至赴日乞师的名儒朱舜水,说杨镐和袁崇焕都是卖国贼。该相信谁? 文人、儒生、雅士都被蒙蔽双眼,更何况被舆论和权力所蛊惑的百姓？袁崇焕被凌迟处死那天，北京城的老百姓"争啖其肉"。在那个时代，君臣、华夷、党争，纷纷扰扰，难以让人看到英雄。我更倾向于认为，人有着巨大的复杂性和脆弱性，即使想力挽狂澜，但时代巨浪和人心残忍，终将英雄埋葬。来到北京后，我几次想抽出时间来看下袁崇焕的墓，但直到现在，仍未前往。该去看看他吗？该去。但看惯了英伟身躯和一腔热血，最终归于一抔尘土和秋风黄叶之中。在过去漫长的岁月和历史的天空中，我们有太多他这样的人。

我们现场观摩了东莞团队的录制，对她们认真细致的态度和广东语委的工作特色印象深刻，除了华叔和阿强两位老、青发音人外，还有一位孕妇发音人，挺着大肚子配合团队进行录制。看着他们仨用疍家语讲起疍家人上岸后的生活变化，真像一家人。临走前，我们送给新会、东莞两个调查团队各一个语保大礼包。

我拿出一支语保工程冠名笔，对一位研究生说：你看，上面写的什么？她轻轻念道："中国语言资源保护工程，留下乡音，记住乡愁。"东莞朋友说：我没想到真的有这么一群人在默默无闻做这样有意义的工作，而且他们都那么年轻，又充满热情。我说，其实何止这一群人，五年之内，会有几百个像他们这样的专业调查团队在全国1500个像新会、东莞这样的调查点默默工作着。

回去路上，望着灯光璀璨的城市贴着各种东莞历史文化故居的宣传画，忽地想起七年前的暑假，协助导师主办一次有关江南史的国际会议。会上，导师问了李伯重先生一个问题，大意是，与长三角相比，为什么珠三角在明清没有形成一个类似的共同体状态？记得李老师说，是因为珠三角没有像长三角有这么好的历史文化积淀。现在看来，这个答案也未必尽然。

袁崇焕

如果是这样，那真正的缘由又是什么呢？
车停了，在青山暮色中，我撑起伞，盘旋着淡淡的思索，走进雨幕。

(2017 - 08 - 03)

敦煌念想

幸运的是,因天气原因取消而不得不重新改签到下午起飞的航班竟然提前到京,我如释重负,林嘉老师看着我笑。我在地铁上吃着他给的面包,从天安门西地铁西南口直接进入国家大剧院刷卡取票处。

十多年前,曾想与三四好友去敦煌,酝酿筹划良久,终未成行,无疑,这对正读大学的乡村学子而言,是一趟奢华的旅行。

武汉。于老师在《中国古典文献学》课堂上得意地说:"我在北大时,曾去敦煌实习一段时间,那时站在脚手架上看迦叶的壁画,感觉那么美,好像看到了自己的初恋情人。你们一定要去敦煌一趟。"萧老师说:"下次我们让每位同学讲一节课,敦煌文献俗字谁来讲?"我举起了手。

上海。我说:"余老师,您的钱包!掉地上了!"余老师连声道谢,我说:"我读研时很认真读了您的敦煌学博士论文《神道人心》,非常棒!"

东平。我给同学打电话:"对不起,有些急事去不成了,太对不起了。请你把我到敦煌和乌鲁木齐的火车票退了吧,实在不好意思,我也很遗憾,非常可惜……"

烟台。我在《语文学科发展史》课堂上对一群研究生说:"唐五代的语文启蒙教材,多数保留在敦煌文献里,无论是《太公家教》《兔园策府》还是《开蒙要训》。现在你们都比我们上大学时有钱多了,到处游山玩水,建议大家以后可去一趟敦煌。井上靖有本小说叫《敦煌》,很迷人,有次我在候车厅看这本书,差点没赶上火车。"

北京。看完舞蹈剧《大梦敦煌》后,我背上行囊,骑着小黄车回西单,幽怨的琵琶和呜咽的琴声还在萦绕,各种句子在脑海翻滚,难道又要写首《歌剧院的敦煌之歌》?

算了,何时真正到了敦煌,再发思古之幽情。

(2017-08-04)

催眠人生

走进北京人艺实验剧场。

这个不足 150 人的小剧场恰到好处，演员的面部表情看得一清二楚。话剧叫《催眠》，讲的是三个不同职业的人倾诉各自一段难言之隐的故事，两男一女一台戏，有些罗生门的叙事，人艺的演员感情很充沛。我很在意观察演员手、嘴、眼所表现出的神态和角色，一边观察着舞台上灯光的明暗变化，一边思索着演员们抑扬起伏中的话里有话。我想，多听话剧可以让人更加细腻把握文字和语言背后的技巧和诚实，但愿以后我也能写出一些作品，被搬上话剧舞台。

回去路上，我想，催眠应是一个广义概念，不带任何感情色彩，而是一种普遍的人类现象。催眠的表现形式有很多，比如遮蔽、受伤、吸引、悦服、致幻、中毒等，催眠的反义词也可以是唤醒、疗伤、祛魅、启蒙、解毒等。我们每一个人都在时时刻刻被催眠，有时是因为别人强加给我们了记忆或观念，有时是因为自己逃避、坚持、固执、激励、自卑、自负、焦虑、惊慌而进行的自我催眠和暗示。别人给我们进行催眠的工具或场所有很多，比如文本、故事、影像、广告、讲话、歌曲、表演、新闻、博物馆、纪念馆、演唱会、广场、陵墓、课堂、教堂等。而自己给自己的催眠也有很多，比如往事、阴影、人格、诱惑、风险、利益、欲望等。但有时也是，我们受制于一个大的生态或系统，不得不选择去适应这个环境，在环境的强制催眠中自愿妥协地进行自我催眠。催眠也有种"二律背反"的意味，比如你认为某种观念是在对人进行催眠，但与之相反的另外一种观念同样也会起到催眠作用。

荣格说，谁向外看，他就在梦中，谁向内看，他就会醒来。我认同话剧中医生的一句话：许多敏感而脆弱的人，实际上是心灵高贵的人。正是因为他们善于察觉自我内心，意识到自己被别人的"铁屋子"或心之枷锁催眠，所以总想醒来，但又因各种原因而充满无奈，所以才会觉得痛得细致，痛得认真，就像帕斯捷尔纳克说："这就是你，从一次次劫难里你找到我，检验我，使我的生命骤然疼痛。"

虽然我们无时无处不在被催眠,但我们确实需要被催眠。没有一个"合乎情理"的故事,一群人是不可能抱成一团,为一种精神而热泪盈眶,凡是能热血沸腾的,都是因为感觉到一种强烈的归属感,这是一种集体性的记忆催眠。同样,没有一个振奋自我的暗示,我们是不可能坚持走下去的,人生需要不断在低谷时进行适时的自我催眠,获得安慰和勇气,让自己寻求激励和振作。当然,这些故事、暗示有可能是虚构的、想象的,但真假并不重要。

重要的是,我们应该需要抵抗怎样的催眠,又该需要怎样的催眠?康德说,要勇敢认识自己,运用自己的理智!但我们的理智,真的那么可信吗?谁晓得每个时代的理智又经过几层催眠呢?

这样一部叫《催眠》的话剧试图让我反思一些东西,其实无意之中催眠了我。但我想的这些东西,并非要故意试图催眠正看这篇文章的你。

(2017 – 08 – 06)

历史书写访谈录

刚才晓伟老师讲得特别精彩。我一边认真地聆听,一边在心里默默想着如何回应他说的一些特别有趣的内容。比如,刚才晓伟说到西方历史之父希罗多德,一方面,他说希罗多德的《历史》,是为了保存希腊的一些英雄伟绩,宣扬希腊的荣耀功业;另一方面,他又提到,如果从词源学的角度来说,希腊语的"历史"是"historia",是"调查、探究",是"游历",是一种"看见"。我们通常说,"看见"了一种什么样的风景,但这种解读,其实就是在强调历史学最本真的内容,就是你要亲自去游历四方,调查真相。另外呢,他又说,希罗多德在《历史》中认为,历史的发展趋势主要还是人事,是人事在起作用,而不是有一个超越尘世之外的一种东西在支配这个世界。但是,如果我们对比希罗多德的《历史》和司马迁的《史记》的话,就可以发现,这三点是相通的。

希罗多德和司马迁的三个共性

第一,关于保存荣耀的写作目的。司马迁为什么要写这么一本《史记》?他在《太史公自序》里说得很详细,用很生动的语言讲了自己为什么要写这本书。其实就像希罗多德一样,也是为了保存汉朝或华夏的荣耀,当然这其中也带有对史官地位不断下降的忧虑。鲁迅先生说"史家之绝唱",关键在于这个"绝"字,其实大有深意,他看出司马迁其实正处于古代"成一家之言"的史官文化走向终结的时代。司马迁回忆说,我的爸爸司马谈,因为没有参与天子的封禅大典而悔恨,他临终前拉着我的手,哭着对我说:我们的祖先从周朝就是太史,一代又一代传下来,越来越没地位,到我这里,连封禅大典都未能参与,这是不是命中注定到我这里就要衰落了?孔子写完《春秋》到现在已经快五百年了,还没有人去专门整理这段历史。我们汉朝自统一天下以来，那么多的忠臣英烈，那么多可歌可泣的故事，我身为太史，却未能记载下来，儿啊你一定要承担起这个责任。

司马迁与希罗多德

第二，关于游历四方的写作方法。司马迁在写《史记》的时候，其实做了很长时间的田野调查和口述史工作，甚至比希罗多德游历的区域更广大。他说自己二十岁的时候就开始游天下，到处访古考察，发思古之幽情。他西到甘肃，东到大海，南到江淮、会稽、湖南，去看了大禹的墓，北到河北涿鹿和齐鲁曲阜，去看了孔子故居，后来又奉命征讨西南夷去了四川、云南。可以说，他游遍大江南北，"读万卷书，行万里路"，用双脚丈量出了汉武帝时期的疆域。他每到一个地方，就结交英雄豪杰，常常向父老乡亲打听古人的传说故事，然后对这些口述史料进行分析，把不符合逻辑的内容去掉，再用史家的笔法书写出来。宋朝的苏辙，就是苏轼的弟弟，在这一点上特别佩服司马迁，《古文观止》里就收录了他的这一段话："太史公行天下，周览四海名山大川，与燕、赵间豪俊交游。故其文疏荡，颇有奇气。"今天我们许多学者枯坐书斋，闭门造车，是不是愧对史圣？

第三，关于以人为中心的史学观念。希罗多德重视人事，司马迁同样肯定人在历史中的主导作用。我们知道《史记》是中国第一部纪传体通史，纪传体就是以人为中心的。司马迁说"究天人之际"，那么，什么是"究天人之际"？他是想探求天道和人事之间的关系。他是太史公，太史公除了掌管国家图书档案和祭祀礼仪外，还要负责天文历法。所以《史记》对天文现象记录得很细致，不光专门设立《天官书》，还把一些灾异现象随时记录在人事变动时。我们从他的书写上可以看到他的史学观念，并非是像他老师董仲舒说的"天人感应"一样，而是主张地上的变化引起了天上的变化。比如他说到汉初的一些大事："汉之兴，五星聚于东井。平城之围，月晕参、毕七重。诸吕作乱，日蚀，昼晦。吴楚七国叛逆，彗星数丈，天狗过梁野。"又说到当时汉武帝的越南战争、朝鲜战争和西域战争也引发了天文异象："越之亡，荧惑守斗；朝鲜之拔，星茀于河戍；兵征大宛，星茀招摇。"

所以，从以上三点来看，司马迁和希罗多德各是希腊和中国的历史学之父，其实反映出东西方在一些基本的历史书写取向上，还是有一些相通之处的。

人人都在进行历史书写

今天主办方让我们讲"历史书写"这个主题，在我看来，"历史书写"与"时代问题"紧密相关。正如大家看到的我们这个主题的内容简介，其实是晓伟老师和我共同撰写的。这个内容简介基本归纳出我们俩对历史书写的认识，上面说："在古典时期的东西方，历史不仅是人生的导师，也是资治通鉴的教科书。然自西方科学革命以来，在工具理性的高歌猛进下，历史变成了学院派史学的专属品，也逐渐失去它的古老涵义和教化功能，现代主义与后现代主义的断裂即是明证。历史学在时光峡谷与悬瀑之间的每一次呐喊与忧思，实则像一个战士'荷戟独彷徨'于特定的时代问题与思想氛围中。所以，'历史书写'应是广义的社会实践的一部分，是对时代问题的一种反思和态度。在全球化的语态中，东亚与西欧在历史书写上有着迥异的传统和技法，我们如何在'自我'与'他者'的比较视野下，重新追寻本真的历史？如果本真的历史永远是个'高贵的梦想'，那么我们又该如何阐释不同历史书写在过往时代的合理性和必然性？"

在这个简介里，晓伟提到，我们这个历史书写呢，应是广义的社会实践的一部分。对此，我深表赞同。我们许多人今天所了解的历史书写，可能只停留在文本层面，但实际上，我们无时无刻不在进行一些历史书写的教育。比如，大家去我们的国家博物馆，有一个"古代中国"陈列馆，这里面有那么多从夏商周到元明清的一些文物，气势撼人，实际上就是在进行历史书写。它展示一些什么文物，不展示一些什么文物，都有一些特殊的考虑。再比如，如果我们去一些纪念馆，去一些广场，尤其是有着各种塑像和纪念性建筑的场所，它们实际上也是进行历史书写的场所。当然，我们今天谈的基本上还是一些文本层面的历史书写。

但是,通过观察文本层面的历史书写,我们可以看到很多时代的一些问题。我们每一个人,在每一个时代,每一个时间节点,对同一个过去事件的态度是有变化的。以前我读黄仁宇先生的回忆录《黄河青山》时,看到他说过这么一段让我印象很深刻的话。他说"史学是一种观点",举了一个很睿智有趣的例子:

如果一个男孩遇上一个女孩,陷入爱河,但某一个周末的事件却让他们永远分手,在那个难以忘怀的星期五和不幸的星期六所发生的事,对他的意义会随时间不同而变化,五年、十年和二十五年以后回顾都不相同,尤其是如果其后两人都经历生命的起起落落,例如从幸福美满的婚姻到分居和离婚。因为我们每个人都总是在重写和修正写不完的自传,过去必须重新投射于现在的崭新前景中,而现在却不时在变换中。既然如此,一个民族和国家的悠久历史怎么可能始终不修改呢?毕竟就某个层次来看,历史就是经历过大时代动荡起伏的亿万人的集体传记。

一个人是这样回忆一个过去发生的往事,那么对于一个集体性的记忆,就是国家民众而言,他们怎么去回忆以往发生的一些重大事件,在不同的时间节点上也是不一样的。刚才,晓伟老师也提到,克罗齐的名言是"一切历史都是当代史",怎么去理解这句话呢?后来科林伍德就解释了克罗齐的这句话,他说这是因为我们对历史的认识是"活着的心灵对于历史的认识"。每一代人都有自己的心灵,每一个人都要面临不同的时代,他们要产生不同的同情,不同的困惑,所以在面对同一个问题的时候就会有不同的想法。

另外,我们讲每一个人有自己的不同认识,他总会以最大程度满足自己意愿的一种方式来解释历史,他会有选择性地去看历史。比如,接着我们刚才的话题,如果说历史是"看见"的话,现在我们坐在这个房间里面的每个人,可以看到无数的东西,天花板、地板、书架、桌子、黄修志、顾晓伟、主持人、茶杯、在我们脚边睡觉的小花猫、玻璃、衣服、椅子、电灯等等,就是说,事情的真相是,这个房间里有无数的东西,无数的材质,我们只会关注我们所要关注的东西,而不会对所有的东西都要去看。就好像大家早上去上班,路过车水马龙的路口,形形色色的人脸、高度密集的电线、各种颜色的共享单车等等,我们不必去看所有的细节,只需要认定前方的红绿灯和车流,这样才能继续往前走。否则肯定会引发交通混乱或生命危险。所以呢,作为个体,我们自己在看历史、写历史的时候,也同样是有一种选择性。可以说,我们每天都在进行历史书写,从一天的琐事中提取我们所关注的信息,放入我们大脑文件夹,有时是有意的,有时是无意的。尤其是那些无意提取的信息,当时感觉不到,但它们在悄悄蛰伏,静静等待,未来某一时刻很可能会再次出现在记忆中,甚至影响现实人生。就像一首歌里唱的那样:"没有一点点防备,也没有一丝顾虑,你就这样出现在我的世界里,带给我惊喜,情不自已。"我推荐大家看一本书,美国汉学家宇文所安写的《追忆:中国古典文学中的往事再现》,写得很美,虽然是在讲文学史,但我读出了史学家和哲学家的味道。

时代问题与历史书写

我们今天的主题,是讲时代问题与历史书写。其实,在我看来,时代问题与历史书写之间的关系,大致可以分为三个层次。

第一个层次,我们在历史书写或史学研究的过程中,在看过去的历史时,更应该关注过去的什么问题? 今天我们的历史学发生了各种各样的变化,让人应接不暇,叙事啊,理论啊,手法啊,研究对象啊,都出现了各种各样的转向。比如我们现在会关注厕所的历史,会关注北京城气味的历史,会关注一个小手工业者家庭生活的历史,会关注感官情爱的历史。过去我们从来没有注意到的现象和人群,现在许多都成为历史学界热门的话题。但是,如果我们看一看古代人,就会发现,古代人其实是不大关注这些问题的。在他们心目当中,这都不是他们那个时代主要的问题。那些一流的精英,整天思考的,仍然是更为宏大、更为切实的事情。我们不能过多用现代人关注的问题,去放大古代人对这个问题的关注程度。也就是说,我们在进行历史书写或研究时,更应该关注那个时代的时代问题。而这个时代问题呢,一方面,它与那个时代人们所关注的问题是契合的,另一方面,它对他们个人乃至所有人的生命轨迹都会产生一种影响。

第二个层次,我们在关注过去的历史书写的时候,应该怎么样去看当时的时代问题?这句话怎么讲呢?我们还是拿《史记》作为例子吧。有些人批评《史记》,说有些内容写得一点儿也不像历史,更像一篇小说。我们都知道《赵氏孤儿》的故事,《史记》记载得很细致。在这个故事的前传里,赵氏孤儿的先人赵盾是晋国的主政大臣,当时的国君晋灵公,整天就知道玩儿,也很残暴,动不动就杀人。赵盾呢,就经常劝谏批评晋灵公,晋灵公受不了啦,就派了一个叫鉏麑的刺客去刺杀赵盾。刺客半夜三更来到赵盾的家里面,一进院子就吃了一惊,他没想到赵盾这么早就把门打开了,很勤勉,他正准备上朝。那么刺客呢,看到这种情况就左右为难,他开始天人交战了:到底杀不杀?如果杀了,那我们晋国就失去一个忠臣,如果不杀,我就是违背君王的命令,对我来说,都是一样的罪。到底怎么办?旁边正好有棵大树,刺客选择撞树自杀。那么有人就问:刺客他一个人在庭院里自言自语说的话,司马迁是怎么知道的呢?肯定是瞎编的吧。

其实,我们若认真考察的话,在司马迁之前,《左传》《吕氏春秋》都记载了这个刺客的故事,司马迁有可能是翻阅资料时看到的,也有可能是听别人说的。退一步讲,我们假设这个刺客的自白都是想象的,但这种想象并非毫无道理。因为既然这个故事,从先秦一直流传到汉代,至少说明一个问题,就是在那个时代,人们崇尚节义,推崇一种为大义而牺牲的道德英雄。也就是说,即使刺客刺杀赵盾整个故事是虚构的,但既然不同史家都把他记载下来,就说明史家所处的时代,推崇春秋人格和崇尚节义的社会思想氛围是真实的。虽然故事里的细节可能是假的,但故事背后的信念、氛围应该是真的。刺客的自言自语和内心纠结,对我们来说,一方面是感动,一方面是熟悉。就像京剧《铡美案》里,陈世美派韩琪刺杀秦香莲,韩琪不忍心,只好自杀。张艺谋的电影《英雄》里面,无名在刺秦即将成功的时刻,因为突然明白了一些事情,心乱了,杀气也乱了,开始纠结杀不杀秦王,但最后平静下来,主动放弃,从容就义。我还记得当时自己为这个片段流泪的时候。为什么会流泪?这说明刺客的这种选择,从先秦一直流传到现在,历经两千多年,我们的价值理念代代相传,仍然能引起我们的共鸣。

当然有点扯远了。简单来说,我们在考察过去时代的人们在进行历史书写的时候,应该考虑当时的时代问题对他们的影响。刺客的故事即便是假的,但也恰恰反映了司马迁那个时代或者春秋那个时代,或者说是上古时代,人们有这种为了大义而置生死于度外的一种普遍的社会风俗。也就是说,他的这种历史书写是有一定合理性的,也是有应然性的。所以,我们说,当去探究古代人写的历史的时候,一方面要去探究他们写的是真的还是假的,另一方面不能忽视另外一个重要问题,就是,尽管他们写的是假的,那么他们为什么会写成假的?背后的东西是什么?时代问题造成的。

第三个层次,对今天的历史研究者来说,我们在进行历史书写的时候,我们要考虑的是我们这个时代的时代问题会对我们产生一种怎样的影响。这要求我们一方面去思考我们历史书写背后的时代问题,另一方面也去努力破除时代观念对我们在历史书写时的影响,也就是韦伯说的"祛魅"。刚才晓伟老师就讲到,西方历史学经历了各种各样的转向,无论是从希罗多德转到了兰克,还是从兰克转到了海登怀特,兰克对过去史家的批评,海登怀特对兰克的批评,总体来说,仍然是从历史学的内部发展来看问题的。如果按照托马斯·库恩"内部史"和"外部史"理论的话,那么我们不禁就要问:这种一转又转,就是所谓的"每转益进",背后的更大的时代问题是什么,外部环境发生了怎样的变化?

今天我们提出各种各样的反思和重写,是在反思过去史家的一种范式,发现过去的某种理论其实都有深刻的现实背景和本土经验。那么,我们更应该"观自在"一些,反过来问下自己:今天我去反思前辈,是在确立一种新的写法,那么这种新的写法背后,又受到怎样的时代问题的刺激和引导呢?也就是说,当未来人们思考今天的历史书写时,他们又是怎样评判我们历史书写背后的时代问题呢?如果能清醒地认识到这一点,有一种"社会学的想象力"的话,发现自己是在受时代的什么力量或观念驱使的话,我们才可以更好地进行历史书写。

东亚的历史书写

当然相比于西方的话,我们整个东亚的历史书写传统,确实有自己的特色。虽然一开头我说起司马迁和希罗多德有几个共通之处,但在一些历史思维上,受政治结构、心理结构、文化底色等因素影响,还是有很大差别。

我们谈东亚的历史书写,前提假设其实是把东亚作为一个区域来说,认为东亚各国有些相同的东西可以构成一个文化共同体,比如日本学者西嶋定生提出

"东亚世界"的四个共同要素:汉字、儒学、佛教、律令。对于东亚的历史书写,我们如果讲得太往前的话,那么东亚各个国家的历史学基础,有厚薄之分,这个是事实。现在朝鲜半岛和日本的学者研究秦汉魏晋时期的本国史的话,往往都要看中国正史中对他们的记载。所以,太往前我们不好讲,但我们可以讲一下明清时期的东亚。因为在明清东亚,很重要的一个特点是,儒学基本上在东亚各个国家,无论是中国、朝鲜半岛还是日本、琉球或者越南,都得到了比较深入广泛的传播和发展,也经过吸收和消化,完成了本国化。尤其是程朱理学,或者说主要是因为朱子学的广泛传播,才使东亚各国对自身的文明有了一种自主的认识,每个国家就会去写关于自身文明的历史。

这是因为,朱子学有两个功能。第一个功能是激励性,就是说朱子学传到一个地方去,这个地方就会觉得:我学习了朱子学,我接受了这个正统、华夷、君臣、名分等观念,我就会成为一个文明地区或讲礼仪的国家,那这样的话,我也迈入了中华世界,我也能和现代的明朝一样,成为一个先进国家,甚至我也成为中华。第二个功能呢,是排他性,实际上就是第一个功能的延长线。因为朱子学既然有激励性,就会产生一种排他性。接受了朱子学的国家就会认为,我成为文明国家了,成为另一个中华了,无论是一个小一点的中华,还是一个唯一的中华,我就自然而然地对周边产生一种蔑视。朱子学有这么一种正统意识和华夷观念,而且在朝贡秩序中得以践行,就为各国提供了一个可复制的样板,各国会觉得:我既然是根红苗正的正统国家,跟中华一样的国家,那我就是我这个地区的中心,周边地区就是我的卫星国,都是向我朝贡的。事实上,明清时期的东亚,无论是朝鲜、日本还是越南,都会觉得,接受朱子学之后,在心理上都把自己当成了中华,尤其是明朝灭亡之后,这种情绪更加强烈,一直影响到近现代,成为当今各国民族主义思想的重要源泉。

所以,儒学或者说朱子学,对东亚的历史书写,产生了很强烈的影响,这一点,我们可以归纳为正统性。正是因为儒学思维中的正统观念,才对东亚历史书写的各种写法产生了全面影响,比如评价周边国家历史、前代王朝末年亡国必然性、人物的命运沉浮和生死抉择等。也就是说,正统性是东亚历史书写的第一个特色,这是由东亚的儒学思维所决定的,官史和野史都会受这一共同的社会观念所影响。

第二个特色呢,是现实性。对官方史学来说,它会觉得一个事情的真假不是那么重要,也就是史学客观性可以放低标准,但这个事情的书写对于现实的意义、影响、效应,才是最重要的。中国古代是一个文书行政的国家,一直要依靠文书、典籍、律令来治理。阎步克先生讲,秦汉是一个文法吏治天下的时代,怎么去理解呢?我们知道像李广这么强的一个飞将军,最后也是因为怕刀笔吏,就是文法吏对他的制裁,直接就抹脖子畏罪自杀了。秦汉是传统中国制度的渊薮,毛泽东讲"百代都行秦政法",所以不仅是秦汉,后来我们依然大多靠文法吏治天下,这实际上就是说,文书行政一直是我们的政治传统。在这个意义上,谁掌握了文书档案典籍,谁就可能掌控这个国家。当年刘邦攻入咸阳的时候,很多功臣都是在争珍宝,争美女,而只有萧何,把秦朝的文书、地图、档案都收集起来。这样秦朝的制度、天下各郡的强弱、山川要地的形势,都可以看得很清楚,这也成为刘邦打败项羽的重要原因。所以,文书表面上是跟书写、书籍有关,其实是一种至关重要的情报、信息。

开头时我们讲到鲁迅先生说"史家之绝唱",说到了史官文化,其实我们传统政治受到史官文化影响很深,可能史官作为政治主体慢慢消失了,但史官文化作为政治符号却一直被保留下来。大家看传统社会中的许多官名,都带一个"史"字,什么内史、外史、御史、刺史、太史、小史、长史……有些可能已经不带"史"字,但事实上内涵是差不多的。这其实是体现出文书对行政运转的重要性,以前朝廷六部最高职位是"尚书",今天我们的最高职位也带一个"书"字。朝鲜时代是六曹负责行政运转,最高职位是"判书"。日本的"关白",是从《汉书》中的词借鉴而来,是禀告陈述的意思,其实在程序上也要依靠文书来完成。所以,我们可以看到,我们不可能完全与历史划开界限,文书行政的政治传统一直影响到现在。

第三个特色,在我看来,是经世性,就是经世致用,也可以说是通变性,就是司马迁说的"通古今之变"。古人在历史书写时关注一个问题,会根据时代的问题对研究对象进行选择性地关注,他会觉得打通古今变化的脉络,非常重要,这对东亚史学都有影响。中国古代的史学著作中,带"通"字的史学名著非常之多。我们讲《史记》是第一部纪传体通史,我们有《史通》《资治通鉴》《文史通义》《通典》《文献通考》《通志》,在"三通"基础上到清代又扩展为"十通"。这种经世性和通变性,是让人们能不断地把握古往今来的脉络和趋势。今天我们是怎么来的,需要在过去时代去寻找一些问题的症结。所以在这种观念之下,近代仍然有一些学者在提史学的重要性,像陈寅恪、胡适、钱穆,他们会讲,我们应在今天寻找问题,在过去寻找答案。

那么,这样一种脉络,实际上也导致我们传统中国和古代东亚对纯粹性知识的寻求,兴趣其实不是很大,这跟西方有明显的差异。今天西方的年鉴学派、微观史、新文化史等,研究的对象推陈出新,我们觉得好像是一种创新,一种转变。但在我看来,如果从根源上说,其实也是西方文化观念中本身就有的取向,大家看柏拉图、亚里士多德、老普林尼等希腊罗马时代的学者,他们本来就对纯粹知识和自然知识就有浓烈的兴趣,写了那么多关于自然、地理、动植物等多种主题的研究著作和学科史。今天西方史学的新叙事,我们读上去感觉特别有意思,但对古代东亚来说,这好像不是他们主要关注的问题。以前严耕望先生说过一段话,大意是,我们传统史学有两大台柱子,第一个是历史地理学,第二个是典章制度史。

历史地理学,是一个非常强势的传统。我们可以从《禹贡》一路讲到《史记河渠书》《汉书地理志》《水经注》,一直到《天下郡国利病书》《读史方舆纪要》以及延续到今天的地方志。各地的沿革,河流、城市、疆域的变化,户口田地的多寡,表面上是讲过去的地理,其实都是为了现实的政治,这是古人打天下、治天下的必备知识。另一个,典章制度,对每个王朝都十分重要,关乎正统、秩序、文化、名分。今天我们现代人可能觉得这些典章制度啊,繁文缛节的一些礼仪,读上去很头疼。但是在古代,这是关系到从天子到庶人一辈子的大事,什么场合穿什么衣服,用什么称呼,都要非常认真。每一个人都生活在日常生活的礼仪世界中,没有一个人能脱离开。如果礼仪发生变更,这对全国来说都是一个很重大的事件。就拿典章制度中最基本的衣冠制度来说,八旗进关后,清朝命令汉族男子剃头发,穿马褂,这不仅震动中国,对整个东亚秩序都造成了巨大冲击。如果清朝像元朝一样不干涉中原的衣冠发辫,那么朝鲜和日本对清朝的鄙视,肯定会少很多。因为清朝社会的基本礼仪,相比于明朝来说,其实并没有太大改变。

总体来说,东亚传统的历史书写中,一方面讲通变,另一方面也会讲一些不变的东西。刚才晓伟老师说到,中国传统史学的一些思维方式和西方还是有一些相反之处的,确实如此。比如,按照儒家的思维方式,我们能从一件事情上推出普遍的真理,史家善于从一个历史故事或历史人物中,推出关于人伦、道德的普遍真理。我们有许多史学著作,在写完一篇后,经常会出现"君子曰""太史公曰""臣光曰""史臣曰"等评语,《聊斋志异》每篇妖怪故事结尾,还经常出现"异史氏曰"呢,就是这种思维方式的体现,简单来说,就是一个水滴可以映现出太阳。这其实也是我们经史合参、经史并尊的原因所在。因为如果我们光去讲"经"里面一些干巴巴的道理，很难让人明白，你必须要结合历史来证明这个道理。所以，传统蒙学，在教小孩子识字时，提出在集中识字的阶段，掌握好"三百千千"就可以了，那么怎么样去扩大识字并进行思想教育呢？就要让他们随文识字，学习一些历史故事的散文，比如《书言故事》《日记故事》《二十四孝图说》这种蒙书，这样再为读二十四史和四书五经做好词汇和价值判断上的准备。也就是说，教育者希望能通过讲故事和说历史，让孩子们接受"经"中的价值观念，去规训一种教育者希望看到的一些道德价值，化民成俗，化育成人。

差不多就是这些。今天晓伟老师先讲了西方的历史书写，我在听了他的内容后，产生了一些对比性的想法，所以即兴谈了一些上面的认识。有些啰唆，就当是聊天了。谢谢大家！

（本文系 2017 年 8 月 25 日《东方历史评论》主办的青年学人访谈沙龙"西欧与东亚：时代问题与历史书写"部分录音的文字整理稿，周丽萍整理，经过作者审校修订）

上饶的情痴

马不停蹄,飞抵南昌后,乘高铁跨过赣江开赴上饶。我问胡老师:您是江西本地人吗?胡老师大笑:土生土长的上饶人,我家一千年前就住在这里了。

一千年前?那就是宋代了。宋代的江西五光十色,群星璀璨。为什么宋代江西会人才辈出?我想,很重要的原因是唐宋时期江西成为南来北往的交通要冲,王勃去看望在越南当官的父亲,要路过南昌滕王阁;白居易浔阳江头夜送客,要路过九江。各路群英荟萃,移民聚散迁徙,客、赣、吴、闽各种乡音在此汇集,他乡生白发,旧国见青山。

望着车窗外的青山越来越接近上饶,一阵倦意袭来,渐渐睡了过去。

你也是山东人吗?怎么也来了上饶?

谁?谁在跟我说话?

我趴在窗户上向外望去,只见一个二十二岁的背影提着个血淋淋的人头纵马驰去,风吹来,乱了旌旗,散了马群。

他是不世出的人中之龙,一生志在恢复,主政几省后终被权臣贬谪,把生命中最后的十多年都留在了上饶铅山。他在铅山定居下来,耕稼带湖,给宅子起了个名字,稼轩。他的词,有一半以上都是在上饶写的。也许这里有妩媚的青山能和自己相看两不厌,但在秋夜盖着布被仍能看到万里江山;也许在这里可以笑看孩子们在溪头卧剥莲蓬,但喝了酒做个梦仍会挑灯看剑回到沙场连营。

二十二岁的背影已经越来越远,他现在老了,胡子都被春风吹白了。人一老,朋友就少了。但他并不孤独,陈亮来过,朱熹来过。他最喜欢他俩了,一个是可以一起闻鸡起舞挥鞭断流的知己,一个是可以夙兴夜寐好学深思的至交。陈亮死了,少了一个故人,他去福建找他,两位老年人同游武夷山,看着漫山枫叶,不觉快意又伤心起来。人老多情啊元晦,你本是帝王师,周文王却为何还不来接你?我也……我也老了。

不久,朱熹病重,眼见大限已到,他正了正衣冠后,死了。朝廷宣布朱熹的学问是伪学,不少弟子和朋友纷纷划清界限,无人敢去参加他的葬礼。但他还是坚决地来了,冒着天下之禁。辛弃疾无限伤感和落寞,他来到灵前,庄严地奉上一副挽联:"所不朽者,垂万世名。孰谓公死,凛凛犹生。"元晦,有的人死了,可他还活着,强权压不住你的学问,你注定要成为万世之师。

故人像落叶一样被秋风扫去,那年,810年前,朝廷下诏:封辛弃疾为国防部长兼总参谋长,即刻进京。67岁的他已经百病缠身,难以进京,他无奈拒绝了。廉颇老矣,自古名将如美女,不许人间见白头。那天,他大喊几声:杀贼! 杀贼! 从此像一颗流星划过夜空。

又是一个夜晚,上饶人谢枋得正在读书,听到冤魂鬼哭,他问周围:附近有没有坟墓? 别人说:辛弃疾的墓就在旁边!

哦,原来如此。谢枋得马上到墓前祭拜,回京奏请朝廷,朝廷追封少师,赠上谥号"忠敏"。谢枋得可能会想:这一切又有什么用呢? 太迟了,夜空中最亮的星已经陨落了,一个王朝的星空即将黯淡下去。

最后,谢枋得领兵抗元,兵败被俘,押送大都。在狱中,我不知道他是否想起了家乡上饶,想起了上饶的辛弃疾,想起了上饶的朱熹。他看着曹娥碑,感慨不已,绝食而死。

一对知己:辛弃疾与朱熹

那个背影越来越远,我眯着眼睛分辨,不知道到底是谁。我想,他们都是情痴吧,为了一份坦荡至大的情,安然在上饶点燃了自己的一生。上饶人姜夔不是说过吗,"人间自是有情痴,此恨不关风与月"。

"黄老师,到上饶了,咱们下车吧!"

我揉揉半睡半醒的眼睛,好像脑海中的几张画面被我揉皱了,已经难辨真假。走吧走吧,你我的相逢,就像那一阵风。

(2017 – 08 – 28)

月照东华门

露从今夜白。正伏案于办公室,得知博导今天在故宫开会,遂在夜色中经长安街赶至翠明庄。又蒙老师不少教诲,感慨已经离开上海四年了,我也作为老师和班主任,目送完一代人的大学时光。把刚刚写完的一篇三万多字的论文呈给老师,各自谈起明年即将推出的新书,不觉已至深夜。

走出翠明庄,灯半昏黄,夜半幽凉,不知闯入哪一条街巷,会有怎样的碰撞?

右边一座峥嵘楼阁,稍稍辨认,竟是东华门,曾是当年修史之地。再往前走,就是太庙,从这座明清皇帝的宗庙中陆续走出一群群中年古装舞蹈演员,仿佛是闲坐说玄宗的宫女等到今天释放。难道这里是南池子大街? 记忆的触角微微一颤,果然,缎库胡同里的南池子招待所越来越近了,这是三十五年前父亲由蜀入京住过的部队招待所。不用想,前面就是他曾跟我说起过的皇史宬了,原是放置明清实录和皇家档案的文库。

　　真是奇妙的白露之夜啊，就在一瞬间，这里有天，有地，有君，有亲，有师，还有交给老师的那篇论文，无一不与此刻这片月光下的城墙有关。抬头望着夜空，想起昨晚深夜下班时有位老师对我说："抬头看看天上的月光，此刻月光价值几何？"

　　侧耳倾听，墙内安安静静，早无那嘈杂的纷扰，想起刚刚呈给老师的论文，在最后一段，我一改前面三万多字的冷静口气，试图给予一种体谅与同情："某种程度上，嘉靖'大礼议'影响深远，不仅在于当时，还在于后世，甚至中国传统君主专制社会的最后两位皇帝，光绪和宣统，与明世宗一样由王爵入承大统，却皆以冲龄继位，仍面临着明世宗一样的父母尊崇问题。天子亦凡人，于正常人的人情而言，他们同样面临着焦虑和不情愿，但于传统社会的宗法礼制而言，帝系宗统传承压倒一切，这就造成忠孝、尊亲、统嗣、礼情之间的紧张。所以，紫禁城的日落中，两位幼童皇帝，一朝践祚，就要脱离正常人所拥有的人伦，但已非明世宗般刚烈的少年天子，以一人之力抗击群臣的集体力量，只能伴随着大清王朝乃至两千多年中华帝国的衰落，承受最后的帝统之痛。"

（2017 - 09 - 07）

聊天是一场漂流

日头渐渐升高了,晒得北外行政楼旁的竹林闪着晃眼的翠绿。

"修志,临时变一下,你跟着媒体的车去会展吧!"

走进一辆考斯特,里面已坐满疲倦的记者,黑色的长枪短炮如斧锤剑戟横列。只有迎门一个座位空着,旁边一位姑娘斜倚在窗前,默默看着手机。

坐下后,我对前面说:"冯老师,斌哥还没上来,在另外的车上?"

"应该是,不过咱们一起出发。咱这辆车上都是央视吧。"

"您也是央视吗?"

"不是,我是人民日报的。"身旁的姑娘说。

我问,您认识那谁谁谁吗? 她摇摇头,可能不是一个口的吧。

就这样随意聊了起来,聊天是一场漂流,不知前方会遇到什么风景。

"您是在北京上的学?"

"不是,我在武汉大学。"

"武汉大学?"我正望着前方西直门高架上的车流,一怔,"哪个学院?"

"文学院。"

"啊? 是吗? 我也是文学院的,"我转过头来看着她,"古籍所,知道吗?"

"天呐,古籍所?"她惊异起来了,"我也是古籍所的。"

"那你导师是……"其实我心里想到了一个名字。

她说出了那两个字。

"天呐,"我有些难以表达,该从何说起呢,我拍拍额头,说:"豪哥,你知道吧?"

"当然知道喽!"她抑制不住兴奋,"刚才你一说古籍所三个字,我当时直接,简直了!"

"我跟豪哥是一届的,算起来,虽然我不是于老师的学生,但怎么说呢,比较复杂,他应该是我读书求学历程中很关键的一位老师。"往事开始浮现,我突地笑了起来:"还真是呢,'我的朋友豪哥',当年古籍所号称刘陈二黄,现在二黄啊,一刘啊,早已鲜为人知,但豪哥依然侠名远播啊!"

"你也应该在那个'菁菁者莪'群里吧?"我翻开手机,"你是雅诵?天,竟然是你!"

她笑着,我一挥手,夸张地说:"让我调动一下脑海里的记忆数据。"我沉吟几秒,说:"你获过古委会的奖项吧,记得当时于老师还在群里专门夸过这个事儿,嗯……你当时论文的题目很有于门气质,是研究一位女性学者或诗人吧?"

雅诵笑着直点头:"是的,王照圆,就是栖霞郝懿行的夫人。"

王照圆,我听过她,烟台福山人,一代女学者、女诗人,自少博涉经史,后来嫁给栖霞郝懿行,与栖霞牟氏家族学者多有交游。乾嘉的神奇世家,大家只看江南了,却没看到胶东,伟大的郑玄所滋养的胶东。"高邮王父子,栖霞郝夫妇"。算起来,我在烟台开发区的住所离她娘家超近,基本属于邻镇了。

神奇的相遇,聊起了那些神奇的师友,我想,其实还有此刻沐浴在秋光中的珞珈山。那时,十年前我第一次来到珞珈山,正是这样的时节,珞珈山的秋色五彩缤纷,真像一幅油画。

(2017-09-12)

超级联系人

从五道口出站后，是一座名为 U – center 的大厦，朋友说，这就是传说中的"宇宙中心"。在深绿浅黄的林荫道上步行十分钟左右，就是"小联合国"——北京语言大学。

时间悄然而逝，不觉来京已六个多月了。古人说"每依北斗望京华"，于我而言，却有"每依京华望北斗"的匆匆之感。自问这是第几次来北语了？一时想不起、记不清。即便在西单，几乎每个工作日都要与北语各位老师通电话，每月都要来北语至少两三次，每次来都能看到那么多不同肤色的脸庞和不同颜色的国旗，都能看到那个小姑娘穿着整齐的交警制服，郑重其事地维持着校园交通秩序。北语差不多是我除了求学、工作的学校及华东师大之外，来得最频繁的大学了。

这两天参加论坛，不少国家的大使甚至联合国官员，纷纷表示自己是北语的学生，用一口流利的汉语为母校 55 周年表达生日祝福。清早在北语礼堂高高的台阶上，汪老师对我说：很多人觉得疑惑，为何还要专门设立一个语言类的大学，他们觉得在高校多设立专门的学院不就行了吗，对此，你怎么看？

这么一问，倒让我一下子加深了对北语的重新认识。我说：不一样啊，在我看来，北语在中国高校中是有特殊角色的，就像以前大陆若与海外取得联系，就必须依赖香港这个"超级联系人"一样，北语也是中国高校里沟通中外的"超级联系人"。

望着密密麻麻走向礼堂的各国留学生，我想，北外主要是让中国人学习外语，了解世界，而北语则是让世界人民学习汉语，了解中国。那么多的外国年轻人来北语学汉语和中国文化，试想，十年、二十年后，很多人就会成为他们国家对华交流的中坚甚至政府高层，每个人都有可能酝酿着巨大的能量，他们是使者，也是功臣。以前我常关注明清时期来京的朝鲜使臣，他们又叫"燕行使"，燕就是北京，意为到北京的使臣。今天北语的留学生们,岂不是新时代的"燕行使"么? 我们把这些种子洒向全世界,期待这颗星球的不同土地都能绽放出娇丽的友谊之花来。

北京语言大学

所以,我们怎么能没有北语呢?

(2017 – 09 – 13)

谢瑶环与田汉

秋夜凉天中的梅兰芳大剧院,板响鼓震,锣鸣铙动。一阵锵锵锵锵锵,青衣女官舞动水袖,谢瑶环从武则天的时代中款款走来,英气明媚,眉眼坚毅。以气象言之,与五年前我在南京那个秋夜所看的折子戏迥然有异。与柔婉多情的昆曲相比,京剧更有历史的雄美和苍凉之感,或许这就是江南、幽燕的差异。

戏台上车马辚辚,衣冠缤纷,听那梅派青衣唱法和落落步伐,惹人心醉。故事里的事,是是非非,渐渐清晰。江南女子谢瑶环自少被选入宫,武则天称帝时,太湖豪强兼并土地导致农民聚众起义,武则天见谢瑶环见识非凡,赐谢瑶环尚方宝剑巡按江南。谢瑶环到苏州后明察暗访,为民雪冤,斩杀豪强恶霸,人心称快。但豪强恶霸乃梁王武三思、酷吏来俊臣之亲戚子弟,所以武三思、来俊臣假传圣旨,拘审谢瑶环,待武则天赶到江南,谢瑶环已被酷刑折磨而死。

这部剧中,有几个值得深思之处。首先是伍员庙,它一方面是这部戏矛盾冲突的爆发点,千头万绪皆从此庙来,另一方面也预示了谢瑶环如同伍子胥孤忠被杀的最终命运,白居易有诗:"涛声夜入伍员庙,柳色春藏苏小家。"其次是豪强恶霸的罪恶,谢瑶环厉声训斥他们强占永业田,强征地方铜铁,导致百姓无法耕田无法做饭。听到这段,我颇为惊异,此段情节大有深意,若细细思来,其实便揭开半个世纪前那段惊心动魄的历史。

孟子讲知人论世,说读每首诗和每本书须知作者及时代,如此方可了解和同情古人。其实历史上并无谢瑶环此人,《谢瑶环》乃著名剧作家、诗人田汉于1961年从陕西碗碗腔《女巡按》中改编而来,也就是说,是田汉在地方戏中发现了这枚珍珠,赋予了其新生命并使之大放异彩。

但60年代,运动与戏剧有着戏剧性的关联。《茶馆》被批,老舍自杀,《海瑞罢官》被批,掀起轰轰烈烈的十年运动。《谢瑶环》自然也难逃厄运,被批为大毒草,《义勇军进行曲》也被撤下国歌身份。1967年,田汉被关入秦城,被判为叛徒、特务,他被押到戏台上像谢瑶环一样被酷刑折磨。但他仍有传统文人的情结,临死前仍像谢瑶环一样相信有人会来解救自己,相信自己对"伟大领袖"的忠心。最终,1968 年一个寒冷的冬天,这位现代关汉卿、中国易卜生、中国话剧的奠基人,一如谢瑶环,被酷刑折磨致死。

吊诡的是,就在田汉刚刚去世后,无数青年小将被送到乡下,广播里大声放着田汉的《毕业歌》:"同学们,大家起来!担负起天下的兴亡……我们今天是桃李芬芳,明天是社会的栋梁……"这分明成了祭奠悼念田汉的哀乐。在田汉最后的那段日子里,他常处在半梦半醒之中,想起了自己那位孟母式的母亲易克勤,一遍遍呼喊着放我回家看妈妈,想起了爱妻安娥和自己的孩子们。似乎易克勤也感受到了儿子的呼唤,她穿着粗糙棉衣坐在门口,在寒风中眺望着儿子的归来,但直到去世,她也不知道,儿子早在三年前就已暗暗死去。鲁迅曾在深夜中写道:"暗暗的死,在一个人是极其惨苦的事。"

1979 年,田汉被平反,人们在八宝山为他特别举办了追悼会,好友在他的骨灰盒中放入一本他生前创作的剧本《关汉卿》、歌曲《义勇军进行曲》、一支笔,一副眼镜。1982 年,《义勇军进行曲》被恢复为国歌。

人们说,岁月如歌,有时我觉得,歌如岁月,因为一段歌曲就能代表生命中的一段时光,所以歌声响起,我们会感动,会叹息,会出神,会想起。对《义勇军进行曲》来说,它承载了两个岁月,沉重而宝贵。一个是那个万众一心的抗战岁月,抗战是近代以来所有外来侵略的高潮和黄昏,中华民族的认同感其实正是在抗战中凝结升华,新中国也是在抗战的淬炼中如初生之婴孩,《义勇军进行曲》就是诞生在那个岁月中。另一个就是众所周知的那个惨痛的苦难岁月,在那个岁月中,《义勇军进行曲》和无数的美玉被长期掩埋、批判、尘封、戕害,它经过那么曲折、幽暗的时间,最终仍被恢复为国歌,时间证明了它的价值。

所以,每当国旗升起,高唱国歌之时,我常常想,人们会不会想起那两段岁月,想起田汉?我们唱着他的歌,他却在历史的烟雾中渐行渐远。其实田汉和国歌一直提醒我们,祖国时刻处在危险之中,"中华民族到了最危险的时候,每个人被迫着发出最后的吼声!"今天我们更好地记住,不是为了不遗忘,而是为了不再受伤害,为了更好地和家人在一起。有时我想,今天我们爱国歌,其实就是去爱父母,爱同胞,爱祖国,爱人间正道,爱纯真理想。

别林斯基说:"我们的时代只崇敬这样的艺术家:他的一生是他的作品的最好注释,而他的作品则是他一生的最好佐证。"我深信,田汉正是这样的艺术家。他写《关汉卿》,是在致敬前辈榜样的同时激励自己。然而,关汉卿的时代宽恕了关汉卿,田汉的时代却没有宽恕田汉,他用屈辱的死亡为我们保留一首国歌。有人说,我们是一个信奉历史的民族。可是,无论历经多少年代,我们都不是虔诚的信徒,总会背叛它的教导。

《关汉卿像》,绘者李斛与田汉命运相同

在《关汉卿》中,关汉卿因为创作出《窦娥冤》而被羁押入狱,每当读到这个情节,我常常想起田汉的《谢瑶环》。若能送他一幅迟来的挽联,必当是:铁骨铮铮关汉卿,忠肝义胆谢瑶环。难道不是吗? 田汉的一生是关汉卿,他的命运却是谢瑶环,关汉卿创作了窦娥冤,田汉创作了谢瑶环。那是一颗心急如火、胸无城府的铜豌豆,那是一个为民请命、心念黎民的谢家女。

(2017－09－20)

初见长安如沧海

　　穿过两千里云层,从明清飞到汉唐,从幽燕踏入咸阳。魂牵梦绕十几年的古城,竟以最不经意的方式遇见。本以为第一次来到西安,会像以前第一次来到南京和北京一样,对其山川形势和千古兴亡发一通感慨,但酝酿了十几年的情怀,千言万语只化为六个字:"长相思,在长安。"

　　"看到长安,就好像第一次在青岛看到大海的感觉一样。"在钟楼旁的咖啡店里,我虽然疲惫,但仍兴奋地说。窗外中的鼓楼,十分彩亮,像月亮掉在夜色汪洋之中,又如一座奇幻灯塔,矗立在夜航船心心念念的港湾。

　　罗毅和史悦面面相觑,似乎难以理解我这个形容句,我笑着看着他们:"我也不知道为何会这样说,但此刻心里就是这么想的呀!"

西安钟楼

"你还记得咱们在崇明岛的那个夜晚吗？当时咱们博士班十几位同窗在崇明岛上痛饮，那时意气风发，不由分说就喝，何等风色！后来我常在许多时间节点上回想崇明岛上那个美好秋夜。有时我觉得自己何其幸运，自读高中开始，总是能与最强的一届成为同窗，激励着自己不断见贤思齐。我相信咱们复旦历史系那一届博士班必会成为未来史学界的柱子。"看到毕业四年未见的罗毅，我不知为何又陷入了自我陶醉的回忆中。

"是啊，当时是2010年十一之后吧，咱们是博二，记得我们喝完酒，三三两两相互扶着回住处，大家都穿着外套，大晚上有点冷。"罗毅微笑着说，他总是看着我就像看到他的过去一样的神情。

当时从崇明岛回去后，我就和晓伟一起剃了个圆溜溜的光头，开始闭门读书，算是表达从头再来的决心。那时候，罗毅常到宿舍找我聊天，有时一聊就聊到凌晨一两点。

"你还记得吗？有次聊天时你给我推荐过两本书，说给了你阅读的享受，一本是冯棠翻译的《旧制度与大革命》，一本是邓野的《联合政府与一党训政》。我买来精读完了，受益匪浅，也成为我钟爱的书。"望着鼓楼的彩光，我一边走着一边对他说。

走到熙熙攘攘的回民街上，突然想起以前曾在电视上看到白发的陈铎在这里主持过节目。这里胡姬满店，西域香气翻腾，人们自自在在地走着，这种气氛令人惬意。看着他俩渐渐说说笑笑起来，我感到夜已深沉，该回去了。

出租车穿过灯火长安，车载电台里唱着一段中学时代的歌，我想起那时候应该还在听磁带。长安真安静，我一边听着一边望着窗外的城墙，只听见司机跟着哼唱了起来："从此我的世界多了一个你，让我们好好保护这份爱意，你爱着我我也爱着你，是月老的红绳拴在一起。"

哦，原来是同代人。

（2017－09－22）

玄奘的微笑

茶歇时，稠人广众之中，看到张先生，我走过去问好。也许是隔得太久了，记忆又太鲜活，所以感觉好像他竟然没什么变化。握手时，仔细端详了张先生的脸，瞬间照亮了一幅画面。

那是十年前，在武大人文馆五楼多功能报告厅，张先生也是这般白发密密，他说："李荣先生是伟大的，我对李荣先生不是敬佩，是崇拜……很多人说你都老了，还学车干吗？我偏不信，不光考到了驾照，还专门买了一辆宝石蓝的汽车，可拉风啦！停车场里不是白车就是黑车，我的宝石蓝一眼就能看见。我现在想去哪儿就直接开车……"

对，就是这里，在脑海里摁下画面暂停键，我笑着问张先生："张先生，十年前，您是不是买过一辆宝石蓝的汽车？"

张先生一愣，可爱地往后一退，说："我的老底都被你们调查清楚了？"

晚上与浩明主任随兴溜达，"怀君属秋夜，散步咏凉天"，他说："这样的月份散步是最舒服的。"一边走一边聊，走着走着，他指着前方说："看，前面就是大雁塔啦！"

还真是，离"大乘天"玄奘越来越近了。他取经回到长安后，想起了求学天竺18年时所见的印度雁塔，就在大慈恩寺主持建造了这座塔，用来藏佛像、经书和舍利，也成为翻译佛经的译场。大雁塔，就是大乘佛教的天竺雁塔。玄奘是伟大的，鲁迅说他是中国的脊梁，确实如此。他为了破解人生的困惑，追寻宇宙的真理，舍身求法，翻译众多佛经，比鸠摩罗什更进一步，为佛教的中国化做出巨大贡献，厥功甚伟。

唐代是佛教时代，中国佛教八大宗派皆在此时诞生，在我看来，玄奘之法相宗应是最高境界、最具思辨的一家，他的佛学已经进入认识论、知识论的哲学深度，玄微通妙，充分发挥了印度因明学的逻辑力量，许多思考都超越了时代，所以他是在追求学问和真理。中国民众逢庙就双膝发软,烧香跪拜,看似虔诚,但个人认为,许多人是没有宗教观念的,都在讲求灵验、实利、果报、护佑,而不是通过宗教来反思心灵、抚慰内心。以前去国子监孔庙,游客留言本上写着基本是"保佑我儿考上北大""保佑我儿顺利出国"云云。所以净土宗这种只消念几句阿弥陀佛便消灾解难的方式更适合民众,这也是法相宗传了三四代就渐渐式微的原因所在。

　　想得太多了,也不怕走路闪着腰。广袤的喷泉次第如朵朵白花、条条白龙瞬间攀腾到空中,轻盈、皎洁,如在海上,风吹不断,如在江中,月照还依。千万条白龙后面,大雁塔散发出迷人的光芒,这是谁在微笑?

　　你是电,你是光,你是永远的玄奘。

(2017－09－22)

终南山的时间

从雁塔路到长安区看望太史政,驱车半个小时,抵达陕西师大。

"很羡慕你们中古史研究队伍有那么多的交流,成果丰硕,新人辈出啊!让人可敬可畏。"我忍不住感叹,感觉研究3至9世纪的学者们真是打造了严整的学术共同体,砥砺琢磨,一茬接一茬,这才是应有的研究气象。反观东亚史或中韩日越这块儿仍较松散,兵虽多,将却稀,坚实而典型的学术范式也没多少,当然此中也有高手,但人家也并不局限此隅,尚有其他专长。

"胡老师!"刚刚走进历史学院,一个女生看见太史政,兴奋地打招呼。我笑眯眯问他:"学生们叫你胡老师居多,还是太史老师居多?"他笑而不言。

在他办公室两个书架旁一边翻着书,一边问起陕师大历史系的情况,聊起了拜根兴老师,聊起了黄永年先生的生平和著作。我说黄先生的书对我影响不小,从古籍版本到史部要籍再到唐史研究。

他抽出一本新书:"黄师兄,送你一本新书啊,刚刚翻译出版的。"

嚯,又翻译一本?看了看封皮,还甲骨文系列的,以前翻译的那本是?

"那是王赓武的。"他淡淡说道。

我站在书架旁眺望窗外,一大片葱茏树林延伸到灰蒙蒙的远处,他说:"今天要是天气好,就能看见终南山了……那片树林,我以前在这儿读书时还都是很小的树苗,没想到现在都这么茂盛了。"

终南山?"白云回望合,青霭入看无"的终南山?竟有这么好的福分。我笑着说:今天终于看到终南山的真面目了。品味着他后面的那段再平常不过的话,听者有意,确实,树苗长大了,人也回来了,风景不殊,山河有异,谜底都只有两个字:时间。

我低头看了看时间,正好一个小时。耀飞送我至楼下,指着迎面走来的一个身影说:看,拜老师!

刚刚翻阅了拜老师的新著,说话间就遇到了他,第一次遇见了他。

这时间,无缝对接得。此刻,我望了望窗外的夜,列车已入山海关。下午从汉唐飞回明清后,深夜又从明清出塞,只身打马入辽金。

(2017－09－23)

欲将心事付长春

从长安到长春，从西北到东北。第四次来到东北师大，第三次用英文发言。朋友说我与东北师大结下不解之缘，其实每次来东师都是可以解释的。

见到张老师，他说："今天早上我开车听到一首歌，里面说，只是因为在人群中多看了你一眼……想你时你在天边，我就想啊，你咋还没来？"我笑说："再想你时，你就在眼前，这不我来了嘛！"

三个月前，趁周末来东师参加中国古代史的一个会议，即将离开，会鹏留我在办公室喝着咖啡聊天，窗外晴空照着房间的一株花草十分翠绿。正聊着，张老师风风火火冲进来，问我能否写一篇古代中国祭祀礼仪的论文，和欧洲学者一起参加九月份的论坛。我说虽然不是我的方向，但可以考虑着写一篇。回京后，为了这个约定，三个月来的夜晚和周末几乎都把时间奉献给了这篇论文。在阅读礼制和祭祀诸多书籍和文献的过程中，几次都想撞墙放弃，太难了，但转念一想，正因为难，所以选定的这个题目在学界一直付之阙如。虽然心力交瘁，夜不能寐，但总算完成了这篇论文。

想到这里，我竟有些劫后余生的感慨，对张老师说："感谢您，只是因为我多喝了一杯咖啡，您多看了我一眼，才让我写了三个月的论文，鼓励了我越是工作繁忙越应该统筹时间做好读书研究。"

从去年夏威夷会议结束后，已接近一年没说过英语了，今天上午是综合讨论环节中，一堆欧洲学者对阵我们四位中国学者，几次示意让我回答，我磕磕巴巴参与了三个小时的讨论。会议结束后，我长吁一口气，总算顺利结束，还好没给师友和古研所丢人啊。

中午张老师邀请我们和一位意大利老师共进午餐，从十二点喝到五点，谈起许多事，其中最让我动容的是他的一句话："父母在，人生尚知来处；父母去，人生只有归途。"

就这样，来去匆匆，还没来得及跟几位师友畅谈，刚刚说了几句话就要走了。走在东北师大的校园，望着深秋夕照中的枯枝荷叶，恋恋不舍。我对会鹏说：来长春四次，啥地方都没去，净在这个校园转悠了，开完会议上酒桌，下了酒桌赶火车。

东北师范大学

暮光清冷，清敏开车载我去长春西站。听她说着自己最近的心路和感慨，我望着天边渐落的夕阳和渐升的夜幕，陷入了沉思。她说："我这个人吧，其实很简单，我只希望能有职业精神就行，就是希望我的学生不要太水，我能多给他们一些正面的影响，让他们毕业后能做一个正直的人，不要到处剽窃、搞些乱七八糟的东西。"

我静静听着，每一个字都听到了心里，我逐字重复了她的这段话，说："我重复你的这段话，是为了加深记忆。你知道吗？你说到了我的心里。其实我已经工作四年了，作为班主任，我也送走了一届毕业生，其实不谦虚地讲，当时送走他们的时候，他们唱着一首《小幸运》，说遇见我是他们的幸运。但我很羡慕他们，因为我想，为什么我在上大学时就没这种幸运呢？"

清敏眼睛明亮起来，用力点点头："是啊！有时我也会这么想！"

长春西站到了，走进夜色茫茫的列车，"好山好水看不足，马蹄催趁月明归"。

（2017－09－24）

天桥的易卜生

人们爱陌生人，
但爱的不是陌生人，
爱的是新鲜劲。
人们爱大海，
但爱的不是大海，
爱的是自由。
女人爱水手，
但爱的不是水手，
爱的是勇敢。
男人爱少艾，
但爱的不是少艾，
爱的是青春。
老人爱孩子，
但爱的不是孩子，
爱的是时光。
我们爱自己，
但爱的不是自己，
爱的是习惯。
叶公爱神龙，
但爱的不是神龙，
爱的是天空。

当陌生人靠近，

大海扑面,
水手归来,
少艾翩至,
孩子投怀,
自己重现,
神龙造访,
那是一种可怕的风暴,
魅影一般的陌生性,
令人心旌摇荡,意乱神迷,
又如临深渊,彷徨犹豫,
将我们抽离沉闷的日常,
又把人抛入战栗的汪洋。

怎么办,怎么办?
爱啊爱啊爱什么?
争着抢着说爱自由,
其实只是不爱他自己,
自己无法寻安静,
却与外在做交易。
这是一种迷路的现代病,
原来你是这样的易卜生。

(2017－09－27)

雪落香杉树

　　读了不到一半，已开始意识到这是一部干净、清爽、心动、心悬的经典杰作！在济南西站的候车室里最终读完《雪落香杉树》，望着窗外冷雨纷纷，兴奋难抑地踱来踱去，最终在深夜此时等来赴京的复兴号。我想，如果在未来三个月内再没碰到其他杰作的话，这将是 2017 年最让我心仪的小说了。翻着豆瓣上的评论，感觉几乎都在隔靴搔痒，他们看不出这部小说的真正伟大吗？我不同意哈罗德·布鲁姆的意见，在我看来，作者其实受狄更斯和托尔斯泰的影响更大。书中有几个显著却伪装得很好的意象：网、岛、审判室、暴风雪、香杉树。

　　故事从头到尾都是在一个审判室内发生的，但我认为审判室是一个"回忆的公共空间"。上个月我曾在一所中级人民法院旁听一个案件审理的过程，其实审案的过程无非是激发回忆、分析回忆、印证回忆三个环节而已。书中，每个人都在案件审理过程中时刻回忆往事，这些回忆便构成了千万个隐藏内心的人生信念和命运遭遇，也织成一张不同人生的因果大网，看不见却无处不在，最终因这张因果大网使那个人死在渔网之中。孤岛上聚集着不同人种，每个人就像孤岛一样封锁着各自的心灵，虽然多元却界限分明，这与我观察到的夏威夷何其相似。孤岛上的人们之间横亘着无言的冷漠与隔膜，这种状态最终因太平洋战争爆发而愈发尖锐强烈。审判期间一直下着暴风雪，人们就是在暴风雪中通过回忆来完成激烈的思想斗争和自我展现，回忆本身就是一场暴风雪，具有破坏、挣扎、重建之能，最终暴风雪覆盖了一切界限，风停雪住后一片安静，男主角完成了内心的复活。是的，他解除了内心的冰封，在我看来颇类似聂赫留朵夫的复活，香杉树是过去的见证和现实的根源，雪落香杉树宣示着浓郁的自我告别。

　　全书语言极纯净，无疑是精雕细琢出的佳品，但又如此浑然天成，尤其是景物描写，这也应归功于译者之文笔。全书叙事极迷人，每个人在作者指挥下时刻做好拥抱逝水年华的准备，却又如此自然流畅。全书装帧考究，封面简洁粗糙，内里纸张却光滑柔亮,书后还专门留了四页空白纸,专供我这样的多情者留下一堆不知所言的涕零感慨。诚如卡夫卡所言:"好书应如利斧,破开我们内心冰冻的海洋。"

新的经典虽然有"影响的焦虑",但它不能完全另起炉灶,而是必须吸收旧经典的养分,并在此基础上创造出另外一种陌生性,并借此回答一种人类的普遍性问题,从而反映时代又超越时代,如此这种陌生性就会成为新的范式,也就成就了新的经典。是的,读着读着,我越来越确信这部新经典所吸纳旧经典的重要养分就是来源于狄更斯和托尔斯泰,直到后半段,我读到男主角母亲爱读《大卫·科波菲尔》以及男主角书架上不经意露出狄更斯和托尔斯泰的名字时,我微微会心一笑,请原谅我早已洞察了这一切。

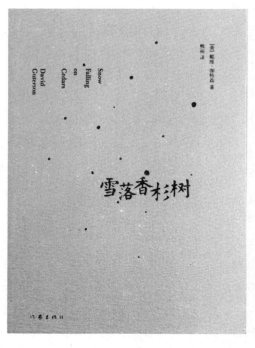

谢谢作者,谢谢这段美好的旅途阅读时光。我们所追寻的美好,不就是这种靠读书而自得其乐、抚平内心的时光吗?

(2017 - 10 - 07)

怀柔秋色

拂晓云破时，从雍和宫乘车三个小时赶至怀柔喇叭沟。走到北京最北，才终于明白北京的特殊地理意义。

北京处在东亚大陆平原、草原、山地和海洋四种地形的过渡点上，自汉匈时代始，幽州一直是各部族争夺的要冲。陈寅恪先生认为，唐代因被西北强敌（吐蕃）牵制，故于东北方面趋于退守，导致此后东北各部族政权的陆续崛起。由此观之，1000 年来，随着内亚势力与中原的接触日多渐广，中华王气逐渐从关中转东折北至北京，历经辽金元明清，奠定了今天北京的首都地位，实乃地理使然，时势使然。北京虽曰内地，实近塞外，故明代确实可谓"天子守国门"。怀柔，即怀柔远人，顺义，即远人顺义。

"树色随关迥，河声入塞遥"，秋天的北京郊外，最夺目的是铺天盖地红黄缤纷的山峦。我觉得秋天的魅力在于"清"，所谓清秋也，没有欧阳子《秋声赋》的悲伤，却有着诗豪刘禹锡的昂扬："山明水净夜来霜，数树深红出浅黄。试上高楼清入骨，岂如春色嗾人狂。"穿行在黄灿灿的白桦林里，想起《我的父亲母亲》中招娣奔跑在林中送饺子的画面，其实这部电影的拍摄地就在附近的丰宁。秋光暖人，一行六人又叫来四个小伙伴，在山中席地而坐玩儿了三把狼人杀后，继续爬行在险峻的山林中。黄叶地上的腐枝败叶，在初雪融化的湿泥中发出清香之味，嗅觉最能挑逗回忆的触角，让我想起童年故乡的那片树林和田野。顺手折一根枯枝，拄杖互扶继续攀援。我对同伴说，小学时背过一篇课外短文，很像我们啊，里面说："早晨下大雾，路上看不清路，急坏了小猪、小鹿和小兔，扯着藤扶着树，一步一步走山路。秋风伯伯来帮助，呼呼呼呼呼，一下子吹散满天雾。"

山路越来越泥泞了，山坡越来越陡峭了，顾不上欣赏周围景色，大喘小憩之时，俯仰之间皆是醉人秋色。歌里所唱，"一路从泥泞走到了美景"，终于，我们爬到怀柔最高峰。行云飘荡如水，青空湛蓝如洗，果然是"山中何所有，岭上多白云"。望着那凸起的山峰，突然觉得像一个巨人的脸，静静沉睡在古老绵延的群山之中，不知他会不会猛地醒来，站起魁梧身躯，惊异于山外人间的变化。猷猷凝神思虑，自言自语道："万里车书尽混同……"我问："哇，想起你祖先的诗啦？"猷猷说："是啊，我身上有完颜的血统啊。"

下山没有上次在鄂西恩施的痛苦，轻快如纵马驰骋山林，如有疾风从背后催促。与伙伴们一起以"花""山""月""树"玩儿着飞花令，我说起一句"雨中黄叶树，灯下白头人"，顿感在此山中，竟无萧瑟之味。

为什么"黄叶""白发"此时会变成如此明朗的意涵？是灿烂红叶山岗，是几位相契朋友，送给我这一个秋云飞扬的舒心季节和澄明内心。

（2017－10－15）

尘几录

吃完晚饭,我对老班长说:"走,一块儿到外面走走吧!"他拉着孩子的手,问:"诶,你不回办公室了?"我说:"周五了,白天忙完了,再说你白天带着孩子跑医院,我还没来得及领着你俩转转,咱往北边走走吧。"

走出郑王府,霜冷秋夜已渐渐燃起不浓不淡的雾霾,现在北京开始进入不适合室外闲逛的时候了。他拉着五岁的孩子走在我身旁,孩子一路雀跃着,似乎全然不知大人的忧虑。孩子问:"叔叔,我们要去哪儿?"我说:"咱就随便走走,哦,看到前面那个大白塔了吗? 叔叔晚上常常一个人去那里一个书店玩儿。要不咱去那里看看?"

"哦,是图书馆吗?"孩子有些兴奋。

"不是,很小的小书店,旧书,很便宜,所有的书都是十块钱一本。"

孩子伸出小手递给我,我愣了下,用手裹住他的小手,捏了捏,小手温热湿润,有些害羞地蜷成小拳头,在我手心里热乎乎的,这就是一颗稚嫩心灵的形状。就这样,我和班长一人一边拉着他儿子的手往前走。

望着班长有些前倾的背,我低着头,想说些话,却不知从何说起。每个人的记忆就是他的一生,可记忆是个狡猾的刺猬,善于隐藏在丛林深处,一旦出现,浑身是刺,不好捕捉。时间过了这么久,人们怀着某种心情去追忆,有时也是想与往日达成一种妥协,所以我们记起的事可能是从前存在的,但为什么会记起它却是当下引起的。我们终其一生都要与记忆谈判,因为我们始终生活在记忆之中,每天的生活也是不断为后来制造新的记忆。

"咱们上初二时,在新湖二中,还记得吧? 对,当时你是咱班班长。那时在学校寄宿,每周只有在周六下午三点四十才放学回家,周天一早就要赶回学校上早读。每次去学校,我从家里带三天的干粮和咸菜,我妈给我五六块钱,就是我一周的生活费了。大家在宿舍里交换着咸菜吃,一日三餐都是俩馒头就咸菜或辣皮,三个人挤一张床睡。当时大家都是十二三岁，谁不想多在家待一天啊。所以初二那年夏天，应该是 2000 年，有人在男生厕所墙壁上用彩色粉笔写了很多骂校长的话，说我们要自由，学校不应该周日还补课，为自由而战，某某某，老子弄死你！"说着说着，那个臭烘烘的墙壁好像一下子浮现在眼前，我在 2017 年的北京读着上面的字迹。

"哈哈是！我记得，我知道是谁写的！"班长乐起来了。

"对呀，当时好多人围在那里看，都在喝彩叫好，觉得很解气，尤其是看到'老子要弄死你'更觉得带劲儿。初中三年很少有周日假期，冬天早上一下大雾，很多人要骑十几里地才到学校，不是有个学生因为雾天被卡车轧了嘛，当时听同学说，脑浆像豆腐流了一地。我有次周日早上没赶上早读课，范校长在校门口凶巴巴等着，来一个人给一巴掌，火辣辣疼。所以大家觉得这个人太有勇气了，但也觉得忒逞能了，肯定早晚挨揍。"路过一个路口时，孩子抬头问："叔叔，咱们怎么还没到啊？"

"快到啦！再过一个路口吧。"我继续说道："当时我觉得那字写得挺好看的，几个不错的同学问是不是我写的，我说怎么可能啊，他们说因为跟你的字很像啊，好像有位同学提醒过我：你小心啊，咱班的黑板报是你办的，还在校长办公室旁边。我犯嘀咕，不至于吧。嘿，后来还真就邪了，有次我从教室向窗外望的时候，就看见张校长看咱们的黑板报，进进退退着步子。当天下午，就是你，你找到我说：修志，校长让你去他办公室一趟。当时我一听就知道了，步子沉重地走进校长办公室，心想，天呐，第一次进这里竟然是被冤进去的。"

随着我回想那次敲门开始，记忆大门瞬间打开了。当时校长戴着老花镜正低头看报，我穿着单薄的浅蓝竖纹衬衫，站在他的桌前，说："报告校长，我过来了。"

他摘下花镜，上下打量了我一下，说："你是黄修志吧？知道我为什么找你吗？"

"不知道。"我当然知道。

"唔，你知道男生厕所里写的字吗？"

"知道，现在大家都知道。"

"那你知道是谁写的吗？"他笑眯眯地问。

"不知道。校长，您想问是不是我写的，我说实话，你冤枉我了，跟我没有任何关系，不是我写的。"

"哦，是吗，那你再站着好好想想吧！"他戴上花镜，继续低头看报纸。

站在他的对面，距离不超过一米，虽然觉得委屈，但不知为啥有种兴奋的感觉,我想,我们学校的一号人物,校长!竟然就这么轻易地犯了一个愚蠢的错误,冤枉我这样一个老实巴交的学生。哼,我一身清白,行得正,站得直,就要站得直挺挺的,看谁熬得过谁!想到这里,我感觉自己回到站军姿的时候了。

空气就这样凝固着,时间就这样流逝着,静得出奇,我都听见他手表上的滴滴答答了。我本以为会相持至少十几分钟,但大约五六分钟后,校长摘下眼镜,两手交叉在一起放在桌上,语重心长地说:"黄修志呀,我看得出,你在班里应该是个诚实守信的好学生,如果你能承认错误,我一定会宽大处理的。"

听到这番话,我有种似曾相识的感觉,好像是从书本上冒出来的,我看着他的眼睛,听见自己说得清清楚楚:"校长,你想让我承认错误,可是我没有做,我没法承认,你无论咋说,我还是那句话,不是我写的,我也不知道是谁写的。"

陡然间对方脸色变了,他一把抓住我的手臂,一边按住我的手腕脉门,一边盯着我的脸。当时我瞬间明白了,哎呀我的妈呀,这还用望闻问切测谎呢,看我紧不紧张啊。不知为啥我想起了《天龙八部》,便屏气凝神,竟觉得很是平静。对峙了有半分钟后,他挥了几拳砸在我的后背上,每搋一下,他吼道:说不说,是不是你写的?搋了不到十下,他停了下来,说:你站那儿别动。他想了想,问:你们这一级有没有跟你写字一样好的?

他看着我脸上奇怪的表情后,继续说:哦,这样,你说说你们班有没有其他写字好看的男生?

走进这扇门前,我以为十二岁的我会在里面被凶哭搋哭,但直到走出这扇门时,我竟然都忍住了,直到快到宿舍,看到门口聚集的同学们,他们冲过来问我:黄牛犊,没事儿吧?我哇的一声哭了出来,几个同学在那里跺着脚:他奶奶滴,我操!我擦干眼泪,看到了杨,对他说:校长让你去一趟。出乎我的意料,杨脸色突变,带着哭腔说:"哎我哩娘来,该咋咋办哎?"

"后来呢?"班长笑着问,前面就是白塔寺旧书店了,"当时我们都知道你陪着他俩又去了一趟,也知道了结果,就是不知道到底发生了什么。"

"我只能说,真相不明时,对我是软硬兼施,水落石出后,对他俩是拳打脚踢。"我笑着说,"其实想想挺好玩儿的,我们这一代人都是在这种教育环境中长大的,我从小也挨过好多搋,但仍然真心尊重各个老师,我觉得男生挨搋太正常了,老师本心大多是恨铁不成钢。当时我觉得校长挺过分的,一下子让我瞧不起他了。但我现在仍然尊重他,为什么呢,因为后来他其实是通过另一种方式向我道了歉,我感觉那是一种承认错误。后来有次学校抽调每班前三名去乡里改卷子,在校长室外集合,臧、靳和我赶到时,他有些惊讶地看着我。他领着我们一群学生来到乡里一间大厅，几个人分成一个小组围着一张桌子改卷子，他坐在我旁边，说：来，咱们改快一点，跟他们比赛。我们最快改完了，他说，来，咱们改完了，一起讲个故事吧！他笑着看着我说，来，谁先来？我平视着桌面，没有说话，一中的一个男生举手说，张校长，我先来吧，我给大家讲个故事。"

那个男生讲到一个士兵回家，遇到一个巫婆，遇到一些很神奇的事情，大家听得津津有味，但讲着讲着，他突然停住了。大家问怎么不讲了，他挠挠脖子说：哎呀，后面的我忘了！大家很可惜地唉声叹气，这时，默不作声的我举起手说："我记得后面的故事，这个故事是安徒生童话《打火匣》，我在小学五年级读过一个叫叶君健的人翻译的童话集。我来接着讲吧！对，他在山洞里看到那只最大的大狗时……"

不知不觉，我觉得大厅里虽然吵闹，但我们这一组很安静，故事讲完了。张校长带头鼓掌，若轻若重地拍着我的肩膀，分明说了一句话："修志不光会学习，会讲故事，你们知道吗，写字也不错，有没有和他一个班里的？"臧、靳两位同窗笑嘻嘻点着头："他是政治课代表，老师常让他在黑板上抄题抄歌词。"

到书店了，十八年前的光影瞬间被眼前的书影吞没了。班长蹲在童话故事画册区，和孩子一起翻着书说着话。我扫了一圈，有些泄气，看来今天没啥好书啊，又捡不着漏了。正转身望向门外阜成门大街时，心中"咦"了一声，回头去看墙角深处那个书脊，用手一勾，久久追慕却未曾一读的唯一一本《尘几录》，就这样被我捏握在掌中。作者系田晓菲，专治南朝文学，和美国唐诗研究名家宇文所安结为学术伉俪，皆是哈佛大学教授。后者的《追忆》是令我心醉不已的经典。

书有点旧,上下书脊两端都缺了个角,书名叫"尘几录",意为落满灰尘桌子的记录。恰如记忆,虽然被尘埃蛛网封住,但轻轻一拂,仍会看到那个明亮心动的真实自己。

我吹了吹书上的灰尘,轻轻翻开。

(2017 - 10 - 27)

天坛与天命

　　虽曰九九重阳，似乎应是秋阳普照绵延山丘之时，然而晚秋的燕京已近凛冬时节，冷风劲吹，灰云飘飞。

　　再次来到天坛公园，比起七年前浮光掠影地走马观花更多了一些体悟。突然感觉祈年殿就像一个巨大的谷穗耸立在寥廓天地之中，《说文解字》里说"年"的本义是谷子成熟，所以祈年便是祈求上天保佑百姓五谷丰登。看到殿中供奉着满汉双语的"皇天上帝"牌位，班长喃喃念着这四个字，我说："这就是老天爷的名号，是明朝的嘉靖皇帝改的，原来叫昊天上帝。他改了许多祭祀的规矩，也建了不少祭祀的建筑，祭天地啊，祭祖宗啊，祭历代帝王啊，祭孔子啊。民间盛行建家庙祠堂祭祖，也算是受他的激励，后世许多礼仪仍然笼罩在嘉靖的影子里。"

　　在我看来，要想理解北京城，就必须了解忽必烈、永乐、嘉靖和乾隆。忽必烈征战欧亚，在此建了大都，成为后世皇帝的偶像明星。永乐崇拜忽必烈，在大都遗址上建了北京城，梦想打造忽必烈一样的疆土，最后死在北征马鞍上。嘉靖追慕永乐，把太宗改为成祖，也学着永乐打了一次越南，但被蒙古欺负了几次，就把忽必烈从历代帝王庙里撤了下来。乾隆不但学着忽必烈和永乐帝经略四方，用铁骑踏勘出一个偌大的帝国版图，"十全老人"绝非自

天坛祈年殿

吹,他还夸赞嘉靖"制礼作乐",自己也改了不少祭祀规矩,建了不少庙宇宫殿。

　　"国之大事,在祀与戎"。祭祀与战争是相互配合的,向臣民昭示着"千秋万载,一统江湖"的盛世鸿业和"天命所归,人心所向"的王朝正统。去过天坛、地坛、太庙、历代帝王庙、孔庙后,我更加体味到祭祀比战争更具特殊功效。"小人以为神,君子以为文",百姓会对朝廷仪式心存恐惧和敬畏,而统治者认为祭祀仪式非常必要,决定着人间秩序和伦理规范,"乃命羲和,钦若昊天,历象日月星辰,敬授人时"。

历代帝王庙

　　对君王来说,祭祀天地是以天子的身份加入天地日月星辰的诸神家庭中,天子要让大臣民看到,我是天之子,继承天命统治天下,日月星辰云雨风雷也是我的家族成员。祭天仪式突出反映了西周以来的天命观,武王伐纣,号称革命,其实是革掉殷商的天命,由姬周继承新的天命,"周虽旧邦,其命维新"。武王建立明堂,配上文王牌位一起祭天,宣称我爸文王已经陪在天帝身边,我便是地上唯一膺受天命的新天子。此后,祭天成为帝王宣告合法性的重要仪式:曹丕、刘备、孙权称帝时争做天之儿子,"皇帝臣丕""皇帝臣备""皇帝臣权";武则天在神都洛阳专门营建壮丽明堂,直接把朝堂和明堂合二为一,"上为严配之所,下为布政之居";袁世凯曾担任朝鲜总督,他和朝鲜国王各自称帝后,做的第一要紧事,都是祭天;甚至中华民国第一部宪法专门选择在天坛撰写发布;天安门本为承天门,意为承天之命,受命于天,至今仍是中国最重要的礼仪场所。

　　站在圜丘上,望着清冷的苍天,我在想:这些建筑都已成为旅游胜地,传统的祭祀文化也离我们远去了吗? 不,完全没有,祭祀文化没有消失,反而以现代形式和内涵融入现代的家庭生活、社会生活和政治生活中。神社庙坛变成了纪念堂、纪念碑,古代每年正月重农的祈年典礼成为每年关于"三农"的一号文件,周年庆典成为盛大的纪念仪式,国旗、国歌成为新的幡帜和风雅颂,大会开始前对某几位前任领袖进行默哀,在某位重要人物的诞辰或逝世周年节点上进行纪念,太祖崇拜、祖师崇拜、先驱崇拜充斥各种领域……今天的祭祀文化借助电视、网络更具威力,传播到每个角落,普及到每个人。传统的天命观、民心观、华夷观、大同观、盛世观、圣王观又以新的形式呈现,构建着新的神话。

(2017 - 10 - 28)

菊花的约定

从天坛圜丘一直往前走,被右侧一丛丛五颜六色的菊花展吸引住了,走过去观赏,才发现菊花竟然有那么多颜色,那么多姿态,一直以为菊花都是金黄色的。重阳是痛饮菊花酒的日子,菊花里有很多故事,我却想起当年在上海时,每晚睡前读一篇"三言",记得在一个深夜,读到一个惊心动魄的菊花故事。

汉代河南汝州秀才张劭,在去洛阳应试途中,救治了身染瘟疫的陕西商州人范式,二人惺惺相惜,遂结为兄弟,情同骨肉。离别前,两人在菊花盛开的重阳佳节共饮美酒。范式说:我自幼父母双亡,所幸贤弟有老母在堂,你娘就是我娘,来年今日,必到贤弟家中,登堂拜母。张劭说:我家在乡下,如果兄长不嫌弃,我必当鸡黍款待。就这样,两人约定明年菊花再开的重阳佳节相聚于张劭家中。

光阴荏苒,重阳又至,张劭预备好鸡黍和浊酒,洒扫草堂,为母亲和范式排好座位,遍插菊花,焚香座上,让弟弟杀鸡。张母说:范式从千里之外赶来,未必如期而至,等他来了再杀鸡也不迟。张劭说:我了解范式,他肯定守信,今天必到,如果我等范式来后再杀鸡,他肯定会认为我不信任他。张母听后便帮着做饭。太阳都落山了,张劭站在村头等啊等,但等到晚上还不见范式前来,张母和弟弟劝张劭早点吃晚饭回去休息吧,但张劭坚持独自等待。直到三更时分,月落后,阴风黑影之中,范式走了过来,张劭高兴地迎到家中,但范式却一言不发,表情冷峻。张劭招待范式吃鸡黍酒饭,范式并不动筷,僵立不语。张劭连问范式,是觉得饭不好吃呢,还是嫌母亲和弟弟没来迎接呢?范式退后两步,吐露真相:贤弟,我已经死了,你看到的我,不是活人,而是我的鬼魂!

张劭大惊失色,范式解释说:与贤弟分别后,我回家忙着养家糊口做生意,一年匆匆而过,竟然忘记了今天的约定,今天早上看到大家到处送菊花酒,才想起今天是重阳,才想起去年跟你的约定,我很后悔。我想,如果我失约了,贤弟你会怎么看我?可离家千里,我该怎么过来?想起古人说鬼魂能行千里,所以我临死前嘱咐妻子先别下葬,等我贤弟张劭来后方可入土。所以我自杀后驾着阴风来到这里,希望贤弟不要怪罪我。说完几句话没多久,范式就消失了。

张劭痛哭流涕,准备好行囊,拜别母亲和弟弟,再三嘱咐弟弟千万要照顾好母亲。张劭一路风餐露宿,到陕西范式家中后,正赶上家人送葬,张劭追上送葬队伍,哭倒在地,酹酒祭拜,打开棺材一看,哭声恸地。张劭回过头对范式妻子说:兄长因为我而死,我岂能独活?我背包里有打棺材的钱,请嫂子垂怜,将我葬在兄长一旁,这就是我的大幸了。说完,张劭抽出佩刀自刎而死,倒在范式的棺旁……

唐代诗人孟浩然在隐居鹿门山时,有朋友邀请他前去做客,他在《过故人庄》中说:"故人具鸡黍,邀我至田家。绿树村边合,青山郭外斜。开轩面场圃,把酒话桑麻。待到重阳日,还来就菊花。"当然,这是实写,连李白都倾心喜爱的孟浩然肯定不是在写张劭和范式的故事,却不知是明代的哪些秀才把张劭和范式的故事融入孟浩然的诗情画意中了,让菊花重阳沾上血色浪漫的友情信义,借之劝导世人,如两人姓名"张劭""范式",显然具有树立道德榜样的意味。

这就是一个关于菊花和重阳的故事,我站在菊花展中,望着争奇斗艳的菊花,有些发冷,有些迟疑。真奇怪,为什么会想到这些?难道是此处天坛的祭祀建筑和菊花展共同勾起了这段故事?

为了打消这种奇怪的念头,欢欢心神,我笑着对班长说:"还记得以前初中时班里经常唱过的一首歌吗?徐亚丽在上面打着拍子,大家唱啊唱,我喜欢里面的一群童声朗诵的这一段:朝花夕拾杯中酒,寂寞的人在风雨后,醉人的笑容你有没有,大雁飞过菊花插满头……"

(2017 - 10 - 28)

秋光中的神偷

从军博西路往北走,路过央视老楼,路边几棵黄亮的银杏枝桠里,露出日晷一样的世纪坛。本想趁着今日天高日晶,陪着班长他爷俩逛一下玉渊潭,此时看到世纪坛,有些好奇它是否大而无当。靠近之后,才发现里面别有洞天,原来今天是北京国际摄影周最后一天,又赶上剪纸展、书法展和绘画展,所以一口气看完四个展。

剪纸展最为震撼,阵势庞大,汇集各地剪纸精品,简直是乡土中国的大排演。仅凭一把剪子、一张纸、一双手,就创造出这么美的作品,一双灵巧的手就是一颗精致的心灵,剪出纸中纸,贴出画中画,剪不断的乡愁,贴不完的乡情。我在想,同样作为美术,剪纸跟绘画、雕塑有什么区别?品味良久,发觉绘画是加法,剪纸是减法,雕塑是剔除,剪纸是剥离。

出了世纪坛,手机就拍得没电了,自我安慰道,正好可以全身心感受玉渊潭的湖光秋色了。玉渊潭又叫钓鱼台,如此胜地自然也不可避免被盖章狂魔乾隆帝品鉴宠爱过。刚见一汪蓝水时,就听见一阵飒飒之声从湖畔几棵合抱之木上传来,仰望时,黄黄的树叶细如麦芒,就像金针,相互拥挤着,遮蔽了湛蓝晴空,金风吹来,吹得叶子们像昆虫一样振动翅膀发出声音,摇曳晃动,搅乱了长空上的秋水,泛起一片涟漪。细叶的这种浅黄,倒有些初春的鹅黄了,并无萧瑟之态,反而略有清爽之气。普希金说:"忧郁的时光,五彩缤纷! 我爱你临别的优美,我爱你华丽的凋萎。"叶子们又到离别的时候,它们拥挤在一起,拍着肩膀互相致意:谢谢你们陪我在最好的年华和季节里眺望着这片湖泊,享受微风、阳光、雨露和蝉鸣,那么,先走一步,就此作别,期待下次再见吧!

"叔叔,这湖有多深啊?"孩子望着镜面般的湖水问我。

"树有多高,湖就有多深。"我冒出这么一句。

湖水清得发蓝,是天空降落到湖心,西风吹着水皮,撩起网格状的水纹,细细密密,整整齐齐地随风推进,劈开云翳天光,让人想起《千里江山图》中的波纹,尺寸之间顿有千里之致。走在游人如织的石拱桥上，午后的阳光从左侧柳条垂帘缝隙中照过来，异常强烈，不禁闪躲目光，向右侧看着地上的倒影，就像剪纸中的男娃穿行在故乡的田野树林中。再往远处看，上弦银月已露于东南天际，被太阳照得有些像棉絮，此时一架飞机排云而上，我立在原地，心念着：哎呀，撞了撞了。飞机当然没撞到月亮，擦着月边掠过，交错之际，突然感觉平面的月亮一下子变成了立体的月球，另一边的阴影似乎也可描摹复原出来。奇妙的感觉，站在地球表面，东张恒星太阳之光，西望卫星月球之色。

秋天的玉渊潭虽然不像春天樱花桃花盛开那般姹紫嫣红，但白花花的芦苇荡、枯黄的荷藕泽和墨绿的竹林，摇动在金风中的蓝湖中，也能显现出别样的明净干脆，嘎嘣脆得透心凉。在秋光暖暖的游廊上小憩一会儿后，走到荷藕深黄处，一群人正争看一群鸳鸯觅食。人们向水中撒着馒头屑，大片鸳鸯悠悠游到湖边，引得人们纷纷拍照。第一次这么近距离端详这么多鸳鸯，才发现鸳鸯跟彩纸扎的似的，上下颜色层次分明，假得很卡通，真是应了如假包换这个词。一个穿着大红羽绒服的六七岁小姑娘，扎着俩小辫儿，双颊通红，坐在湖边石头上，看着鸳鸯围在身旁游来游去，乐不可支笑了起来，惊起几只鸳鸯在枯荷水面上盘旋而飞，人们欢呼起来，只听一阵咔咔嚓嚓响个不停。

晚上，穿过前门，应邀来到大栅栏广德楼听德云社的相声，五位同事坐在第一排最佳位置，距离演员不到三米。沏上一壶大碗茶，跟着满堂甩开心事，听了七段相声，肆意笑了两个多小时。那段恶搞《智取威虎山》"么哈么哈，正晌午时说话，谁也没有家，脸红什么？精神焕发！脸黄什么？防冷涂的蜡"，听得相当有嚼头。

坐上22路车，余老师看着上弦月，好像说了些什么，我问何时离开，他笑而不答。我低着头，心想：说说笑笑之间，一个人接着一个人，就这样走了。在深夜的北京街头，我们挥手告别，好像明天后天我们还会见面，就像这只是一个平淡的夜晚。其实，在大木仓，没有人离开过，只要想一想他，他就依然还在。

公交车开动了。看着上面的日期显示屏，我算了一下，真巧，今天正好是来京整整八个月了。

快吗？我一边问自己，一边望着窗外匆匆而过的正阳门、宣武门和长安街。深夜的公交车载着我们驶向已知的前方，一站又一站地停停走走，我们挥别了他们，挥别了十月，也挥别了自己，我们下了车，有些心慌，摸摸身上是否掉落了东西，是那片开怀的笑声吗？望着一去不返的深夜公车，我们才发现，它就是岁月，那个真正的神偷。

（2017－10－30）

稻禾春泥

就像此时，
刚刚探出稚手，
我最娇嫩的身体，
怎能受宠于这斑斓的春泥？
池塘生春草，燕草如碧丝。
春风花草香，夏木啭黄鹂。
河流也许忘记了，
可我的根须，
却密布河底。
野火也许吞噬了，
可我的穗种，
已飘在风里。
他们抖动夸张的腰肢，
说是祭献天帝的八佾。
我不在乎，
只当是对我的献礼。
就像此时，
刚刚探出稚手，
我最娇嫩的身体，
沉睡在这斑斓的春泥。

（2017－11－03）

东北亚的相遇

　　走出停车场，在火车站出站口望着涌来的人潮，一眼就认出两位韩国优质帅哥，一个是从仁川机场陪我到首尔仁寺洞喝酒的源翊，一个是闪烁着张东健般大眼睛的震绪，我们在与波兰学者共进晚餐时相识。晚上在俏山屯设宴，源翊感慨：好久没吃中餐了，感觉自己中文也退步了。我开着玩笑：这就是与中国女友分手后的代价。载着微醺二人来到莱山渤海渔村，几位中韩学者已酒酣耳热、喷云吐雾地等待。刚落座，被要求即兴说点啥，我端起汤碗对着几位说了三点：太平洋的交情、东北亚的相遇、研究院的开启。十分钟后，开车从莱山回开发区，望着黄叶飘飞中灯火阑珊的烟台城，我想：估计他们又要喝到明天早上了。

　　次日下午赶往接待中心，见到朴、姜、孙三位办会老师。姜老师刚从中大调来，我笑谈起她的原同事和我的老同学阿柯。得知她做文化人类学，我突然想到一个人，抱着试试看的态度问：我认识一个朋友，他是庄孔韶的学生，您知道吗？姜老师迟疑了一下："哦，是张……猷猷？"

　　"预言家请睁眼。"听到这个回答，耳畔响起了狼人杀中的这句话，我不住点头："是啊是啊，前段时间我们刚刚去怀柔爬山了！"

　　从昨晚喝到次日中午的禹老师终于醒了，来到他的房间。在交流了各自最近即将开展的研究计划后，我说正准备写篇关于朝鲜科举制的论文。他问：你看《南汉山城》了吗？我摇摇头，他星眼微炀地笑：我也没看……最近参与撰写《韩国外交史》，财团要求写出韩国历史上自强、主导的外交来，呵呵，历史上有这样的事情么？跟现在的韩国外交不都一样么？

　　随着夜幕降临，越来越多的日韩学者陆续从机场赶到，朴老师不断用日语和韩语把我介绍给各位。见到早稻田的李成市老师，有些激动，去年夏威夷的研讨和环欧胡岛的旅行，一幅幅一帧帧，难以忘却的画面，历历在目。我走过去打招呼，伸出手准备相握，他看到我后稍愣了下，笑呵呵给我一个跨越太平洋的拥抱。

作为日本顶尖的历史学家,在我看来,他应该是这次会议最耀眼的光。

开幕式后,李成市老师作大会主旨发言,分析西嶋定生提出"东亚世界论"有着五六十年代的现实根源。深受启发,我想,正如西嶋定生提出"东亚世界论"有着五六十年代的现实刺激一样,今天三国学者如李成市、白永瑞、葛兆光等也开始反思东亚,那么这股反思东亚的思潮,其背后又是受到怎样的现实刺激呢?与五六十年代相比,21世纪的现实又发生了哪些促成这股思潮的变化?如果设置了提问环节,我很想请教:李老师,正如西嶋定生的学术范式和现实情境之间的关系,试想五十年后,学界会认为21世纪前二十年中,东亚三国学者纷纷以各自立场反思东亚、重思中国,您可否替后人为身在其中的自己做出一个解答呢?

请禹老师和赵老师在附近的咖啡馆闲聊,立冬的阳光照进玻璃窗,暖意融融。禹老师谈起中国几位50后和60后的学者,他问:你怎么看十九大?我说更倾向于它是一个承诺书。他沉吟半晌说:我很期待看到中国的现代化能开辟出跟欧美现代化不一样的路子来,必须要不一样,肯定也不一样。赵老师依旧绅士风度,他似乎永远一脸谦和与腼腆的微笑,看着他,我想起我们在仁荷举杯遥祝朴老师的动容夜晚,虽然我们只能用英语交流,但每次都能聊到心坎里。我说很遗憾今年没有和您一起去波罗的海参加会议,您见到安娜了吗?

会议间隙,踏进报告厅对面新开的书店,很惊异很惊喜,看到学校终于有了家这样的书店,颇有复旦鹿鸣书店的氛围,但比寸土寸金的鹿鸣大多了。去过海内外不少书店,我感觉新开的这家书店,在风格上已经不输于大城市的同类书店,浏览下书架,人文社科的书籍还是比较全比较新的,同学们安安静静地看着书。越看越开心,感觉就像自己开了这家书店似的。走到柜台附近看书时,打理书店的学生笑盈盈问:老师,有什么需要帮助您的?

我高兴地问起这家书店何时所开,经营效益如何,盈利渠道有哪些,未来多元经营模式怎样,我也提出一些建议。她说,老师,以后您也可为我们推荐购书啊。我说:真的很高兴看到这家书店,我很关心它能持续经营下去,我觉得鲁大有责任守护好它,把它变成烟台的文化中心和人文家园,以后我若出书,一定赠送贵店十本。临走前,买了两本书,《江户思想史讲义》和《古代宗教与伦理》,正要走,学生端出一杯热茶:老师,谢谢您,请喝了这杯茶吧!

下午作完演讲后,听着七十多岁的池田老师做自我介绍,我睁大了眼睛。老人家是六十多岁开始读大学,一直读到博士,还学了汉语。我忍不住带头鼓掌。

研究生丽萍送我到天桥,我说:日本学者就是这么认真,你看池田老师虽然汉语不好,但坚持从头讲到尾,以前我在上海见过一位日本学者,他不会汉语,但提前把发言稿用拼音标上，全程读着拼音完成了演讲，真正懂得尊重会议的学者，就应该有这种用举办国语言演讲的能力。相比之下，想想自己常期许未来研究整体的东亚，在21世纪却不具备精通四国语言的能力，真是感觉自己大言不惭无地自容啊！

鲁东大学校园书店

少年易老的光阴已经远去，好像一切来得及，但要多对慢悠悠的自己怒吼：来不及了！赶紧啊！做好时间节点啊！就像深夜此时驶向北京的火车，虽然慢，却路线清晰，不断前行，它肯定会在黎明时到达。

（2017 – 11 – 07）

圣贤梁启超

　　每逢来到一个陌生的城市，总会有新的好奇，仿佛时间在此停止，又以迥异日常之速流逝。

　　跨上一座桥，孙老师一边开车一边对我和祥伟说：下面就是海河。哦，这就是海河？也许是河畔高楼林立，此时海河更像明亮溪流。其实史上黄河多次改道，也曾流经这里，在天津入海。

　　走在黄叶飘飘的五大道上，一匹红马从眼前哒哒走过，一会儿，一匹白马又从身后悠悠而来。虽处欧美洋楼街区，却有着王禹偁的山林秋趣，"马穿山径菊初黄，信马悠悠野兴长"。红马，白马，一前一后，不紧不慢载着旅人，就像时针分针，那哒哒的马蹄声，不就是钟表的声音么？这种感觉，随着我们仨进入民园广场的环形建筑，愈发强烈。初冬的阳光照耀着安然玩乐的人们，我们在环形建筑中穿行着，从天上看，是走在钟表盘中，就像博尔赫斯的《环形废墟》，是时间中的时间，梦中之梦，幻中之幻，影中之影。与偌大的时间迷宫相比，我们都是客子和棋子，谁会知道前方是什么，将遭遇什么，只能做好准备，平静接受时间的谋篇布局。

　　前方，前方是梁启超故居。刚刚踏入，倏忽想起今年八月到江门新会出差，那里是梁启超的故乡，今天又来到他最终落脚的城市，这是缘分吗？往事伴随歌声而起，一首老歌唱道："我来到你的城市，走过你来时的路。"记得当时新会朋友说：梁启超一生善变，一变再变。我说：善变，说明他一直勇于反思自己，不断否定自己，敢于同过去的自己告别，也敢于同老师康有为决裂，他是在追求真理，他的爱国心从未改变。

　　轻轻走在故居，木质地板发出咯咯声音，更添几分庄严肃静。故居的安排，仿佛是让梁氏述说一生的故事，他称自己本是南国一岛民，后来乃父常常庭训使其立志："汝自视乃如常儿乎？"看到这里，突然又想到当时在江门和东莞的疑问：为何明清广东沿海僻壤，会涌现这么多宗族和大儒？结合几个月来的研究和思考，今天才发觉,正是嘉靖"大礼议"中像霍韬等多位粤籍大臣的乡村礼仪建设及"大礼议"引导的祭祖建祠的风气,才使广东沿海出现一座座"海滨邹鲁",养育了陈白沙、湛若水、袁崇焕、梁启超、陈援庵等巨子。

正如他的字号,卓如、任公,他的卓尔不群在于以天下为己任。中国近代史的重大关头,几乎都有他的身影和声音,公车上书、维新变法、戊戌政变、庚子勤王、辛亥革命、袁氏称帝、张勋复辟、护国运动。他一文能敌百万兵,俨然全国的舆论领袖,使共和观念深入人心,胡适曾

天津梁启超故居

说,若没有梁启超的文章,纵使有几十个孙中山和黄克强,也不可能这么快推翻帝制。当时梁启超成为广大青年学子的偶像,可谓一动惊天下,每到一地演讲,主流媒体提前报道行程安排,天下云集响应,观者如堵。有时我对学生们说:论追星,你们比不上一百年前人们追梁启超,那是真心实意崇拜他的文章和思想,今天你们追的明星不少是文化素质较低之人。

在这些追捧梁启超的青年学子中,有两个人值得注意。一是城市学子周恩来,当时张伯苓邀请梁启超到南开演讲,敬仰已久的周恩来聆听演讲并负责记录,后来他多次在日记中提到重读《饮冰室文集》及梁氏之诗时,说几欲流泪,有愧前辈。二是乡村学子毛泽东,他每在《新民丛报》上看到梁启超的文章,都要反复阅读,为了学习梁氏文风,他起笔名为"学任"(学习梁任公),也就是说,毛的文章和语录,其实或多或少都隐藏着梁的辞气。

然而,梁启超绝非仅是会写檄文的陈琳和骆宾王,从他发动的护国运动就可知其谋略与胆识。看着他跨越太平洋的流亡路线图和穿越红海游历欧洲的路线图,我想起以前参加的《欧游心影录》读书会,忍不住对孙老师感慨:天呐,梁先生足迹遍布五大洲,这种百科全书式的学问果然不是仅从书斋里做出来的,是他从血与火的政治实践中苦思出来的,从流亡十几年的异国他乡中体悟出来的。

对政治心灰意冷后,梁启超开始著述传道,饮冰室里展列着梁启超的著述年表,几乎部部都是人文社科各学科的开创之书。他哪来这么大的精力写了这么多

书？又把十三个孩子都培养成才？看到墙上挂着他亲手所书的"无负今日"和"思无邪"，我顿时明白了，他靠的就是坚定的意志、勤奋的日常和纯洁的心灵。是的，思无邪，总觉得是夫子的迂阔之言，今日才悟实乃语重心长的生命体悟。当我们庸庸碌碌、懒懒散散之时，其实只在于此心不纯不洁，只有思无邪，方可不忧不惧。从他一系列的著述中，我格外关注两本书，一是《王阳明知行合一之教》，一是最后未竟之稿《辛稼轩年谱》。王阳明幼年曾问塾师读书是为了什么？塾师说考科举，但阳明说，读书不是为了考科举，而是为了学圣贤！辛弃疾在朱熹死后，冒着朝廷禁令，祭奠好友朱熹，预测其必为万世之师。那么，梁启超为何会专注这两个人？

走出饮冰室，带着各种疑问和思索，我涵泳着屋内所挂他的诗："丈夫有壮别，不作儿女颜。风尘孤剑在，湖海一身单。天下正多事，年华殊未阑。高楼一挥手，来去我何难。"仿佛一道亮光闪现脑海：他在向朱、王看齐！我对孙老师和祥伟说：梁启超应该是近代的圣贤，修身齐家治国平天下，立德立言立功，他都占了。是的，课本上告诉我们，他是一个思想家、政治家、教育家、史学家、文学家，但其实只有一种身份，就是圣贤！豪杰并非皆圣贤，但圣贤皆是真豪杰。他是一代启蒙大师，不仅时时启蒙国民，也刻刻启蒙自己。正如美国学者列文森所说，梁启超拥有打开自己所在囚笼的钥匙。

很庆幸，在不断地读书和思考中，一个个近代圣贤逐渐在我心中树立起来。中学读鲁迅全集时觉得他是圣贤，大学读钱穆觉得他也是圣贤，但现在走过他的故乡，路过他的城市，品读他的一生，发现还有梁启超，他真正从课本走进我的内心。也许前方还会发现更多圣贤，发现圣贤的过程其实也是发现内心、反省自身的过程。发现圣贤，是在羞惭的心情中振奋。

离开梁启超故居，我远远回望，感觉在戊戌年即将到来的时日别具意义。大城小镇贴着"中华民族伟大复兴……"，孩子们朗诵着"少年进步则国进步……"我默想着，我们用着他提出的"中华民族"概念，读着他写出的《少年中国说》，说明他从未远去，一直都在，他的心灵之光，照耀了一代又一代。

（2017－11－12）

白洋淀的盔缨

簌簌、烈烈一阵西风，
漫卷残云，疾驰铁骑，
鏦鏦、铮铮刀枪皆鸣。
快、快、快，
越过燕赵长城，大旗凌峰，
慷慨放歌，犁扫陆浑之戎，
沿着洛河策马奔腾，
看望那些斑驳时光的鼎。

听、听、听，
白洋淀里，芦苇摇曳盔缨，
将士衔枚戈在手，
杂鼓声声似蛰鸣。
叹、叹、叹，
此刻是在山中，
还是海中？
为何野旷寂寥，草木皆兵？
难道重游长江扑怀的崇明？

日落了，
人间最爱的风景，还是晚晴。
大千你我都在水里化成冰，
霞光点燃世界的倒影。

夜深了，

说什么山水一程又一程，

道什么风雪一更再一更，

只看见，

夜航船上，

云儿淡，风儿轻，

星，望着星，

灯，照着灯。

（2017 – 11 – 21）

河北白洋淀

"诗仙"白居易

最终，我们也会成为古人，当代也会变成古代。当我们成为古人，后之视今，亦犹今之视昔，这光怪陆离的时代，必将成为学术研究的显学，也必将成为文学作品的素材。当我们试图去了解一段正在经历的岁月时，就如同去了解一个人，是一样的。这个人是怎样的，当时人无法做出客观的评论，只能作古以后盖棺论定。一段历史也是如此，它是伟大还是光荣，是高尚还是平庸，不是当时人所能认清的，氛围、利益、威权、情绪、观念、意志、视野等等，都会左右大多数人的判断。所以世运升降，百年之后论沉浮。

那么，如何认清一个人及其时代？突然想起了白居易。他是睿智的，他写了一首诗解答了这个疑问：

> 赠君一法决狐疑，不用钻龟与祝蓍。
> 试玉要烧三日满，辨材须待七年期。
> 周公恐惧流言日，王莽谦恭未篡时。
> 向使当初身便死，一生真伪复谁知？

白居易

我认为这首诗的重点在最后四句。当年周公辅佐成王，被诬谋反，他对流言心怀恐惧，只好避难他方，后来成王发现了周公曾祈求代替武王而死的金縢之册，周公才洗刷了冤屈。西汉王莽为人臣之时，极尽谦恭，礼贤下士，朝野皆称颂其名，但最终野心勃勃，篡位称帝，改朝换代。

所以，白居易问：若是周公未雪冤之前就死了，王莽未篡位之前就死了，他们俩的真伪，又有谁知道呢？大奸与大忠，有时需要他们活得长一些，后世才可定论。有人说，上天不需要惩罚我们，它让我们活着，活得久一些，就是对我们最大的惩罚了。

这就说起了白居易,我们许多人对他的诗烂熟于心,对其人却知之甚少,不过所幸他是个长寿人,后世可以放心对其定性。白居易写了许多反映民间疾苦的诗,令权贵切齿变色,因其通俗明白,"如山东父老课农桑,言言皆实",所以中外上下口口相传。

但他为什么要写这么多为民之诗?是因为他一开始就是翰林学士和左拾遗,身为皇帝顾问和言官,职责就是给皇帝提意见,揭露现实问题。当然皇上都喜欢听好话,所以好几个皇帝对白居易很厌烦,但大多都忍了,虽然也贬他到外地做司马和刺史,但最终朝廷尊重他,让晚年的白居易做了公卿和尚书,去世后被赠谥"文",韩愈、朱熹也得到了这样的谥号。

活得足够长,百年之后,后世如何评断他的一生?翻检旧史,无论是五代的《旧唐书》还是宋代的《新唐书》,都认为白居易一生坦荡,坚持气节,可谓贤臣。

唐代最伟大的三位诗人中,太白、子美、乐天,都是心怀天下的书生,命运却不相同。但鲜为人知的是,只有乐天白居易才是唐廷尊称的"诗仙"。七十多岁的白居易去世后,伤感的唐宣宗怅然若失,写诗悼念他:

> 缀玉联珠六十年,谁教冥路作诗仙?
>
> 浮云不系名居易,造化无为字乐天。
>
> 童子解吟长恨曲,胡儿能唱琵琶篇。
>
> 文章已满行人耳,一度思卿一怆然。

(2017 – 11 – 24)

天涯与家园

"天涯远吗?"

"不远。人就在天涯,天涯怎么会远呢?"

第一次读到《天涯明月刀》中这段对话时,我长叹一声。我想,当潦倒多病的古龙几十年前写下这句话时,肯定会像李寻欢一样,满饮一杯浊酒,潸然落泪。

一位喜欢古龙的朋友讲了《多情刀客无情剑》中的一个故事:"小李飞刀见到和林仙儿在一起的阿飞,他问这个很久没有见面的朋友说,你看,这棵树上的梅花已开了。你可知道已开了多少朵? 阿飞立刻回答说,十七朵。听了阿飞的回答,李寻欢的心立刻沉落了下去,笑容也冻结了。因为他数过梅花。他了解一个人在数梅花时,是多么的寂寞。他没有想到能够和自己喜欢的林仙儿在一起的阿飞,居然是这样的寂寞,他为他的朋友而心疼。"我惊讶于朋友的细腻,以前我读此书时并未细细品味。也许,真正喜欢古龙,需要一种幽灵微秀。

这是一个诗化的江湖。英雄手持三尺长剑,爱及八荒,纵横快意游天下。长歌对酒,舞剑纵情,但胸中块垒岂能消平? 而侠之大者,于道于义,红尘污浊,依然亭亭玉立;国有危难,必当义不容辞。剑客于豪迈中见潇洒,刀客于悲壮中见飘逸。剑在手从心所欲,情义于胸惺惺相惜。英雄气短,儿女情长之时是为情;孤身千里救襄阳,一曲笑傲江湖断肝肠是为义。就算待到孤身枯坐,隐遁山林,不问世事纷争,他们也已把心看作一潭波澜不惊的湖水,死也如佛拈花微笑,圆融安详。

人在江湖,风吹雨打,刀剑如梦。金庸的笔是剑,古龙的笔却是刀,刀客与剑客是不一样的。刀是小李飞刀,小小的,短短的,却能迸发出致命的力量,这是孤独在黑暗中的喷薄。剑是倚天剑,长长的,挥洒江湖,从从容容,如独孤九剑一般,会有几分落寞,却比刀要舒展潇洒得多。如此观之,古龙的刀属于深夜饮酒的浪子,金庸的剑属于白日放歌的侠士。

　　古龙的刀虽然短小古拙,却千奇百怪,如同他的叙事,几个简单的地点却能变出很多花样和情节来。萧十一郎只在沈家、连家和逍遥窟三个地方来回奔跑,却让人觉得花团锦簇,而《三少爷的剑》只靠神剑山庄、慕容家两个地方讲述谢晓峰与燕十三间几十年的恩怨。金庸的剑是倚天万里,从塞北到江南,从江南到云南,从北京到莫斯科,从恒山到衡山,东西横渡几万里,南北凌越数千山,大历史大背景熔铸宏大的叙事结构。

　　江湖艰辛,冷暖自知,抚慰英雄疲惫心灵和苍凉灵魂者,必是友人或爱人。但古龙用刀写友情,金庸却用剑写爱情。

　　在古龙的刀下,"抽刀断水水更流,举杯消愁愁更愁"。人物的爱情常被友情所纠缠,于是他的刀快刀斩乱麻,他为了友情宁可不要爱情,只留下风铃中的刀声,"朱弦已为佳人绝,青眼聊因美酒横"。他曾说:"多年的朋友,患难与共,到后来一定会有爱——绝不是同性恋那种爱,而是一种互相了解、永恒不渝的爱。多年的情人,结成夫妻,到后来一定会有友情——一种互相信任、互相依赖、至死不离的友情……可是,假如在这两者之间我只能选择一样,我宁可选择朋友。"

　　在金庸的剑下,"满堂花醉三千客,一剑霜寒十四州"。爱情在他的剑下终成眷属,令人心动。《笑傲江湖》最后八个字是任盈盈"嫣然一笑,娇柔无限";《倚天屠龙记》结尾中张无忌对赵敏说"从今而后,我天天给你画眉";《神雕侠侣》的主旨,其实就是金庸引用元好问的那首词"问世间情为何物,直教人生死相许"。其实,并非古龙擅写友情,金庸擅写爱情,而是两位作者将各自不同的现实命运投射到各自作品中。作家的每一部作品,都是在写自己的人生。

　　这是我少年之时认识的江湖和侠客,当然刀和剑的分法,有些武断,并不能完全理解古龙和金庸。人很复杂,感情也很多,我们除了爱情、友情的温暖双翼外,还有最根深蒂固的亲情这一支柱。得知西门吹雪的剑后,我才更加感受到古龙的寂寞,那种"远山上冰雪般寒冷的寂寞,冬夜里流星般孤独的寂寞"。后来再读《倚天屠龙记》的后记时,我才注意到金庸看似轻描淡写,实则痛彻心扉的一段话:"这部书情感的重点不在男女之间的爱情,而是男子与男子间的情义,武当七侠兄弟般的感情,张三丰和张翠山之间、谢逊和张无忌之间父子般的挚爱。然而,张三丰见到张翠山自刎时的悲痛,谢逊听到张无忌死讯时的伤心,书中写得也太肤浅了,真实人生中不是这样的。因为那时候我还不明白。"

　　中学时疯看武侠,想当年也曾经年少春衫薄,年少轻狂地在课堂作文中写篇六千字的《陋评武侠》。然而那时因为年轻,确实不明白很多事,不明白什么是爱,什么是恨,什么是真正的快乐,什么是锥心的痛苦。所以,事过境迁,年岁渐长,现在来看武侠,心酸和叹息跟着岁月一样,颜色越来越重了。

武侠是几代人的江湖想象和成人童话,但我在这个而立之年最终发现,80后应是最后一批武侠知音,因为他们乘上了集体主义和理想主义的末班车,传统的家国情怀和革命教育在他们身上已是余音和绝响。何为武侠?其实重在"侠"字。大漠边塞,天真烂漫的郭靖对雄心勃勃的铁木真说"我爹是个大侠,可别人都说他是个大英雄",铁木真笑着问"大侠能打退多少人?大侠和我相比谁是英雄?"其实铁木真不知道,侠跟他是一样孤独的。二十年后,垂垂老矣的成吉思汗望着四方,对郭靖不无自豪地说"我一生灭掉四十余国,古今疆域皆不及我,我算不算上大英雄?"郭靖问"大汗,请问人死之后,他又能占多大的地方呢?"其实铁木真不知道,真正的英雄却是那种心怀天下的人,杨过送郭靖"北侠"之称,他是领会了郭伯伯对他的那番教导:"过儿,要记住,侠之大者,为国为民。"

但江湖究竟是怎样的呢?英雄又与谁有关呢?诗人说:"在没有英雄的年代,我只想做一个人。"江湖的杀戮和恩仇,最终让英雄也不愿意再承担这个太累的身份,古龙笔下的"欢乐英雄",似乎也只是风雨江湖中的一个梦境和信念而已,他的一句"人在江湖,身不由己"道出多少江湖中人的忧肠。当内心的坚守达到极限而成为彻底的颠覆时,这样的悲剧,我们是该指责还是更应给予更多的同情?萧峰聚贤庄一战,异常残忍,昔日的英雄豪杰转眼把他视为异族仇敌,大家摔碎酒杯,就此恩断义绝,马上痛快地杀个你死我活,血流成河。梁羽生《七剑下天山》中,七剑一入红尘,便预示着他们的命运注定就是个悲剧,杨云聪人走茶凉,楚昭南也只能留下一个长长的叹息。《萍踪侠影录》中,张丹枫自感家国仇恨煎熬内心,几次想着不如和云蕾共奔天涯。

当金庸还唱着李白的歌,"天下风云出我辈,一入江湖万物摧",后期的作品越来越倾向于人的归隐和自问。石破天一声长吼"我是谁",萧峰身陷辽宋、华夷的焦虑,虚竹身陷僧家、俗家的焦虑,段誉身陷皇位、平民的焦虑,在"非我族类,其心必异"的二元对立棋局中,个人难以抉择,时代的洪流席卷一切。这不仅是辽宋夏的时代问题,也是金庸时代和当代世界的普遍迷思。萧峰、虚竹、段誉兄弟三人,都在最后才发现自己的生身父亲,竟然另有别人,而且生身父亲竟然都属于最痛恨的那个人群。这是时代的玩笑,还是命运的隐喻?其实是身在江湖,身在乱世,对内心家园的迷惘和痛心,一句话,找不到自己。

夜太暗,风太冷,看不清别人,也看不清自己,如何寻找一盏灯?杨过、令狐冲、张无忌、袁承志,他们大半生卷入江湖风雨,最后退出江湖,或归隐山林,或远走海外。管他什么王侯将相，武林至尊，到头来也只是一场空梦，我自有我的安静地可去。风清扬对令狐冲说"可知世间最厉害的不是武功，却是机关"。金庸笔下英雄众多，但历史中的英雄又要终归何处？最后一部《鹿鼎记》陡然蹦出来了个韦小宝，纵你有多高的武功，多大的权位，还不如一个看透了世道人心的妓院小混混玩儿得通转。

但安静的地方，又要哪儿去寻呢？你又能轻易找到那个让你内心安静的人吗？"江上几人在？天涯孤棹还"。徐克是了解江湖的，《新龙门客栈》中说"人说乱世莫论儿女情，岂知乱世儿女情更多"。乱世中的人们，大多像阿朱和萧峰的来去匆匆，只一瞬间回眸便觉欢喜，百般珍惜，但还是难以阻挡尘世大化。孤寂者如郭襄，目送杨龙二人的身影，隐入峨眉，"淮南皓月冷千山，冥冥归去无人管"。

如此江湖，飞扬和落寞，伴随着时光起伏。喜欢王家卫在《东邪西毒》勾勒的江湖，人的孤冷如那片黄沙，而桃花岛之绚烂，白驼山之爱恋，如同岁月所作的一个苍凉而美丽的手势，只回荡在记忆之中了。杀入江湖十几年，一直认为自己凌厉非常，"脱身白刃中，杀人红尘里"。然而，猛然之间看到一枝桃花，才发现自己的心灵柔软无比，受不得伤害。这时自己才觉得，似乎在天涯路上走得太远太远了。但是没有办法，家园之梦，只能影影绰绰地出现在出神和哀伤之中。天涯剑客，不愿回头，似乎注定要流淌一个流浪而坚守的灵魂。"白发戴花君莫笑，六幺摧拍盏频传，人生何处似樽前"。

"家园远吗？"在梦中，朋友这样问我。

"不远。家园就在心中，怎么会远呢？"

这样回答，多少还是让人觉得无奈和苦涩。家园如明月，此心即是明月，明月就在行走天涯的路上，但是，"明月何时照我还"呢？是的，还乡，我们一直梦见自己走在还乡的喜悦归途，但还乡，等待自己的是什么呢？是"未老莫还乡，还乡须断肠"，还是儿童"笑问客从何处来"？纳兰说"山一程，水一程"，可李白却自问自答"何处是归程？长亭更短亭"。也许，无尽的旅途，才是我们一辈子真正的宿命。沧海一声笑，江湖，既然难以拒绝，何妨奏上一曲笑傲江湖呢？

山桃吃了十次，叶子落了十遍，冷雨敲了十

年。十年之后的夜晚,在燕京送走一位朋友,蓦地想起少年时的一首歌:"英雄肝胆两相照,江湖儿女日见少。心还在,人去了,回首一片风雨飘摇。"音乐响起时,武侠的风景竟像荒原大旗一样烈烈燃烧起来。

在这个深夜,往事与现实疏影横斜,旧雨与新知交错不已。读着十年前的旧作,眼角温热,没想到十年前竟写过这样的文字,是自己忘了,还是老了?"江湖儿女日见少",是朋友少了,还是自己变了? 正如毛尖说:"多么孤独的夜啊,单纯的80年代已经走远,心头的江湖亦已凋零,像我表弟那样痴迷的读者渐渐绝迹,少年时代最灿烂的理想熄灭了。金庸老了,我们大了,是分手的时候了。"

(2008 年 1 月 19 日初稿, 2017 年 11 月 28 日修订)

福建藤椅上的朱熹

深夜降落厦门,沿海驰往漳州,星眼微饧,望着车窗外飞快闪过的大海和群灯,昏睡之间恍若梦中。

子夜时分,抵达寓所,打开一扇门,听见声音从对面传来,是风声,还是树声?拉开落地窗帘,如燕尾划开池塘,走到阳台,温柔清凉的海风扑面吹来,竟然听见涛声。是大海,原来是故人,"开门复动竹,疑是故人归"。冬天的沧海,在福建的亲昵怀抱中,散发出春天般暖丽的气息。一时之间,有些呆愣,内心告诉我,这就是心向往之的那份宁静。这个寂静黉夜,古人说黉夜是内心最脆弱的时候,必有感慨和叹息。坐在阳台藤椅上,听着海浪声声,一股莫名的幽思,随风潜入夜,随浪席卷来。

在我看来,福建也是一把藤椅,它三面环山,一面环海,生于斯长于斯的闽越人家,不就是在群山拱翠之中坐在绿色的藤椅上,面朝大海,春暖花开吗?在这样的明媚青山和碧海蓝天中,闲来无事不从容,万物静观皆自得,所以雅量君子代代相传,这就是《中庸》所说的"南方之强"吧。何为"南方之强"?朱子解释道:"南方风气柔弱,故以含忍之力胜人为强,君子之道也。"我相信朱子此番解释有着自己的体悟,因为他就是福建人,福建之于他,不仅是童年故园,也是读书学园,更是悟道乐园。

钱穆说,一部中国思想文化史,上半部是孔子,下半部是朱子。有人说得更狠,朱子诞生与佛陀诞生等同。但朱子并非横空出世,就像他写《伊洛渊源录》,学问是一条条河流支派,源流可考。宋代理学四大派、濂、洛、关、闽,周敦颐的濂学、二程兄弟的洛学、张载的关学,像三条巨流,最终在集大成者朱熹所在的福建合流入海,成为孟子所言"充实而有光辉"者。但闽学也非朱子一人,朱子之前就受到许多福建学者的影响,朱子也影响了许多福建学者。朱子之前的福建理学家,可追溯到杨时,杨时是二程的首传弟子,朱子说杨时"倡道东南,游其门者甚众"。杨时传罗从彦,罗从彦传朱子之父朱松、朱子之师李侗,朱子再传蔡元定父子和陈淳,真德秀又是朱子后学,可谓道统相继。除了朱子脉络外,福建尚有一代史学宗师郑樵,朱子曾专门向其求教。福建还有三胡,胡安国、胡寅、胡宏,胡宏传张栻,张栻和朱熹去岳麓讲学,又深深影响了上溯周敦颐、下启王夫之的湖湘学派,之后就是邓显鹤、曾国藩,而后者恰是毛、蒋二人皆崇拜的偶像。

所以,一代圣人朱子,其学问大开大合,亦是家学师承造就,福建亦是人文渊薮,闽人学问天下流传,泽被后世。老话说,十年树木,百年树人,孟子说五百年必有王者兴,可以说是五百年树王,但我还加上一句,千年树圣。哈罗德·布鲁姆说莎士比亚是西方文学的一面镜子,那么若郢书燕说的话,我认为朱子也是儒学史的一面镜子、一把尺子。如何衡量朱子之前的人是否伟大?就看他有没有为朱子提供养分和启发,所以孔、孟、董、韩、周、张、邵、程是伟大的。如何衡量朱子之后的人是否伟大,就看他是否超越了朱子,摆脱"影响的焦虑",创造另外的范式,所以陆象山、陈白沙、王阳明是伟大的。

若照钱穆所讲中国思想文化史的上半部与下半部,我们可以推断,两千年出了孔子和朱子两个圣人。这不是偶然的,但令我突生疑问的是,为何自宋代到近代,历史的河流出现大转弯,一流的思想家大多出自南方?江西、江浙、福建、广东、两湖、四川,各省在不同朝代先后群星璀璨,尤其是近代的湖南和广东,深刻塑造了当今中国的格局和气质。南方是如何逆袭的?这个题目太大,仅从经济中心南移角度难以破解。具体来说,是怎样的天时地利人和,促使福建在宋代贡献出朱子和一群巨儒?

粗粗推想,应主要归因于福建藤椅式的地理形态,一方面它避免了北方常年的战乱残破,人民可以安定生活,发展生产,另一方面避难宗族也能在此保存和生聚,敦促教育,管子曰"仓廪实而知礼节,衣食足而知荣辱"。另外,福建的山川之美对性灵也是一种陶冶,理学氤氲于福建山水之中。在如此青山绿水、碧海蓝天中,朱子更能安静体悟那颗虚灵不昧和躁动不安的人心,也更能享受自然山水的清音妙韵。朱子诗中说,"半亩方塘一鉴开","万紫千红总是春",不都是他从福建山水中感受到的"理"吗?他也写过不少词,我最喜欢的几句是"春昼五湖烟浪,秋夜一天云月,此外尽悠悠"。

海风吹着头发,明月照着脸膛,坐在藤椅上,翻着《宋明理学概述》,我想,真是安静又释然。夜深人静之时听见涛声,读着书,思念着圣贤,尤其是在这个春夜般的福建冬夜里,是一种幸福。正所谓:"读书不觉春已深,一寸光阴一寸金,不是道人来引笑,周情孔思正追寻。"

(2017－12－02)

寒冬里的四月天

少年时读唐诗,读到白居易"新脱冬衣体乍轻"时,细细品味,作者表面上在写季节变换之时脱掉沉重棉衣的轻盈,其实是在欢呼一种摆脱沉重心思的畅快,所以这是一种体悟和成长。来到厦大漳州校区,脱掉毛衣大衣,换上轻薄外套衬衫,顿生白居易之慨。苏老师说北方寒流一路南下,到了福建就是强弩之末了,我说您这个成语很形象。

登上楼顶,眺望前方的厦门岛和正建的双鱼岛,极目处,是台湾所辖大担、二担及大小金门。历史与现实何其相似,往往会通过地理表露无遗,当然正因为山川是千古不变的,人心是千古不变的,所以"人事有代谢,往来成古今"。当年郑成功攻占厦门岛,改为思明州,其实反映了当时弥漫于东亚的思明气氛和忧清心理。漳州人黄道周作为隆武政权的首辅,虽力抗清兵壮烈殉国,终究未能抵挡历史大势。此刻小小的厦门漳州海湾附近,仍然延续着历史的相似和现实的对立,只是从原来的大清王朝和大明王朝,替换成共产主义和三民主义。

穿行于厦大这片美丽醉人的校园中,我对"中国最美丽的大学"又有了新感受。去过的大学中,能配得上这句话的,迄今有三个。我觉得武汉大学的美是湖光山色的美,中山大学的美是江流浩荡的美,厦门大学的美是蓝碧绿黄的美,蓝天碧海,绿树红瓦。这种美不仅在于天气和风景,还在校园里的闲适。福建山川不仅孕育了理学的灵气,也滋润了生活的细腻。福建人林语堂不是讲究生活的艺术吗,福建人林徽因不是歌唱人间四月天吗? 因为这里一年都是四月天。

但厦大之于我,有另外的缘分,是"与君初相遇,犹如故人归"。八九年前,我在武大读研时,曾想着再去一所海边高校读博,于是报考了复旦的历史文献学和厦大的唐宋文学,两校考博日期相差十天左右。2009 年 3 月 26 日一早,我揣着从武汉开往厦门的火车票来到武昌站,因为 28 号厦大开考,可复旦成绩还没出来。我站在武昌站大门口,望着熙熙攘攘的人群,全然不知要被人群挤向何方,如同当时彷徨于不知自己要落脚哪里,四海何处为家。

从厦门大学漳州校区远眺

　　排着队正要检票,朋友打来电话:"修志,复旦成绩出来了。"

　　我从排队人群中抽身出来,忙问:"各科怎么样?"

　　朋友有些迟疑,慢慢说道:"英语60,一门专业课85,可是……可是另外一门专业课,是零分……"

　　我先是高兴,因为英语过了50分及格线,但马上急躁起来,怎么可能是零分呢?拨通未来博导的电话,邹老师说:"先祝贺你英语过线了,去年我没招到博士,就是因为英语没有一个及格的。那一门专业课是因为批卷老师在外访学没回来,所以还没批卷。"

　　挂上电话,武昌站人群的嘈杂声再次响了起来。我低头看着前往厦门的车票和正在检票的人群,怎么办?踟蹰了一会儿,两三分钟后,我走到退票窗口。

　　多年以后,我常常想起在武昌站做出选择的那个上午,有时会自问:为何我会有那么大的勇气和信心?如果另一门专业课得个低分怎么办?如果有人考得比你还高怎么办?如果导师只招一个怎么办?但当时的想法鼓舞了我:为了考博,我付出了比高考还勤奋的努力,而且另一门专业课是我发挥最好的一科。但有时我也想,如果当时我去了厦大,又会有着怎样的结局?答案是,命运就此改变,八年中的思维方式、同学师友、人生伴侣、家庭生活、工作城市,都会统统改变。看似只是一瞬间、一转身,其实就是一辈子、一巨变。

当然,当时的转身,也使我与厦大的相遇推迟到八年后的今天。我与厦大的卜老师笑谈着这件事,卜老师问我:您老家哪儿的?

"山东的,您呢?"

"这么巧,我也山东的,您是山东哪儿的?"卜老师笑呵呵。

"是吗,我是泰安的。"说到这里,我内心一紧,有些期待。

"啊呀,我是东平的,你呢?"卜老师哈哈看着我。

"我……我是沙河站的!"由于太兴奋,我好像跳过了县级,直接跨越式说到了乡镇。

"我是东平镇的!"卜老师紧紧握住我的手。

我也有些激动,脑海中似乎有个声音对我说:再问,还能深扒。我接着问:"您高中在哪儿上的?"

"三中啊!"

"啊,您是大师兄啊! 您是哪一届的?"我的唾沫星子都喷到卜老师眼镜上了。

没想到卜老师已来厦大工作多年了,我说:"您真是前辈,我是四年前才去烟师工作的。"

卜老师瞪大眼睛,弯下腰笑了半晌,我愣了:"不会吧?"

"我本科是在烟师中文系上的,您在哪个学院工作?"

"中文系,现在叫文学院。"我抑制住情绪,笑着一字一字地说。

"那时我们的老师有张志毅,张绍麒,陈冠明。"晚餐时,卜老师回忆着。

"焕阳老师您记得吗?"我说起了几位老师。

"哦,他那时是我们的辅导员,没想到都这么厉害了。"他慨叹道。

"老前辈都是从年轻人走过来的嘛!"

"您当时在三中时,校长是谁?"我心里期待着一个答案。

"李茂环!"他不假思索地说。

"我上高一时,是 2001 年,他是最后一年当校长。记得高一运动会时,好像中国足球出线了,他讲话时那个激情洋溢啊,好像明年他也去踢世界杯似的。"这么说着,那个初春运动会的场面浮现在眼前,同学们站在操场上,热烈鼓掌。

孙老师坐在对面,看着我们谈笑着,她打趣道:"看你俩,真是老乡见老乡,两眼泪汪汪啊!"

何止是老乡,我望着大厅里的两岸朋友,心想,我们之间,都存在或浓或淡的某种关联,在合适的时机,它会以恰当的方式出现。每个人也是如此,只要正心诚意,就能平心静气地接受上苍的安排。但这个上苍是谁呢?

想起以前读过林耀华先生的人类学名著《金翼》,写的是福建一个家族的近代变迁。书虽然像一本讲故事的小说,却表达了一种洞察:真正的命运存在于各人心中,不取决于兴之所起或偶然机遇,而是由本人或他人那些本就具备的爱好和习惯决定的。正如林耀华先生所说:"我们今天可以将'上苍'理解为人类本身,把'命运'看成是人类社会。"

谢谢福建,在寒冬中,为我带来人间最美的四月天。山东人辛弃疾曾来福建看望好友朱熹,我是千年之后的人,来到福建,怀念那些圣贤,追忆往事,但看到这么美的风景,仍然忍不住想起千年老乡的词作:"我见青山多妩媚,料青山见我应如是。情与貌,略相似。"

(2017 – 12 – 03)

遇见石鼓的前世今生

八月的故宫人声鼎沸，于千万人中轻轻走进阒静空寂的石鼓馆，发现竟无一位游客，只有一位管理员神色淡然地踱来踱去。十只黑色大石鼓孤独而整齐地排列在一起，庄严肃穆的气氛让我只听见自己的鼻息和心跳。右边是每只石鼓所刻文字的释读，左边是历代的石鼓歌，第一篇便是那首耳熟能详的韩愈《石鼓歌》，而后是韦应物、苏东坡等后人的石鼓歌。

大约两千多年前，秦人创作出石鼓，一千年之后的贞观年间，有人在京畿附近的荒郊野地里发现了它们，整整十只，百姓惊为神物。杜甫听说石鼓出土后，曾作诗吟咏。"安史之乱"时，石鼓被掩埋弃置，乱后，石鼓再次出土，从此被抬进凤翔县孔庙。韩愈建议朝廷移入京城妥善保管，"荐诸太庙比郜鼎，光价岂止百倍过"，怎奈"中朝大官老于事，讵肯感激徒婩娿"，他抚摸着石鼓哭啊哭，"嗟余好古生苦晚，对此涕泪双滂沱"。他哀叹孔子周游列国未到秦国，所以没有发现这石鼓，他隐隐地预感到石鼓还会继续历经更多的坎坷。

五代十国，中原板荡，战乱频仍，石鼓不知所终，赵宋扫平中原后，石鼓又重回凤翔学府。苏轼路过此地，追慕韩愈，也写了篇《石鼓歌》。他惊奇于石鼓"漂流百战偶然存，独立千载谁与友？"同时也慨叹物换星移，只有石鼓不朽，"兴亡百变物自闲，富贵一朝名不朽。细思物理坐叹息，人生安得如汝寿"。徽宗道君皇帝即位后，下令将石鼓迁入开封，将石鼓文字浇上黄金，移入皇宫大内供自己摩挲观赏。"靖康之变"后，金人觉得此物奇异，便将石鼓运往中都（今北京），但只把黄金刮走，而十只石鼓则又被抛到荒郊野地里了。

蒙元混一天下，著名学者虞集在淤泥草地里重新发现了石鼓，他将石鼓陈列在北京国子监门前，置铁栏保护，由此平安度过了此后的六百年春秋。明清时期，朝鲜、越南和琉球的使臣前往北京朝贡，总不忘前去国子监瞻仰石鼓。抗战前，为避免石鼓毁于战火或被日人掳走，国民政府将石鼓随故宫国宝运到四川避难。抗战胜利后，石鼓迁往南京，国共大决战后，蒋氏欲将石鼓迁藏台湾，无奈太重，只好放弃。1950 年，石鼓迁往北京，藏于故宫之中，摆放在了我的面前。

故宫石鼓

这就是石鼓的前世今生，它的传奇在于，每逢乱世就消失无踪，盛世一统便横空出世。且十只石鼓历经两千年沧桑，却仍不离不弃，生死相依，这不就像中华民族这个大家庭吗？纵有多少狂风骤雨，家人们却仍像石榴籽一样紧紧抱在一起，可能会短暂别离，但终将重逢团聚。念及此，我不得不惊叹石鼓的幸运，惊叹中国的幸运，惊叹我们的幸运。

我凝神望着石鼓，它已是两千多年的精灵，文字大多早已脱落，只有少许可见当年字里行间的神韵，它历经风吹日晒，兵燹人祸，通身斑驳发黑，早已不见当年惊现唐宋的神采。此情此景，不由得让人想起《红楼梦》开卷第一回中空空道人在青埂峰上观看巨石文字的情景。我不禁心怀忧叹，黯然神伤。我很清楚地知道，"人事有代谢，往来成古今"，这片广大华丽的宫殿，未来的未来，可能也难逃"兰亭已矣，梓泽丘墟"的命运，但只有这石鼓或许能继续传行于世。两千多年来，它在皇宫大内享受过尊崇，但也在荒山野岭品尝过漫长的冷落，百姓焚香跪拜过，文人作诗歌颂过，皇帝亲手摩挲过，士兵刮削抛弃过，它早已看透了世态炎凉和人情冷暖，如一泓静水般波澜不惊。

它目睹了阿房宫的毁灭，目睹了长安洛阳的陷落，目睹了一个草原大帝国的崩溃，目睹了民族之间为争夺生存空间而激起的无数战争，更目睹了人心的贪婪和凶狠。两千多年来，王朝兴灭，衣冠死生，全都逃不过历史的安排，而只有这石鼓傲行于世！秦汉人看过，韩愈看过，苏轼看过，梅尧臣看过，虞集看过，李东阳看过，杨慎看过，董其昌看过，我何其有幸，如同以往的匆匆过客，也在此瞻仰。错！人生短短几十年头，怎敌过石鼓两千春秋？不是我们在看石鼓，而是石鼓在看我们。想想觉得可笑，现代人拼命利用电子设备储藏信息，但那些流传最久远的载体，恰恰是几千年前所刻的石头，埃及罗塞塔石碑如是，华夏石鼓亦如是。所以古代中国，常刻石经以求不朽，常储金石以助延寿。这是石头的大智慧、大生命。

　　明人有一部《帝京景物略》,写的是北京城的各种名胜古迹,此书开篇即是《太学石鼓》,为什么？我想此书作者明白,只有一件宝物抵得上北京城几千年的历史,那就是石鼓,中华文明的精魂和血气也凝结于石鼓之上。想到此处,我不禁感叹自己不虚此行,见到了神州赤县最珍贵的圣物。

　　我再次蹲下身子瞻仰石鼓,心中在问:石鼓,你若有灵,告诉我,千年之后,你又在哪儿？石鼓沉默不语,只有窗外喧嚣拥塞的人声充斥于耳。我依依不舍地走出石鼓馆,回头望了石鼓一眼,我有点恍惚,冥冥中感到了它意味深长的微笑。

　　(摘自 2010 年 8 月《北京流水账》,2017 年 12 月修订)

珞珈读书漫忆

如果说记忆是一片混沌，那么火柴"嚓"的一声，就能照亮尘封心底的暗室。一直以为淡忘了武汉，模糊了在珞珈山上的读书时光，但其实始终都还记得，只是漫天空悠悠的白云，已经融化成雨滴，缓缓落入你的脑海，不带一声告白。

读书是生活

记得大三时，同窗螃蟹和我在大学西门吃饭，他说：修修，你爱读书，但在我看来，你还缺少一位名师引导。去了武汉后，遇见了于老师，这应该是我读书生涯的关键转折点，原来我的读书是杂乱的，他的指导使我在读书方面开始明朗，并继续保持对多种学科的兴趣。

珞珈山上的武汉大学（于亭/摄）

他对我的影响是多方面的,也坚定了我从中文转到史学的信心。我从他那里得到的教诲是,读书是一种生活,应该滋润心灵,反求诸己。

所以,每逢想起他,我就深感自己责任重大,尽心呵护每一个热爱读书的学生,他们也是当年的那个我,而我,就要担任以前于老师的那个引路人角色。

虚度的年华

《国家宝藏》第二集,依次讲了越王勾践剑、云梦睡虎地秦简、曾侯乙编钟,唤起我对湖北省博物馆的记忆。十年前负笈珞珈山时,若有朋友问起,武汉有哪些可观胜地,我必云三处:黄鹤楼、珞珈山、博物馆。记忆中,湖北博物馆去过 N 多次,勾践剑、夫差矛、曾侯乙似乎都成为一种日常风景了。

看到秦简,想起古籍所的那些课堂和老师们,还有简帛中心旁的树林。想起 2008 年 10 月独自来到复旦的那个下午,当晚就去了出土文献与古文字中心,听了一位叫陶安的德国学者讲秦简中的法律,看到裘锡圭先生默然安静地坐在一旁,那时候忽想起于老师讲过裘先生愤怒于一箱书被小偷盗走的轶事。

那时在武汉,我和我的同窗们仅凭一腔执念和钟爱,读着段注,填着韵图,捧着繁体字,读着线装书。珞珈山下的东湖泛着万顷碧波,是不是青山之稳重造就绿水之酣畅? 转眼间,沉静读书的光阴已经十年,美好的日子,都在于别人认为我们痴傻虚度的年华。

古籍所读什么书

想起在古籍所上课的几个画面。有次所里邀请尚永亮老师来给我们八位同学讲一节课,我们之前只知道他是院长,研究古代文学。讲课那天下午,他穿着一件卡其色外套,什么都没带,两手交叉放在讲桌上,将古代学术的演变从先秦讲到清代,出入经史,引经据典,娓娓道来。如他讲到东汉党锢之祸时,直接背诵《后汉书》大段原文,令我们颇为震骇。

也许是为了考验我们的国学基础,他一边聊一边抛出问题让我们回答。如他讲到魏晋玄学,说王衍问阮修,老庄和孔子有什么区别,他停顿了下,问我们:你们知道阮修怎么回答的吗? 刘畅兄笑着说:将无同! 尚老师干脆地点头:对,将无同！接着他讲到唐代佛学，又问：大乘佛教和小乘佛教区别在哪儿？我说：小乘在渡己中得解脱，大乘在渡人中得超越。课后，豪哥说：尚院长抛出俩问题，咱们都能接得上，起码他会对咱古籍所刮目相看。

有次我们在大阶梯教室随全院一百多研究生上政治课，一位五十多岁的政治老师时不时对我们这群不读书的"80 后"表达下鄙视。有次他走下讲台说：我要问下几位同学都在读什么书。走到我和大黄面前时，他问大黄：你最近在读什么书？大黄从桌洞里把我们平时上课所读的厚厚段注（段玉裁《说文解字注》，上海古籍出版社）拿出来，笑嘻嘻地说："呶，就是这本。"政治老师惊叫："哎呀，你嚇我啊！好有学问呐！"

他接着问全教室：你们学了这么多年的马克思主义哲学，我倒要问问马克思主义哲学的本体是什么？

全场安静下来了。他见我举起手，示意我回答，我站起来，说：客观实在。

海外汉学

想起在武汉时的海外汉学阅读生活。我先接触了加拿大的卜正民，读《纵乐的困惑》开始着迷：原来历史可以这么写。后来经于老师影响，开始读史景迁、孔飞力，2008 年一度想以史景迁来聚焦美国历史叙事和研究范式的转型作为硕士论文题目，但后来去做了语言学。当时为了考博英语，借了三本英文原版书，分别是孔飞力《叫魂》、柯娇燕《半透明镜》、欧立德《满洲之道》，只有第一本完整啃下来了，还试着翻译了一章作为专业英语课作业，后来才得知早已有了刘昶译本。后两本较难，读了没多少就始乱终弃了，后来才得知他俩是新清史的风云人物，当时只道是寻常。

但后来最让我心神荡漾的还是内藤湖南《中国史学史》、拉铁摩尔《中国的亚洲内陆边疆》以及魏斐德《洪业》，发现这才是体大思精且富现实关怀的巨作。Wakeman（魏斐德）人如其名，醒着的人，其深厚思考及不断转型，窃以为胜过Spence 和 Kuhn，虽然三人同是"美国汉学三杰"。当然后来读着读着，早晚要遇见托克维尔和韦伯这等大师。

（2017－12－11）

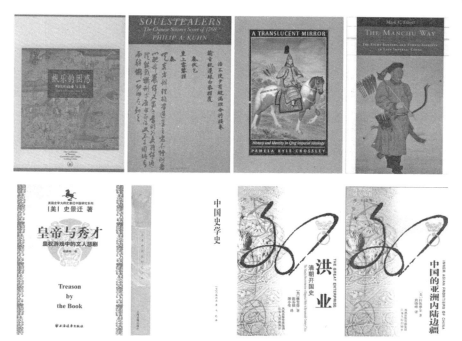

穿越古今的魅力

——石鼓文与古代文史研究

石鼓被称为"中国第一古物",自唐初出土迄今,后人对它的痴迷和争论从未停止,几乎历代皆有石鼓诗歌和石鼓研究,这本身就足以勾画出一部诗歌史和学术史。石鼓之所以拥有穿越古今的魅力,关键不在于其外在的花岗岩材质和鼓形特征,而是十面石鼓辗转迁移的传奇遭遇和镌刻其上谜一般的石鼓文。

石鼓的辗转迁移

春秋战国之际,秦人刻制十个石碣,史籍中却寂寂无闻,在沉睡千年之后,十个石碣在唐初陕西凤翔府横空出世。因其形状似鼓,故名石鼓,每面石鼓皆刻一篇六七十字的四言诗,共十篇,合《诗经》"什篇"之义,是为石鼓文。"安史之乱"爆发,石鼓一度消失,乱后,石鼓再次出土,为此韩愈上书请求朝廷移入京师太学妥善保管,但未能如愿,直到郑余庆担任凤翔尹后,石鼓才被置于凤翔孔庙。唐末五代战乱频仍,石鼓在兵燹中不知所终,宋仁宗时,司马光之父司马池时任凤翔知府,寻得九面石鼓,但失一面"作原"石鼓,经金石学家向传师多方搜访,终于在民间寻到已被削成春梁石臼和磨刀石的"作原"石鼓。酷爱书画金石的宋徽宗即位后,下旨将石鼓移入汴梁大内,又在石鼓阴文上填注黄金以示尊贵。"靖康之乱",金兵掳运石鼓至燕京,但剔去黄金后便抛入京郊荒野中。

蒙元混一天下,虞集在淤泥草地再次发现石鼓,陈列于北京国子监并置铁栏保护,从此平安度过元、明、清三代。明清时代对石鼓尤为重视:明人《帝京景物略》开卷第一篇即为《太学石鼓》;朝鲜赴京使臣在"燕行录"文献中常常记载观赏国子监石鼓的经历;乾隆帝为防损坏丢失,移石鼓入皇宫,仿制十面石鼓立于国子监代替。

抗战爆发,为防石鼓落入日军之手,原故宫博物院院长马衡装运石鼓随故宫国宝南迁至四川,抗战胜利后又东迁至南京,解放战争时,蒋氏欲迁台湾而不得,1950年,石鼓重回北京故宫博物院。由此观之,石鼓见证了中华民族兴亡盛衰的历史,它一方面与历代国运的兴勃亡忽紧密相连,往往是乱世消失而盛世复出,另一方面又与历代国都的迁移路线若合符节,从关中到汴梁再到燕京。

"书家第一法则"

石鼓文被称为"书家第一法则",它在文字史、书法史、金石学史甚至文学史上都有着重要地位。如果说甲骨文是汉字发展的原点,那么石鼓文就是关键节点。石鼓文主要记载了秦国君臣率领士兵进行渔猎、修路、植树、祭祀等活动,由此可见秦国创业之时的生产活动和社会生活,学界多认为这是一种勒石纪功的形式,"镌功勒成告万世"。其实这在亚欧古典文明中比较常见,诸多部族或帝国多以刻石达到宣传威严之效果。

石鼓文皆被环刻于鼓腰,一鼓一篇,在章法布局和书写风格上很有秩序和原则,排列整齐,分布均衡,对称呼应,开合有度,气势壮阔,雄浑古朴。从字体构形上来说,作为秦系文字演化发展的关键枢纽,石鼓文多用"圆笔"篆法,粗细均匀,变化灵活,逐渐使汉字形式秩序化、形体固定化、部件符号化、书写规范化。它上承西周晚期金文如《虢季子白盘》铭文典雅整饬的风格,下启秦朝小篆如秦刻石圆健严谨的色彩,可谓秦系文字迈向"书同文"历史进程中的过渡阶段和重要一环。因此,石鼓文又被称为"仓颉之嗣,小篆之祖",这自然也使之自出土之日起就引起书法家的重视。韩愈作《石鼓歌》赞其书法之美:"鸾翔凤翥众仙下,珊瑚碧树交枝柯。金绳铁索锁钮壮,古鼎跃水龙腾梭。"他还提到张籍的拓本,"公从何处得纸本,毫发尽备无差讹",可见石鼓文在唐代就被拓印,但目前所见最早拓本是日藏宋拓。石鼓文集大篆之大成,开小篆之先声,清朗古朴且浑厚严谨,又不乏遒丽之姿,引起不少书法家如朱耷、邓石如、傅山、杨沂孙、吴昌硕等人的纷纷临摹,其中以吴昌硕成就最为显著。

石鼓文面世后一度成为千古之谜,引起后人无尽的研究争论,而聚讼纷纭的焦点主要集中于年代问题即石鼓文产生于何时。唐至北宋的学者提出了周宣王、周文王、周成王、北周等说,其中宣王说影响最大,韦应物、韩愈、苏轼皆从之。直到南宋郑樵提出秦国"惠文王之后始皇帝之前"说后,学界又从何时问题转移到秦国何时的问题,近代出现了穆公(马衡)、襄公(郭沫若、张光远)、文公(罗振玉等)、德公(王国维)、献公(唐兰)等说。随着学术的每转益进和穷则思变,当代学者大多认为不可能考证出一个绝对年代,越来越趋向于一个相对年代和弹性空间。李学勤提出"春秋中晚期";王辉提出"春秋中晚期之际";易越石提出"春秋晚期";美国学者马几道、陈昭容、裘锡圭说法大致相同,基本同意"春秋战国之间";徐宝贵提出"春秋时期"。导致诸多学者莫衷一是甚至后来不少非专业学者加入论战的重要原因,在于石鼓文的内容和字体似乎分布于秦国前期和后期,任熹在《石鼓文概述》中表达了这一矛盾和纠结:"以史实考之,前期事多关连,较为可信;以文字证之,则形体结构,后期为尚。"所以有学者为了调和这一矛盾,提出石鼓文的内容创作和文字刻制时间可能并不一致。

跌宕起伏的研究史

应当看到,围绕石鼓文展开的学术研究史,与石鼓本身的流传史同样跌宕起伏,其中宋代和近代的研究具有突出意义。宋代是石鼓文研究的关键时代,成为后世乃至当今石鼓文研究需要追溯的重要起点。宋代的突破性进展表现为三个方面:第一是宋代石鼓诗的学术化,与唐代注重感性审美的石鼓诗相比,宋代梅尧臣、刘敞、苏轼、苏辙、张耒、吕本中、洪适等人的石鼓诗更加注重学术性、哲理性、史鉴性;第二是郑樵首次提出秦国年代说,他一扫前人周宣王说,首次从文字学角度将石鼓文与秦刻文进行对比印证,奠定了后世考证年代的基本论调;第三是北宋拓本成为石鼓文研究的最佳材料,由于石鼓文在流传过程中多遭损坏,字体亦多有脱落,故而北宋"先锋""后劲""中权"三种拓本成为最可靠的复原文本,郭沫若《石鼓文研究》能成为近代石鼓文研究的集大成,就是因为他运用了日藏宋拓。

宋代石鼓文研究能取得这些突破,主要归因于宋代整体的文化环境:一是金石学的昌盛,随着商周礼器的不断出土,宋代有足够的实物进行对比研究,消除了三代古器的神秘性;二是儒学的理学转型,使学者们走向内在,回归理性认识,宋学出现疑古思潮;三是史学的完备和考证的精进,纪传体、编年体、纪事本末体、纲目体、志书体皆于此时并存,史家辈出,学者们更加注重文史考证。而且,宋代金石学、儒学、史学三个圈子之间相互交融,如一代史学家、文学家、政治家欧阳修还是金石学家,不仅撰修了《新唐书》《新五代史》,也撰有现存最早的金石著作《集古录》。

同样,近代石鼓文研究能在宋、清基础上再进一步,孙诒让、马衡、罗振玉、王国维、郭沫若等皆有作为,也得益于出土材料和学术风气的转变:一是甲骨、简牍、商周钟鼎的出土提供了新材料,王国维提出"二重证据法";二是清代朴学考证与西方实证相互结合促成了新方法,学界更加重视科学研究和实事求是的学术态度;三是西方文化和理论的传播催生了新观念,学术研究成为一种职业活动,且研究范围不再局限于时代考证,也拓展到其他学科领域。

当今学者对石鼓文的研究已经越来越走向跨学科研究,如从语言学史、文字学史、书法史、文化人类学等角度进行纵深研究,但在文学史、艺术史研究方面仍显薄弱。另外,有一些问题至今仍是谜团:为何石鼓从先秦到唐初一直未被载录?它被刻成鼓形是否有着特殊的象征意义?地处西戎的秦国石鼓文表现的勒石纪功文化与域外中西亚的相关文化有无互动或关联?

了解过去的研究状况,有利于明确未来的努力方向。石鼓文的研究史启示我们:新成果和新观点有赖于新材料、新方法、新观念、新技术以及新的文化环境。我们相信,未来随着更多实物文献的出土、研究方法的改进和观念技术的创新,不仅上述谜团会得到有效破解,石鼓文的绝对年代也有望浮出水面。"不忘本来,吸收外来,面向未来","推动中华优秀传统文化创造性转化、创新性发展",亦是新时代吾侪之责任。

(2017 年 12 月 17 日刊于《光明日报》)

曾经的村庄

几年前做过一个梦,梦见走在村庄麦田,突然脚下出现一条延伸到天际的铁轨。梦醒后,打电话告诉母亲,母亲惊讶地说:你怎么知道的?咱家门口确实正在修铁路。前几天回到村庄,远方的火车已在门口田野上来回奔驰了。

十年前,我撑着雨伞,跟着族人把祖父安葬在麦田。十年后,我从同一条路上走进村子,掀开白布,看到祖母沉睡而枯瘦的脸庞。风呼呼地吹,我挽着父亲跪在泥里,看着她和祖父在麦田里团聚,点燃一堆火,撒上几把土,泼下几杯酒,烧起黄纸钱,便送走了一颗八十九年的心灵。他们生养了六个儿子,成就了今天一大家子人,分布在华北和东北。他们从此长眠在一辈子劳作的田间地头里,再无尘世烦忧,永享安宁休息。突然之间,我感到故乡已经开始在面前慢慢撕裂,像一堵墙摇摇晃晃,裂口越来越大。

十年之中,村庄建得越来越好,可乡亲却越来越少。一位老爷爷告诉我,原来村儿里有八百多口人,现在不到二百了,都去城里买房了,再过二十年,村儿里哪还有人?

黄狗没了,花猫丢了,大树砍了,菜园荒了,几千年的农村就在短短十几年里,日益空洞,茶水越来越淡,人情越来越寒。老人们坐在门口,说起往日那些清苦而热闹的时光,颤颤巍巍走得毫无眷恋。五岁多的外甥、外甥女站在我跟前,望着他们的笑脸,我想,他们也住进了城区和楼房,远远没有我们姊妹仨当初打滚于草垛、池塘、田野和泥巴的欢乐。

我始终觉得,中国文化的根在乡村,中国文化的魂也在乡村,哪里有兄弟姐妹和父老乡亲,哪里才有中国文化,唐诗里最美的风景,是在乡村,唐诗里最暖的人情味,还是在乡村。中国文化不是衣冠,不是艺术,不是文物,而是一种人情氛围和道德伦理,衣冠、艺术、文物,都是这些心灵秩序的物化,玉帛云乎哉?钟鼓云乎哉?中国文化跟宗族情深有关,跟五谷丰登有关,跟邻里乡党有关,这些,城市里有吗？没有了乡村，我们就是无根之草，只能在城市的高楼笼子里做一群孤魂野鬼。

　　我想起那个梦，看着眼前的火车呼啸而过，当时盼望村庄越来越好，这样我才能少小离家老大回，在童年的大树庭院里安度残生。但火车带来了什么？我不知道，只知道越来越多的人，爬上了火车，逃离了村庄，我也是其中一个。凌晨走出村庄准备回京，公鸡打鸣的声音此起彼伏，竟然异常亲切，似乎在为我送行，似乎就像以前父亲拉着一车白菜去集市的声音。我好怀念这种声音，来自鸡鸣狗吠牛羊叫，我也想念这种味道，泥土炊烟青草香。

　　等车的时候，抬头望着北斗星，我指着它们对父亲说：看，七颗星星都有一个名字，那颗星和那颗星之间延长五倍就是北极星了，这样就不会迷失方向。坐上通往县城的公交车，路过我那已经变为养猪场的小学堂，父亲穿着他当兵时的军大衣，朝我挥挥手，仿佛从前他送我到外省去上学那样。

　　但是北斗星，你存在了亿万斯年，我的村庄可能很快就不存在了。当落日楼头，断鸿声里，游子归来时，望着你，我仍会迷路，找不到家的方向了。你告诉我，为什么故乡变成了残乡，在他乡再也找不到月光？

（2017 - 12 - 18）

明治的"邀请"与江户的"祛魅"

　　众所周知,日本思想史充斥着纷繁复杂的论争,但对研究日本近代思想史的人来说,丸山真男是一个永远无法绕开的山峰。他在《日本政治思想史研究》中通过分析日本朱子学和荻生徂徕思想发现了日本前近代即江户时代的近代思维,由此阐释明治以后政治思想的渊源所在。那么丸山真男的叙述和逻辑是否值得推敲?江户思想家是如何重构朱子学甚至颠覆朱子学而为日本的近代思维贡献能量?如果说江户思想家的言说是个体行为,那明治时代又如何唤醒、"邀请"、"制造"甚至"发明"它们,使之为日本近代国家而服务?

　　子安宣邦的《江户思想史讲义》(丁国旗译,生活·读书·新知三联书店2017年版)在丸山真男的基础上为我们提供了有效的解释,通过思想史研究,实现江户思想话语之间的层层剥离,揭示出江户思想家的群像是如何在日本近代国家自我形塑的过程中被唤醒、投影、涂画、塑造的。所以此书其实是用知识考古学对江户思想进行解构,其方法论意义比起知识价值更为显豁。

　　子安宣邦认为许多江户思想家是近代日本的"邀请者",要对之研究须进行"复合式思想史作业"。他首先关切的一个问题是,何为朱子学?朱子生前并无朱子学,朱子学是后世对朱子学问的解释性重构和体系化,正因为这是一个人为塑造的过程,所以朱子学会因人、因时、因地而不同,故而中国朱子学、朝鲜朱子学、日本朱子学有着鲜明的差异。那么,日本朱子学是如何渐渐萌生出日本近代思维和国家意识的?结合此书,我们可以看到三个渐进的思想过程。

江户儒学的重构与日本中心观念的确立

　　第一阶段,江户思想家对朱子学进行侧重性解释和重构,建立了日本朱子学,确立了日本中心观念。

朱子学传入朝鲜和日本后,两国对其关切的重点各有不同。陈来先生用"一体和多元"观察东亚朱子学,即东亚朱子学在内在体系上是一体的,而不同国家地区的朱子学在关注的问题上又是多元的。如朝鲜儒学注重阐发"四端七情"和"人物同性",遂将性理学推向深密。但在日本,自藤原惺窝和林罗山将朱子学引入江户后,朱子学便以适应德川社会的面目出现。子安宣邦指出,以山崎暗斋为代表的崎门儒者抓住"敬"字下功夫,"敬乃始终之要,圣学之基本也",他们将"敬"作为学问的起点和归宿,并与朱子高足陈淳进行激烈交锋,最终构建了日本朱子学的基本样貌。反映到儒学最基本的概念词汇上,子安宣邦在另外一本书《孔子的学问:日本人如何读<论语>》中分析了江户儒者对"学""仁""道""信""天""政""礼"等核心词汇充满日本风格的解读,其实正是朱子学日本化的关键步骤。

笔者认为其实朱子学诞生于宋代春秋学高涨的历史情境中,所以它具有一种激励性,同时又有一种排他性,无论它传播到哪里,哪里就会认同自身乃文明中心。子安宣邦举了一个例子,有人问山崎暗斋:若中国派孔子、孟子来攻日本,如之何?山崎说:当披坚执锐与之一战,擒孔孟以报国恩,这才是孔孟之道。山崎的弟子浅见絅斋则更为激烈:"今若蒙异国之君命,孔子、朱子来攻日本,吾等当须勠力向前,以铁炮击破孔子、朱子之首⋯⋯此之谓君臣大义也。"不少日本儒者悲叹出身于夷狄之地而非唐国,浅见絅斋认为这种观念何其浅陋。所以,日本朱子学的完成激励着崎门儒者理直气壮地认为日本当为中国:"若知春秋之道,则吾国即主也⋯⋯日本之圣人,理应以此方为中国,以彼方为夷狄称之。"

从这一系列言说来看,日本朱子学首先将"敬"赋予重大意义,然后由此推出心的主体性,再由心的主体性根据现实世界,推出国的主体性,最终酝酿成日本中心的世界认知。在这个现实世界中,无论是日本的儒学思想还是世界认知,正如子安宣邦提醒,中国始终是一个巨大的他者。韩东育的研究启示我们,日本在处理对外关系尤其是从"脱儒"到"脱亚"、从"请封"到"自封"的思想过程和行动过程中进一步确立了日本自我中心主义的观念,并与后来的军国主义思想和对外侵略建立了一种隐秘逻辑和历史联系。

日本古学的建立和神国意识的阐扬

第二个阶段,江户思想家对朱子学进行颠覆性偏离和再发现性观照,通过建立古学完成日本学术和文化的独立性。

伊藤仁斋认为,朱子和陈淳对"诚"和"知天命"的解释并不准确,他运用形而上学的言辞分析,解构了朱子学的大厦,发掘出新的意义。同样,三宅尚斋亦抓住朱子对"鬼神"这一物质与意识之间关系的重要命题,反击南宋陈淳和朝鲜李退溪,构建自己的理解体系。

如果说仁斋与尚斋是从经学角度构建日本古学的理路,那么贺茂真渊及其弟子本居宣长,则努力从文学角度构建日本古学的气质。真渊对《万叶集》的阐扬,来源于他对文化危机的警醒和对复归古代的渴望,他认为日本后世和歌渐失本真,是因为日本接受了唐国的儒教,而唐国儒教乃是"篡乱不断、不见治世"国度的教说,"自始即为人心之造作也"。所以他歌颂《万叶集》,其实是在批判中国的基础上促使日本回归本民族的和魂,"欲掌握古之真意,必先涤除汉意"。对此,子安宣邦评论:"向《万叶》的复古,既是和歌的革新,亦是'民族'的再生。"

本居宣长继承了乃师贺茂真渊对和歌重要性的基本认识,他提出"知物哀",颇有些日本文学自觉的意识。且他在和歌的创作实践和理论反思中都清晰表明,日本作为"神之御国",须回归没有中国影响的古代,"我国乃天照大神之御国,伟大而美好,远远优于他国。人心、记忆、言语皆直率优雅"。因此,和歌在这样的言说和情境中成为凸现日本独特民族心灵和国民性格的代表。宣长得意地在自画像上题诗:"君问大和魂,念念在心怀。譬如朝阳里,山樱烂漫开。"诗中所流露出的樱花烂漫的神国意识成为后世日本政治审美的基本写照。

诚然,子安宣邦强调真渊和宣长对和歌的颂扬,但朱谦之在《日本哲学史》中指出,在古典解释上,真渊以《万叶集》为研究中心,宣长则以《古事记》为研究中心,成为神国意识的毒素。这种神国意识到了平田笃胤那里,最终发展为"复古神道","日本是神国"成为最露骨的宣言。

明治对江户儒学的"邀请"与近代国家意识的形成

第三个阶段,明治时代对江户时代思想的唤醒和邀请,结合日本近代国家的时代课题,最终服务于日本国家意识的形成。

不少学者已经指出,伊藤仁斋与荻生徂徕开启的尊孟、非孟之辨促成了孟子政治思想在江户儒学界的强烈回响。子安宣邦认为,与伊藤仁斋重视《论语》《孟子》的心性修养相比,荻生徂徕更为注重六经中的礼乐制度,他的学问的核心是礼乐论,即"先王之道,礼乐耳"。在他的儒学视野中,心性并非道之主体,而只有礼乐如各种刑政制度才是根本。所以从这一点上来说,徂徕恰是对整个东亚朱子学注重心性修养和工夫论的批判,他大力赞扬荀子:"故思孟者,圣门之御侮也。荀子者,思孟之忠臣也。"当然在江户时代,徂徕这种注重功利的学说受到很大排斥和压制,但在明治时代,日本需要确立强有力的国家法制,完善各项制度,增强国家主权自立,徂徕的礼乐论便适应了时代需求。思想家西周努力发掘徂徕的价值意义,为明治维新提供思想例证,而加藤弘之则将徂徕与《利维坦》作者霍布斯相提并论,赋予其呼唤建立强权国家的先知形象。

不宁唯是,随着明治维新后日本国力的增强,日本的扩张又亟需新的学术观点,所以即便是江户时代的敏感话题,也被日本渲染为一种政治宣传。如藤贞干提出日本在人种、文化、语言上深受三韩之影响,对此,本居宣长极力贬斥,这种防卫过当的嫌疑恰恰表明当时儒者竭力塑造日本自足性的形象。但在后来白鸟库吉等学者的研究下,当时敏感的话题逐渐演变为"日鲜同祖论",被日本政府大肆宣扬,成为日本吞并朝鲜的合理化依据和正当性逻辑。晚清近代,不少日本学者、记者、文人如芥川龙之介、桑原骘藏、内藤湖南、德富苏峰、宇野哲人、冈千仞、高杉晋作、夏目漱石、小林爱雄等来华访问游历,对现实的中国多抱有一种文化上的鄙视(参看中华书局版《近代日本人中国游记》丛书),其实正是江户儒学转化成的明治国家意识在对华观上的投射。

江户儒学的"祛魅"及时代环境

子安宣邦并非仅从文本语词的角度解构江户思想家与明治启蒙思想家的互动,他也启发我们思考一个问题:江户是怎样的一个时代,才会出现这些敢于修正或反对朱子的思想家? 或者换言之,江户与同时代的朝鲜和清朝有着哪些不同的社会结构,才促成了朱子学在日本实现异质变化和自由思考? 他以中井履轩这个无业游民式的思想家为例,剖析江户时代的社会环境和政治制度。他说清朝的《儒林外史》讽刺的科举导致人物命运的悲喜剧,在江户德川社会的儒者看来简直是天方夜谭。因为日本并未引进科举制度,正因在江户日本,"知识学习、学问成就与社会地位之间不存在任何制度上的关联",所以"在十七八世纪的德川社会中,形成了独自的思想学问世界"。子安宣邦的这一分析也启示我们,对包括中、朝、日、越、琉在内的东亚儒学的观察,务必了解各自不同的社会环境、政治结构、本有文化和时代课题。

其实在江户时代，朝鲜对日本和清朝的儒学有着独特的观察。一方面，朝鲜通信使来到日本，对不少知名的江户儒学家表达了关切，但在评价中颇多微词和鄙夷（参看复旦大学文史研究院编《朝鲜通行使文献选编》、夫马进《朝鲜燕行使与通信使》）；另一方面，朝鲜燕行使来到北京，对现实的清朝和清朝儒学也多是批评（参看林基中编《燕行录全集》、葛兆光《想象异域》）。这呼应了子安宣邦的分析，他认为清朝这个异族王朝在大陆的出现，导致中华帝国的传统权威降低，也使东亚的政治和思想产生波动。但从各国内部来说，三国之间的不同认识也是由三国儒学所处的权力结构、政治文化、社会环境、对外关系不同所致。黄俊杰在分析东亚儒学经典诠释传统时指出，这不仅涉及政治权力之转换与社会经济之变迁，也与诠释者的思想倾向及时代思想氛围密不可分（参看华东师范大学出版社版《东亚儒学研究的回顾与展望》）。

换言之，江户儒学诞生于德川幕府统治时期的各种时代问题的困扰中，包括政治合法性挑战、周边外交关系等。美国著名日本史家霍尔强调，儒教为德川时代的政治秩序提供了哲学支柱。张崑将在《日本德川时代古学派之王道政治论》一书中指出，日本江户儒学思想面临着一系列内部和外部的特殊问题，如政治结构的特殊性，天皇与将军存在既依附又紧张的关系，日本的宰相制度、封建制度、官学制度也与明清、朝鲜有着显著差异；思想论争和政治伦理的特殊性，如在华与夷、公与私、儒道与神道上也存在解释上的冲突。王健在《儒学在日本历史上的文化命运》也指出，江户儒学的发展受到两种社会力量的推动，一是幕府意识形态的扶持，二是知识阶层建构道德精神体系的思想运动。

子安宣邦的知识考古学和丸山真男的偏差

子安宣邦的这本书具有典型的方法论意义。二战后，以丸山真男为代表的日本学者们开始反思日本现代思想的起源，这种鲜明的问题意识和现实关怀也冲击到文史研究上，不少学者纷纷提出"作为方法的"命题，近年来一些中国学者也仿效提出"作为方法的"一系列言说。但在笔者看来，既然是一种方法，就要为学界提出一种研究范式和问题意识，而非仅仅提供一些新异知识和域外资料。但子安宣邦的这本书显然具备了"作为方法的江户"，他不是从近代看江户，而是从江户看近代，更加清晰地勾勒出江户思想逐渐向近代演进的历史脉络以及作为思想资源被明治时代利用的轨迹。

这种知识考古学的方法虽是福柯所创,但子安宣邦成功将其运用在对日本思想的批判和解构上。他对丸山真男发起挑战,认为丸山以近现代的抽象概念对江户思想进行总体叙述,只能遮蔽各种思想之间的复杂关系,所以他提出应以作为"事件"的徂徕学来理解徂徕思想的本相,通过对徂徕学的知识考古,他揭示出丸山由于在理论和研究对象之间的明显错位导致其研究偏离史实,实则将自己的观念和近代意识强加给徂徕。受子安宣邦的影响,王青在《日本近世儒学家荻生徂徕研究》中也阐明,丸山的徂徕学研究其实是他构建有关日本近代起源学说的工具,叙述了一个"徂徕学 = 反朱子学 = 近代思想"的神话。

但丸山的研究逻辑并非个案,实受更大的思想阴影的笼罩,那就是黑格尔的东方主义思想。子安宣邦在《东亚论:日本现代思想批判》中通过发掘出黑格尔关于东方主义的观点是日本亚洲主义和东洋学的幽灵,揭示了从福泽谕吉、新渡户稻造、内藤湖南、竹内好到丸山真男,都受此影响而进行不同时代的话语生产。而且,子安宣邦在《国家与祭祀》一书中还用知识考古学的笔锋对准日本的"国家神道",对其进行了淋漓尽致的解构。他的这种研究勇气和现实关怀充满了深沉强劲的批判性,对此,赵京华在《日本后现代与知识左翼》中褒扬:"子安宣邦思想史研究和政治批判中的后现代倾向,从一开始便在反思现代性、颠覆近代知识制度的背后,具备了一种阔大的由历史经验所构成的伦理关怀。"

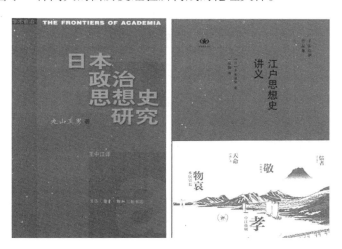

联合国教科文组织有一格言:"战争起源于人之思想,故务需于人之思想中筑起保卫和平之屏障。"作为研究者,我们可能难以提出保卫和平的思想,但可以尽其本分,还原历史,厘清脉络,为思想"祛魅",让真实回归。

(2017 年 12 月 23 日初稿,刊于《读书》2018 年第 6 期,有增订)

杯沿宇宙

走出郑王府，由大木仓胡同折进西单，一晃功夫，眼睛进入明适应，耳朵进入喧适应。圣诞夜，华灯灼灼，游人穿梭。想想上次见到这个场景，还是在香港尖沙咀维港，不觉已经一年过去了。

商场门口跳跃着红衣服白胡子的促销员，壁橱里也贴着圣诞老人的头像，我对刚刚考完研赶来的学生水谦说："拉美一个作家说，圣诞老人其实是可口可乐一手炮制出来的，天知道他和耶稣有什么关系。"似乎在中国民众中，圣诞的主角是圣诞老人，而不是耶稣这个充满史诗悲情并为现代人类重新定义时间的人。

捧着一杯茶，望着餐馆里的人群，我连续打了几个哈欠。水谦说："老师，我和几个同学上次还说，感觉2017这一年好快，可为什么觉得您在北京待了两年呢？"

"是吗？其实我也感觉好快，转眼间的事儿。"我喝了口茶，渐有所思，缓缓说道："这一年感悟良多，怎么说呢？今年是我而立之年，所以去年此时就深感意义重大，下决心尽量不辜负这一年。白天工作忙，只能逼着自己抓住晚上、周末和车上，今年反而收获比前两年还大。读书超过一百本，写随笔和论文也是工作以来完成最多的一年。做了许多不曾做的事，走了许多不曾走过的路。历史研究讲究知几、知言，即见微知著，个人感觉到内心正在起变化，因为今年是这样一个终点，所以明年又是一个不一样的起点。"

"老师，您相不相信宇宙中还有和我们一样的人呢？"水谦突然问起了这样一个问题。

这是在说平行宇宙吗？我挠挠耳朵，沉吟半晌，"宇宙很大，人类很渺小，我们只能用肉眼凡胎来看周围，所以肯定看不见许许多多就在我们周围的东西，所以我不相信宇宙只有我们啊。"我低头看着茶杯，说："看，就像这个茶杯，我的眼睛离它只有一把尺子的距离，可是这短短的距离中就有无数微尘，也就是有无数个宇宙，看似触手可及，其实已经'渺万里层云'。如同我们这个星球也是一粒微尘，我们都是上面几十亿的寄生物,但我们的星球或宇宙很可能就在一个巨人的杯沿上,随时都有可能滑进滚烫而浩瀚的水体,顿时恒星熄灭,万物灭绝。"

"这也太吓人了吧,"水谦笑着。

"这都说不定呢。其实说得具体一点,我常有一种错觉,就是在进行内心抉择或做事时,偶然会感觉另外一个自己在一个僻静角落里默默观察着自己,这可能就是一种'观自在'吧。我会觉得他是未来的自己,在回顾现在的自己将如何选择,这也是一种宇宙吧。昨天我看了《虎啸龙吟》里的空城计片段,感触很深,因为和自己的体悟很契合。仲达在空城下听孔明弹琴,孔明也很紧张仲达能否听懂他的琴声,若懂,便是知音。仲达犹豫不决,开始天人交战,他在意念中与孔明对话。他对孔明说知道这是一座空城,但孔明提醒他,没了我,大魏也不会留你了。仲达把剑放在孔明脖子上说:我不在乎,只要进了此城,就可一战成名,流芳百世,男人一辈子就是为了毕其一生的抱负和荣耀。这时,孔明变成了老年的仲达,仲达变成了年轻的自己,老年仲达悠悠说道:人一辈子不是为了毕其一生的抱负和荣耀,人一辈子,只是为了毕其一生,为了时间。真实的仲达夹在过去和未来之间,顿时领悟。回到现实世界,孔明琴弦突断,仲达大惊撤军。"

水谦听得入迷,我说:"这样的解读我很喜欢,它启发我们:当遇到心灵焦灼的时刻,多去想想当年的理想和初衷,是否为了名利而忘却了本心,也要多以未来的自己回顾今天的困境,是否为了一时解脱而被欲望奴役。记得大学时,我睡前常读几页《近思录》,今年对宋明理学体会尤深,感觉只要把此心安顿好,时时省察,居敬持志,便可做事。很多人只想沉下心来后再做事,其实应该是做着事方能沉下心来。所以墙角里宇宙中的那个自己,不是其他,只是自己的心,那个理想中的完美人格,我们常说的抬头三尺有神明,上苍在看着你,其实都是这颗慎独和启蒙的心。"

"老师,是否只要勤奋,就可做好了?"

"不然,所谓做好,仍是有功利心和目的论,所以仍是不敬不诚。记得今年你们毕业时,我送你们一句话,前八个字是'用心用功,天道酬诚',诚便包括勤,是用心用功的合体,这个诚就是志虑忠纯,纯粹为了让自己内心沉静下来,求其放心,即思无邪,达到这个由敬和诚而生发出的涵养,一切便都有滋味,一切都可淡忘。有了这个诚,身外之物便如影随形。除了诚之外,还需有种灵气,也是一种思无邪而散发出的奇思妙想和天马行空。"

我又说教起来了,顿时对自己好为人师的习气有些厌恶了,不过还是感谢水谦,正是因为此番聊天,我又系统整理了之前的一些体悟。我接着说:"这就是'有朋自远方来,不亦乐乎'的真意,朋是什么,朱子说是志同道合之士,为什么要乐?因为'独学而无友,则孤陋而寡闻',因为'如切如磋,如琢如磨',因为君子'以友辅仁',所以《学记》里称师友为'师辅'。"

我滔滔说着,开始意识到不能再说了,再说就没学生了。

"您之前说常去一个旧书店,我很想去看看。"

其实前天我刚去了,再去应该也没啥新货,但看到学生好学深思的诚心,还是趁着亥时未晚,赶到白塔寺旧书店。

书店已近打烊,我在角落里闲翻,扫了一眼,看到一本书,嘿,竟然还有这本书。再往前看,嘿,又一本,这两天新进来的吗?我呼吸急促起来,眼睛开始认真扫描书架,哇,又一本,嗬,这儿也是一本……就这样,我连续扫荡了十二本!白菜价买下。其中有十本是店内孤本,多数还是中华书局本,只等我来拿。

这是怎样的缘分和契机?翻开《两地书》,发现鲁迅在1925年常走在我走的这条街道上,若真有另一个宇宙,鲁迅应该与我撞个满怀。我对水谦说:"其实人与书的相遇,就像人与人的相遇,遇到一本书,读到一段话,很可能就会隐约改变人生格局和生命轨迹。"

好书如朋友,曾经我对一些书一见钟情,对一些书爱之弥笃,对一些书淡如清水,对一些书早已不顾,应该尽量不要忘记那些时刻忠告你的老友之书,也应不要沉迷于一些一时之书,如此方能让自己不断前行。但人与书的相遇,不仅是人与他人的相遇,也是人与自己的相遇。而人与自己的相遇又分为:人与过去自己、现在自己和未来自己的相遇。佛说有过去佛、现在佛、未来佛,人是未来佛,佛是过来人。所以,选择什么书,与其说是在选择什么朋友,不如说在选择做怎样的自己。我们渴望遇见好书,其实是为了遇见更好的自己。

(2017－12－26)

潇湘深夜月明时

舞台似蓓蕾初绽，清幽光影中书声琅琅。孩子们念道："读书不觉春已深，一寸光阴一寸金。"思虑涵泳着，为何这般耳熟呢？哦，这是《千家诗》里的句子，也是深夜读书时最常想起的诗行。

诗词有别样魅力，葛兆光老师称之为"汉字的魔方"。简单几个字随意搭配，就能像火柴一样点燃一见钟情，也能像藤蔓一般延伸似曾相识。"一寸光阴"生发出颜真卿和朱晦庵："少年易老学难成，一寸光阴不可轻。未觉池塘春草梦，阶前梧叶已秋声。""池塘春草"生发出"池塘生春草，园柳变鸣禽"，"秋声"生发出欧阳子《秋声赋》……如此无穷无尽，无边无际，芳草碧连天，夕阳山外山。

飞抵长沙后，我被问起："修志，你参加过中山音乐堂第20届吗？"我忽地想了起来："是的，那还是您主持的呢，怎会不记得？当时听了那场难忘的朗诵后，浑身发麻，因为蓦然发现自己正是由诗词进入到文史天地和思想世界，以前背诗，当时只道是寻常，没想到竟然一直滋养心灵到现在。"说话间，想起那场晚会后写下的一段切己体察的文字："诗文之于我，就像那片翠竹，随风摇动，向我招手，竹径通幽，禅房花木，把我引入广阔的文史天地和深邃的思想世界，学会品尝和把捉汉语的柔韧和细腻，更好地认识自己和感受世界。今天才发现母语对一个人有多重要，一个人即便精通多少种语言，但他的思维行动和情感诉求仍然是母语式的，只有把母语说好、写好，他的思考才能迈向更高层次，他的追寻才能飞向更高云端。"

但其实，第三次来到湖南的我，坐在台下，却发现诗词和湖南两条藤蔓竟然缠绕在一起，多年以后抬头望时，斑驳的城墙已然满眼绿意。

要去哪里呢？班主任打来电话说："现在可以先报军校，我建议你报国防科大。"国防科大？我骑车来到十几里外的网吧搜索，哦，在湖南，在长沙。顿时憧憬向往，不仅因为崇拜父亲的戎马经历，还因为一个天真的想法，高中背诵了全部的毛氏诗词。当然后来的剧情是，我错过了科大，也错过了山大。

要去哪里呢？大三的我准备考研，看着中国地图思索良久：最好离开自己熟悉的文化区域，那就去南方，还要选择南方古代文学的中心，那就是楚辞的故乡，余光中所谓"蓝墨水的上游"，是哪里？是湖南。湖南哪所学校呢？当然岳麓书院，也就是湖南大学。来到网吧在考研报名系统里填上学校：湖南大学；专业：中国古代文学。几天后，大学班主任把一封贺信和证书交给我，我展卷一看，上面写着：黄修志同学，祝贺您获得第四届"写作杯"全国文学艺术作品大赛一等奖，我们对所有一等奖获得

湖南大学岳麓书院

者发出邀请，诚挚邀请您来我校访问研讨，武汉大学。武汉大学？我不了解这是所怎样的学校，上网搜了搜，当时我只关心考研专业是否有吸引力，发现该校有个新鲜的考研专业，国学与汉学，第一次招生，参考教材是《论语》《孟子》《老子》《史记》《古代汉语》《中国古文献学史简编》《中国古代文化史》。思虑良久后，在考研报名的最后一天，我来到网吧，敲了敲退格键，湖南大学、中国古代文学消失，取而代之的是武汉大学、国学与汉学。我盯着屏幕良久，最后，一声叹息，点击提交。命运只在叹息与指尖之间。

要去哪里呢？我选了几个地方，朋友说去湘西吧。从武汉出发，在怀化下车后，来到凤凰，在清澈的沱江上听着船夫唱着调子，看到了朗润的山水和沈从文的碑铭，去了苗寨，喝了一碗甘甜的米酒，发现湖南也是一个多彩的地方。有纯美的山水，有纯美的乡村，才有纯美的诗文。

要去哪里呢？我才发现报名报完了，武汉已经没有了考托福的考点，最近的考点在哪儿呢？买上一张火车票，就这样因为提高考博英语能力和申请国外博士之需，莫名其妙地从武汉大学来到湖南大学参加托福考试。考完后，来到神游已久的岳麓书院，怀着一种仪式感拜访了当初的梦想，与大学同窗喝了一夜的酒。

次日一早,我坐着公交车前往长沙站,肠胃一阵翻滚,"哇",一夜酒菜全部倾吐在公交车上。感谢湖南父老没有骂我,只听乘客们摇头叹息,司机回头无语。抹抹嘴,感觉好多了,可脚下没有地缝,真想跳窗而逃。长沙,你是在报复我当年的移情别恋吗?是在让我偿还未去湖大研究诗词的情债吗?

要去哪里呢? 在泰山站候车室里读着一本历史小说《敦煌》,我开始猜测主人公的走向。里面说到一位宋代潭州举子赵行德,潭州就是长沙,他在汴梁因为午睡做了一个宋代西夏政策的梦而错过了科考,遇到西夏女子,见到了西夏文字,便跟随商队流落到了沙州,见到了西夏李元昊,来到了敦煌,体悟了佛经。作者井上靖在最后结尾说,近代敦煌石室打开后,人们发现了许多经卷,其中有篇手抄心经,上面写着这样一段话:"维时景祐二年乙亥十二月十三日,大宋国潭州府举人赵行德流历河西,适寓沙州……"

要去哪里呢? 听得"嘭"的一声,金色的彩叶已经弥漫在整个舞台上,主持人宣布晚会结束。我从飘忽不定的思绪中醒了过来。我想,其实读到一段诗文,来到一个地方,遇到一群朋友,都会像水一样浸润你的全身,随着河流漂到未知的海洋。

而此刻,作为一个藕断丝连的匆匆过客,我望着窗外长沙城未知深海般的夜,想起一千多年前,刘禹锡曾在湖南写下一段诗句寄托幽思:"斑竹枝,斑竹枝,泪痕点点寄相思。楚客欲听瑶瑟怨,潇湘深夜月明时。"

(2017 – 12 – 28)

延安与范公，千年笑谈中

不同于往年的雾霾深锁和南北各地的大雪飞扬，今冬的北京，几乎镇日尽是湛蓝晴空，这让异乡人看来，近乎一种异象。望着窗外郑王府上的绿瓦之光，不禁感叹这一年除了人添了衣服、树脱了叶子外，窗外的风景几乎没什么变化。

"回延安之后，下学期有课吗？"午间问起即将离京的 F 君。

"有啊，四门呢。"

"那还不少呢，你下班后一般怎么回家呢？"

"哦，我开车啊，其实延安不大。"

"延安有几个区呢？"

"原来只一个区，现在把临近一个县划进来了，所以是两个区，宝塔区和安塞区。"

"哦，宝塔，安塞……"我喃喃自语，"安塞，我听说过安塞腰鼓，记得以前读过一篇散文，很有画面感，一群茂腾腾的后生狂舞着，场面震撼，色彩鲜明。"

"是的，安塞腰鼓一般就是三种颜色，人穿着白色羊皮马甲，带着羊毛巾，敲着红色的腰鼓，后面是黄土高原。而且还必须舞出黄土飞扬的气势来！"

"那腰鼓是为了表达什么呢，是祭祀，丰收，还是节日？"

"就是人一高兴，就要一起舞腰鼓，一边舞，还要一边喊号子。"

"喊啥呢？咱老百姓呀今儿真高兴？"一连串的问把 F 君给逗乐了。我想，安塞，延安，都带一个安字，且都处于陕北，临近长城沿线的榆林毛乌素沙漠与河套鄂尔多斯，古代应是中原与北方民族拉锯攻战的前线要塞。所以腰鼓很可能是士兵随身器物，用来鸣警、布阵、御敌，后来走入民间大众成为现在节日民俗的乐器。

"刚才你说宝塔区，我觉得那个塔确实很特别，因为塔是佛教建筑，我很好奇一个佛教建筑，如何历经一千多年，最后成为革命的象征符号，这个过程是如何完成的呢？也就是说，延安和宝塔是如何被书写和构建的，其实是个很好的题目。你知道那个塔是何时建的吗？"

"好像是宋朝吧。"

哦，宋朝，脑海瞬间对一些信息进行了搜集、分析和定位，这时一个人影从昏暗的隧道中走了出来。我问："据你所知，延安和宝塔有没有范仲淹的遗迹？"

"范仲淹？不记得有啊，"F君拿出手机来，一会儿工夫，她看着手机兴奋地说："还真有范仲淹！你是怎么想到范仲淹的？"

"只是一个分析和推理，因为延安在古代是前线重镇，宋代西北的大敌是西夏，而北宋负责西夏外交和守备的正是范仲淹。所以我才想起了他。"说到这里，思维像瓜蔓，逐渐延伸到更深处，我说："'塞下秋来风景异'，这首词，我猜很可能是范仲淹在延安写的。"

就这样，谈笑间，"思入风云变态中"，范仲淹如那位江上渔夫，出没在一千年前的波涛中。

> 塞下秋来风景异，衡阳雁去无留意。四面边声连角起，千嶂里，长烟落日孤城闭。浊酒一杯家万里，燕然未勒归无计。羌管悠悠霜满地，人不寐，将军白发征夫泪。

写下这首词，范仲淹望着残灯明灭，孤枕难眠，叹了一口气。此时正是大宋康定元年至庆历三年（1040－1043）间，范仲淹任陕西经略副使兼延州知州，与韩琦共同抵御西夏李元昊。他登上城墙，巡视守卫的将士，遥望夜色中的塞外，心中升起李白的边愁，"戍客望边色，思归多苦颜。高楼当此夜，叹息未应闲"。他确信，李元昊的军队就在对面，敌人时刻会奔袭城下。

然而，在范仲淹眼中，西夏并不可怕。他镇守延安期间，长年的屯田政策改善了宋军的后勤供给，他号令严明、爱护将士、优待羌人，宋军士气高昂，羌人多有归附。所以，不仅陕北的军民和羌人爱戴他，狄青、种世衡等名将就是他一手提拔的，就连西夏的士兵都敬畏他，所以他是一位真正的大帅。民谣唱道："军中有一范，西贼闻之惊破胆。"羌人称范仲淹为"龙图老子"，因为他是龙图阁直学士。西夏人说:"小范老子胸有十万甲兵!"那么,在他眼中,真正可怕的是什么呢? 其实正是京师开封的党争,范仲淹几起几落,皆缘乎此。

庆历三年,经过韩琦和范仲淹的苦心经营,李元昊支撑不住,请求议和,后向宋称臣。范仲淹被仁宗召回,担任枢密副使和参知政事,相当于国防部副部长和副宰相。此时他与韩琦、富弼等人主持"庆历改革",成为后来王安石变法的先声。然而新政很快失败,范仲淹被利益集团斥为"朋党",再次被贬谪。友人欧阳修不服,撰写《朋党论》为范仲淹辩护。因为屡次上谏而一贬再贬,朋友梅尧臣写了篇《灵乌赋》,劝告他少说话,范仲淹回信说:"宁鸣而死,不默而生。"

在贬谪出任邓州期间,范仲淹登上岳阳楼,想起庆历改革的失败和京师的党争,戎马生涯和喜悲荣辱如云卷云舒,千古之作呼之欲出。我们都知道那句"先天下之忧而忧,后天下之乐而乐",但有多少人知道,提出这句话需要多大的政治勇气? 如同好友欧阳修主张君子应当结为朋党对抗小人一样惊世骇俗。这其实反映了北宋读书人正开启一个全新的政治理想,便是士大夫当为政治主体,要有责任和担当,以天下为己任,与君王共治天下,甚至提出君王垂拱便可,天下安危问宰相。

范仲淹虽然不在宋代理学的谱系之内,却对理学的发展壮大有着突出贡献,他提携年轻的理学精英,兴办书院广植人才,他反复对仁宗说,"儒者报国,以言为先","有犯无隐,人臣之常;面折廷争,国朝之盛"。在我看来,范仲淹堪称宋代理学的守护人。宋初三先生中的胡瑗、孙复、石介,还有张载,皆得到范仲淹的举荐或提携。《宋史》称赞:"一时士大夫矫厉尚风节,自仲淹倡之。"朱熹也称颂他:"本朝忠义之风,却是自范文正公作成起来也。"所以,学者王瑞来认为,范仲淹的意义不在于庆历新政和抵御西夏的事功,而在于"他所开创的宋代精神建设"。无论在庙堂,还是在江湖,范仲淹从未忘记自己的责任,他设立义田义学,倡导"读书之美"。

皇祐四年(1052),六十四岁的范仲淹死于上任路上,朝廷赠他一个文臣最崇高的谥号,"文正"。后来范仲淹的超级粉丝苏东坡有一番深情回忆:我少年在家乡读书时,老师告诉我,韩琦、范仲淹、富弼、欧阳修是当今四杰,后来我到京师考进士,听说范公去世了,读到他的墓碑,我痛哭流涕,感觉至今都没见范公一面,这难道是命吗? 登第后,因为老师欧阳修的关系,我又认识了韩琦和富弼,他们对我都很好,只可惜我不能与范文正公相识。是啊,我从八岁的时候就知道您,敬爱您,到现在都四十七年了。四杰之中,三杰我都跟他们成为至交,却唯独没有遇见您,这真是我一辈子的遗憾啊。

　　碧云天,黄叶地,秋色连波,波上寒烟翠。山映斜阳天接水,芳草无情,更在斜阳外。黯乡魂,追旅思,夜夜除非,好梦留人睡。明月楼高休独倚,酒入愁肠,化作相思泪。

　　敲出这首词,我在想,身在异乡的范仲淹定会弹琴遣忧,奏起他最爱的《履霜操》,举起一杯酒,敬这一生的往事和朋友。贫寒苦读之时他是个勤书生,庙堂敢谏之时他是个直肠子,江湖谪逐之时他是位好老师,风摧边关之时他是位真元帅,一切只因为,他对天下苍生有着非同寻常的深情。

　　"好山深会诗人意,留得夕阳无限时",读着他的诗,谈笑随想间,又发现一位圣贤。程颢说"富贵不淫贫贱乐,男儿到此是豪雄",但圣贤不仅是英雄豪杰,更是性情中人。有水就有火,有日就有月,有阴就有阳,有影就有光。

(2018 – 01 – 30)

时间、历史、人生

过了许多年，走到今天，我最终发现：当时原本熟悉的人，现在好像陌生了；当时原本陌生的事，现在好像熟悉了。

世界其实没有变，野火春风难以改变这座古城的霜容，只会改变流年中的我们。虽然流年改变了我们，我们在流年中改变，但如果没有流年，就没有我们。时间、历史、人生，是一个自缚的蚕茧，环环相绕，紧紧纠缠。

不舍昼夜的现在

春寒料峭，路过鲁南一个萧落的村庄教堂，停住了脚步。轻轻推门走入，似乎空无一人，身后一位昝大叔问我何事，我说路过教堂，冒昧参访。昝大叔领着我四处参观这座始建于九三年的乡村教堂，我以研究之名询问着各种问题：信众结构、培灵会、经费来源、新旧教堂、宣讲教材、横纵联系、对外交流等。

虽然见过不少富丽堂皇的教堂，但从信众数量来说，广大农村的家庭教会和村庄教堂应是目前中国基督教的主面。面前这个小教堂，二十五年来惨淡经营，经费支绌，但也在乡村权力、市场经济、城镇改革、家庭生活、民众信仰的漩涡中苦苦支撑，虽曰简陋偏僻，却也深受外面更大世界影响。即便是唱诗班订买的教材和杂志，也是每月从南京和上海寄来。这样的教堂在山东有很多，它们反映着什么，解决着什么，预示着什么，是什么在缺失？是什么在生长？现在的一切都在不舍昼夜地悄然变化，身在历史之中的人们，do you care？

从这片海到那片海

　　驾车从烟台到青岛,三个小时,从这片海来到那片海,果然不一样的景致和气息。信号山附近的山路巷子,像《恋之风景》的画面,左拐右驰,路转山头,车窗外忽然闪过海大的校门。寻到惠源一家人后,载着他们前往八大关。

　　花石楼,优雅的哥特式,临海的红花绿松映照着简约之美。公主楼,丹麦公主的东方风情,和孩子们在顶楼观看了一段《打火匣》,想起二十多年前那本心爱的安徒生童话。士兵擦了下打火匣,我说:"大狗要出来了!"孩子们欢呼着。曲曲折折的关路阁楼,深锁着百年来一个个孤寂的灵魂。在鑫龙吃完火锅后,与惠源、相勋告别。惠源问:烟台到青岛来回有多远? 我说:八百多里吧,惠源说:太远了,相当于我们国家从首尔到釜山呢。

最好的老师

　　时间,是最好的文史哲老师,多么痛的领悟,身处艰难气若虹,作品无法产生于教室里,而是诞生于思索与成长之中。君不见古往今来的伟大作家和思想家,哪个是立志专门要写作的? 物不平则鸣,赋到沧桑,命途多舛,只好退而求其次有所著述。

　　有次我对一位贵州同事说:贵州很厉害,王阳明虽然是浙江人,可他却是在贵州才成为圣人的。孔孟韩柳李杜苏辛朱王,哪个是要立志写文章诗词的? 都是在流窜压抑之时才有了让后人觉得光焰万丈的作品。"君子务本,本立而道生",所以,多读书,多走路,多做事,多思索,才是青年人的第一要务。

焦秉贞绘《王阳明先生真像》(局部)

按辔前行的朋友

多年以后，回想那段被抑郁症折磨的岁月，当时历尽艰辛，苦苦探索，总算渡尽劫波，相逢一笑。应把它作为一位按辔前行的朋友，而不是极力摆脱的恶魔，接纳它在内心的肆意伤害，容忍它对灵魂的胡作非为。不久，它就会渐渐离开，留给你无尽的心灵财富。

就像青春的时光里，我们喜欢一个人，为一段感情而挣扎不已，我们爱的不应该是他（她）本身，而是通过那种感觉爱上一种成长和追寻，迷上一种痛苦和焦灼。尤其是在时过境迁后，这种由衷的感念，伴随着已经身轻如燕的内心，会更加平淡静美。

那时，从十七岁到二十一岁，是最灰暗最可怕的四五年。挣扎奋战了许久之后，直到有一天，我才发现，原来我已告别了它，也告别了原来的自己。其实要感谢它，不破不立，那时常告慰自己：不要怕，如果这个世界上有恶魔，那么就会有上帝，如果这个世界上有阴影，那么正是因为有光。

当你老了

《当你老了》其实是爱尔兰诗人和革命家叶芝写的一首情诗，他在革命中对爱尔兰演员及革命同志茅德冈妮一见倾心，屡次追求，但对方始终拒绝，即便冈妮在婚姻之中和婚姻失败后，面对叶芝追求仍然不为所动。在漫长的求爱而不得的煎熬中，叶芝创作了不少诗歌，《当你老了》即是其中之一，叶芝深情表达，我爱的是你的灵魂而非你的青春。后来叶芝见对冈妮的追求无果，开始追求人家的女儿，当然也是铩羽而归。

叶芝墓碑

叶芝作为诗人、散文家和剧作家，引领了当时的文学复兴运动，但作为革命家，他为了爱尔兰的独立而奋斗一生。他对冈妮的追求有着艺术家和革命家的迷恋。叶芝死后,冈妮拒绝参加他的葬礼,可见她对他的决绝。英国诗人奥登说:"疯狂的爱尔兰将你刺伤成诗。"叶芝墓碑上写着三句诗:"Cast a cold eye/On life, on death/Horseman, pass by!"我翻译成:"冷眼观死生,骑士且前行。"其实叶芝的革命、创作与爱情,实在是传记片的好题材。

《当你老了》有很多翻译版本,流传最广的是袁可嘉版,歌曲《当你老了》就是改编自袁版。不过歌词主旨基本上曲解了原意,被国人传唱成了《时间都去哪儿了》的叶芝版,也算是适应国人心理了。由此观之,我们更容易洒泪接受天然的孝爱之情,而对这种纠结漫长的男女之爱仍然有着疏离之感。我倒觉得,水木年华的《一生有你》颇有叶芝《当你老了》的意蕴。

替叶芝一声长叹。

让经典充斥在岁月里

雷德利·斯科特破除了我的幻想。从前我以为,最好的作品需要十年、二十年心无旁骛地精心打磨,可现在想来,这种想法难免限于孤芳自赏和自我陶醉,有时这种心态是因为自己还远远不够勤奋,不够有雄心,所以才给自己这样一个冠冕的慵懒借口。昨晚重温《天国王朝》时,我才恍然:雷德利·斯科特,可不仅仅只有《异形》!他还拍过载入科幻史册的《银翼杀手》、超级史诗《角斗士》《天国王朝》、现代战争片《黑鹰坠落》、女性片《末路狂花》、小甜片《一年好时光》、喜剧片《火柴男人》……这位英国导演一直尝试着不同题材,精益求精,几乎都是彪炳影史的经典,他的作品,不仅在于故事、画面、技术,更在于思考和情怀。

在1979年拍完第一部《异形》后不久,他执导《银翼杀手》,片尾借一个生化人说:"我见过你们人类绝对无法置信的事物,我目睹太空战舰在猎户星座的端沿起火燃烧,我看着C射线在唐怀瑟之门附近的黑暗中闪耀,但所有这些时刻,终将消失于时光中,一如眼泪消失在雨里,死亡的时刻到了。"是的,他破除了我的幻想,他启示了一个道理:要想创作一部经典,首要的任务就是,先创作出一大批金光闪闪的经典。

"一切历史都是思想史"

由燕入皖。在安徽大学校园里沐着细细的夜风,走了两个小时。虽是第一次来古庐州,却在这样的夜晚,盛夏的果实即将坠落的毕业季,对这个陌生的校园有着别样的亲切,好像又重回我的大学。恰是整整十年前的此时,我告别了大学,十年,多残忍的年份。

在人文楼里慢悠悠走了一圈,随手投币买了一瓶冰红茶,路过暗夜绽放花香的湖边,一直走到人流滚滚的操场。他们跑啊跑,背影甩来夹杂青草的汗味;他们唱啊唱,唱着我从未听过的最新流行歌曲,一代人有一代人的歌;他们喝啊喝,嘻嘻哈哈躺在草地上摆弄着闪闪的手机如天上的星光。子夜的校园开始热闹起来。

科林伍德

走到单车密集灯火通明的宿舍区,这里更能让人嗅到往事,我相信每扇门中都坐着一个明亮而又不安的心灵。四年前,一位好友在博士答辩时曾说起这儿:"我读大学时,看到科林伍德的一句话,他说'一切历史都是思想史',我走上历史学这条路,就是源于对这句话的惊奇与困惑。"

历史是一种生活方式

我们每天都与历史纠缠。早上睁开眼睛,你没有害怕,是因为你的记忆仍然在大脑里。你工作很从容,是因为你有之前的熟练经验。唱歌也是在进行历史回顾,与一个朋友散步,他突然唱起歌,我肯定他一定想起了某段岁月中的某一个人,"某年某月的某一天,就像一张破碎的脸……"歌手在台上唱歌,观众听得泪流满面,他们一定也是想起了自己的历史,想起一段刻骨铭心的往事。

沉浸历史久了,就会觉得人生和国家无时无刻不处于历史之中。历史是一种生活方式,人生在世,当怀有历史精神,但这种历史精神并非仅仅是我们常说的资治通鉴,过去固然能为我们提供镜鉴和灵感、梳理渊源和症结,但对于解决现实问题毕竟是有限度的。在我看来,真正的历史精神不仅仅是把过去作为历史指导现在,更应把未来作为历史督促现在。

于人生而言,虽然当前面临各种困惑和挣扎,但多想象一下未来几年后的自己如何看待今天的思与行,此刻可能就会释然和明朗一些,也能激励自己果敢行动……时代问题与个体命运紧紧纠缠,我们每个人都无法回避和摆脱,若能心怀这种历史精神和未来视野,定能让自己砥砺奋进,从容不迫。到时定如这片山野秋色,层林尽染,天高云淡。

十八岁那一年

18岁,是12年前,2005乙酉年,大一下学期和大二上学期。根据回忆和十多年的日记,那一年,我为学院撰写了2005年元旦晚会主持台词,迷茫苦思于应该如何度过大学,聆听了考研经验交流会,积极参与学院和学校的学生工作和多种活动,第一次看到了大海并撰写了一万余字的观海记,尝试着做了校内第一次创业,有了人生第一部手机。

那一年,抑郁仍然萦绕心头,遇到了很多人,经历了许多事,去的最多的地方就是图书馆和网吧。那一年,很瘦,彷徨于自己何去何从,时常劝慰自己,正因处于迷雾之中,所以才须跌跌撞撞往前走,否则永远走不出去,即便百折千回头破血流,但挣扎总会有希望。

雨声弥漫一生

寒风中回到故乡,冷夜跪在路旁,望着祖母躺在灵车里,泪眼蒙胧中,车灯闪烁几下,是她在八十九年的时光里,最后一次回眸这个村庄。车开了,徐徐消失在夜里,她挪着小脚颤颤巍巍走了,再也看不见了,永远看不见了,一个人关于几个时代的记忆就这样在星球上被抹去了。我突然意识到,老人的离去,就代表了一个图书馆的毁灭。大声哭喊着"奶奶、奶奶……",身后这座日渐空洞的村庄越来越没有了颜色和生气。

次日,得知少年喜欢的诗人余光中去世,想起他受宋人蒋捷《虞美人·听雨》启发而写的《听听那冷雨》。蒋捷在《声声慢·秋声》中同样低吟着雨声:"黄花深巷,红叶低窗,凄凉一片秋声。豆雨声来,中间夹带风声。疏疏二十五点,丽谯门不锁更声。故人远,问谁摇玉佩?檐底铃声。"

今天我终于体悟到,一个人的一辈子,有多少听雨的时刻?其实,那片雨声弥漫一生。听雨,并非只在下雨的日子里,每个记起往事、思念先人、回首萧瑟、辗转难眠的时刻,都是冷雨敲窗、雨打梨花的深巷黄昏。

(2017-01~2017-12)

画 匠

你说,你要回故乡,
像一阵风归去,再无彷徨。
我伫立原地,痴痴地望,
衣角翩飞,凉薄了月光,
却始终看不到你的严妆。

于是我握住彩笔,
画了一张张你的少年模样。
坐在冰雪小巷,
一边卖画,晒着暖阳,
一边数着野花,悄悄绽放。

车水马龙,人来人往,
没有人抬眼看我这个可怜的画匠,
回忆中,青春已经陷入蛮荒,
我与你的画面,倏忽蛛网白霜。
太冷了,我烧掉一张一张又一张,
火闪灰飞,如蝴蝶旋扬,
像战士告别疆场,
照亮我的滂沱脸庞。

必须淡忘,看着河面的映像,
绘一张从未有过的自画像。

放在小站旁的售票窗，
排队掏出钱囊，准备奔向远方。
有人猛地抓住我的衣裳，
原来是你，很久之前的守望，
一脸沧桑，眼中却闪耀星光，
指着那幅自画像：
你是谁，为何画了我的脸庞？

（2018－02－09）

相逢于记忆的山林

　　已记不清何时,对文字开始钟情。只记得孩提时在老屋墙上,写满各种事物的名称。那时,村儿里没有育红班或幼儿园,但看着邻家的哥哥姐姐拿着课本上学放学,满眼歆羡。1993 年,第一次背着书包,搬着小板凳,走进孟庄小学,校园里的雨后花草和教室里的课本墨香,至今仍然扑鼻。

　　未曾想,从这一时刻起,追着这股墨香,我一直走到 2013 年,求学整整二十年,在小学毕业典礼、中学毕业典礼、博士毕业典礼上演讲,成为村儿里第一个本科生、硕士生和博士生。

　　在这墨香飘荡的路上,渐渐迷上了阅读,开始发现写作文是一个神奇的游戏。每逢作文课,都会抑制不住兴奋和激动,可以用笔来创造一个世界任凭肆意闯荡,可以捏成一个朋友聆听苦恼和快乐。1998 年,我开始写日记,未曾想,这种写日记、写随笔的习惯一直保持到 2018 年。

　　人们常怀念"从前慢",从前是慢悠悠的好时光,虽然日子过得清苦,距离隔得遥远,但纸短情长,风高草长,思念和努力也显得真诚和坦荡。年前回到故乡,安葬完祖母后,整理出一摞中学时写的日记和随笔,读着从前那个少年的稚嫩笔迹,忍不住怀念旧时的纯真与美好。故乡的人,越来越少,故乡的树,越来越稀,从前连轴转的石磨,已经变成废弃的日晷,在树下墙根数着光阴。也许只有这些发黄的故纸,才能保留往日的生气和曾经的记忆。

　　高中是我疯狂阅读各种书籍、狂背古典诗文的年代,现在的不少知识储备和写作语感,似乎都是在那时打下的基础。高二时我组织同学们一起办了报纸,初衷是为同学们的写作和学习服务,未曾想成为学校的舆论阵地,竟然有失恋的同学几次恳求我在上面发文试图挽回一段爱情。

　　进入大学后,第一次接触电脑,尝试网络时代的写作,从此开启了一连串的事件:2005 年经朋友介绍注册了博客网和校内网(人人网);2009 年注册了豆瓣;

2010 年开始在 QQ 空间写日志;2012 年注册了新浪微博;2015 年告别诺基亚,用使用至今的小米手机注册了微信。在智能浪潮中,许多写作平台早已废弃,个人博客已经荒废了六七年,人人网已经面目全非,新浪微博几个月登录一次,豆瓣和QQ 空间的日志也已停顿。现在每天所看的,无非是豆瓣上的各种资源和朋友圈里的日常。似乎是因为从一开始就中了书卷墨香的毒,所以我在日常悠闲的阅读生活中从未对电子书籍产生过兴趣,仍然喜欢捧在手心里边阅读边批注的感觉。世界变得太快,紧赶慢赶也跟不上时代的脚步,但读书和写作,是那揾泪的红巾翠袖,一直相伴书案和旅途,从未离开过。

工作后读到董桥的随笔,一本接着一本读,听着一位老人讲着生活中最平淡的日常。请允许我大段引用下他的文字:

> Joseph Conrad 劝人不要乱采记忆的果实,怕的是弄伤满树的繁花。我也担心有些记忆深刻得像石碑,一生都在;有些记忆缥缈得像潭水,似有似无;另一些记忆却全凭主观意愿妆点,近乎杜撰,弄得真实死得冤枉、想象活得自在;而真正让生命丰美的,往往竟是遗忘了的前尘影事。那是潜藏在心田深处的老根,忘了浇水也不会枯萎。

> 走了快六十年的路了,每星期写这样一篇念人忆事的小品,难免惊觉世道莽苍,俗情冷暖,萦怀挂心的许多尘缘,恒常是卑微厚朴的邻家凡人,没有高贵的功名,没有风云的事业,大半辈子沉浮在碌碌的生涯之中,满心企慕的也许只是半窗的绿荫和纸上的风月。我们在人生的荒村僻乡里偶然相见,仿佛野寺古庙中避雨邂逅,关怀前路崎岖,闲话油盐家常,忽而雨停鸡鸣,一声珍重,分手分道,不知道什么时候又会在苍老的古槐树下相逢话旧。可是流年似水,沧桑如梦,静夜灯下追忆往事,他们跫然的足音永远近在咫尺,几乎轻轻喊一声,那人就会提着一壶龙井,推开半扇竹门,闲步进来细数别后的风尘。

在读书、写作和成长的路上,我开始感觉,只要热爱读书,热爱生活,善于发现,勤于思考,记录生活和思绪的随笔,也可以拥有一种孤芳自赏和顾影自怜的魅力。许多人说,你是一个“湿人”,多愁善感。我笑着说:学中文的,没办法。许多人说,你是一个怀旧之人,缠绵于回忆。我笑着说,学历史的,没办法。对方问:学文学,学历史,有什么用呢? 我笑着说,确实没什么用,只是玩儿而已。对方便心满意足地不再问了。因为对方既然提出这个问题,我无论怎么解释,也无法让他真正懂得有意义。大千世界,亿万心灵,远不能仅靠有用还是没用来划分。我常常思考，我们这个国度，本是这个星球上写诗、写史、读书传统最昌盛的国度，"不学诗，无以言"，"温故而知新"，"诗书处世长"……为何现在却成了最蔑视诗歌、历史和最不爱阅读的社会？

我并非立志做一个什么类型的人，时至今日，我仍然保持着读书和写作的习惯，只是因为我觉得这是一种类似喝茶、散步的快乐和必须。这种习惯与其说是一种冠冕堂皇的创作，不如说是一种时刻反思的记录。人生只有三万天，如今掐指再算，若平平安安，最多也就两万天，两万天，一天又一天，转眼就用完。为何不记录下这些日常和过往，让过去的每一天都能转化为对生命的感激、对生活的启示和对明天的激励呢？毕竟，我们每一个人，都是从一个小孩子长到现在的，没有一个人可以拒绝童年、青春对他此时此刻的影响，更没有一个人可以拒绝历史、社会对他此时此刻的塑造。

> 山中何所有，岭上多白云。只可自怡悦，不堪持赠君。
>
> 松下问童子，言师采药去。只在此山中，云深不知处。
>
> 下马饮君酒，问君何所之？君言不得意，归卧南山陲。但去莫复问，白云无尽时。
>
> 道由白云尽，春与青溪长。时有落花至，远随流水香。闲门向山路，深柳读书堂。幽映每白日，清辉照衣裳。

突然想起这四首清新浅浅的小诗，给我一种安静淡雅的舒心。在我看来，他们在描写山林，其实是在探索记忆的迷宫和心灵的故园，追忆从前的往事和理想的瞬间。为何突然想起这四首小诗？细细观之，才发现四首诗都出现了"白云"这一意象，这说明山林之中，白云生处有人家，而那正是诗人记忆的安顿处，也是诗人心向往之的散淡和自由。

记忆是一座山林，充满分叉的荆棘路口和栖息的鸟兽虫鱼，我们背着这座山林一路前行，无论在夜深人静还是匆匆忙碌时，会有意无意地躲进山林里探险，搜索经验和信心，寻求安慰和鼓舞。只不过你是否在其中真正重拾宝物，让现在的自己与过去的自己、未来的自己在桃李春风和江湖夜雨之中：一壶浊酒喜相逢，昏昏灯火话平生，闲登小阁看新晴，出门一笑大江横。

（2018－02－14）

白塔寺里说蒙元

趁着春光大好，天湛气清，照例到阜成门内大街的白塔寺书店闲逛。店内虽人头攒动，却无甚新货，空手而出。这么好的天气和散淡的心情，在办公室看书太浪费轻贱了如此韶光。

去哪儿呢？看到右侧的白塔寺，才想起，来京一年常在白塔寺书店闲逛，捡漏儿淘得恁多好书，过些天就要告别这座古城，竟还从未进寺一游，真是对不起这份良缘福报。

也许是如此天气和心境，才促成这次与白塔寺的相会。白塔寺最早是辽朝供奉舍利的佛塔，后来佛塔被毁，忽必烈敕令在其遗址上重建喇嘛塔，帝师八思巴推荐尼泊尔匠师阿尼哥主持修建，建成后成为元大都最高建筑。之后忽必烈又以塔为中心扩建为万安寺，香火极旺，明宣宗改为妙应寺，俗称白塔寺，康熙、乾隆皆有御笔重修碑文。弘历，盖章题词狂魔，真是哪儿都有你啊……

北京妙应寺（白塔寺）

刚一进门,就是藏传佛像展览,从松赞干布说到清代,也难怪,白塔寺是一个藏传佛教的寺庙。如何认识藏传佛教在东亚大陆的地位?有学者提出"佛教长城"的说法,意指从西南到东北的弧形边疆地带,广泛传播的佛教成为抵挡伊斯兰教东扩的宗教长城。

但若细细考察,在这堵佛教长城中,藏传佛教应该是最主要的砖石。从吐蕃、西夏、辽、金到元、明、清,以密宗为代表的藏传佛教始终是统治精英极为重视的佛教门派,云南、四川、西藏、青海、甘肃、山西、河北、内蒙、北京,处处可见藏传佛教寺院的影子。为何统治精英如此重视藏传佛教?这其实从松赞干布的婚姻就可看出端倪。

我们都知道松赞干布迎娶了唐太宗的文成公主,和中原王朝加深了联系,但另一方面,他也迎娶了佛祖故乡尼泊尔的尺尊公主,强化了自身与佛教的联系。藏传佛教既认同佛教的世界中心观念,同时又承认中原王朝统治者是大施主、菩萨、活佛。借助藏传佛教成为世俗政权和宗教文化中的领袖,同时又能笼络藏传佛教波及的广大边疆地区,统治者何乐而不为呢?这也是康、雍、乾爷仨钟情五台山和热河(承德)的原因所在,同时也导致北京成为世界上寺庙最多的城市。

我想,其实忽必烈在建白塔寺之时,应早有此匠心,以宗教为切入口,对多民族的统一国家实行多面管理。这一套手法上承辽金,下启明清,尤其是在清代集大成,奠定了当今版图的基本轮廓。今天的民族区域自治、金瓶掣签等制度,其实大都继承了大清王朝的政治遗产。

忽必烈见过许多文明,但他最终心折于佛教和儒教。在天主教徒与穆斯林厮杀两百年的十字军战争后,蒙古骑兵如狂风卷残云般,横扫上帝和安拉,在亚欧大陆上打通了基督世界、伊斯兰世界、佛教世界、儒教世界。各种文明、各色人种,在空前绝后的蒙古帝国中并存,元大都的宫廷里站满了"世界岛"上的官员。遍布帝国的站赤驿站和港口码头,充斥着流转整个东半球的车马驼队和扬帆轴船。正是元朝开启了早期全球化的历史征程,超越了汉唐丝绸之路,尤其是在奥斯曼筑起壁垒后,刺激了欧洲开辟新航路和发展资本主义的勇气,也刺激了明清皇帝重现蒙元大一统的决心。

因此,从这个角度来看,虽然明太祖喊着"驱逐胡虏,恢复中华",但他无疑是心系元朝荣光的。建立明朝后,他说赵宋"失驭",但"天命真人(成吉思汗)于沙漠,入中国为天下主"。更何况,明太祖本是元朝子民,不可能祛除元朝政治文化对他的影响,孰人能拒绝童年呢?我们可以看到,宋代颇类近代民主化的士大夫政治,到了明代直接变为高度的君主专制,动不动就来个"帝怒"和"廷杖",大臣沦为奴才,为什么会这样?粗粗推想,草原帝国的主奴政治不可能不对元朝子民朱元璋产生影响。这一历史裂变,经过几百年陈陈相因,一直影响到后世甚至当今。由是观之,高倡民主和科学的"新文化运动"怒砸孔家店,其实错了两层:第一,孔家店和朱家店里的货物还是有很大区别的;第二,民主和科学的敌人不见得是儒教,只是每个人长期浸润于一种主仆政治文化和威权阴翳中甘受驱使而不知。否则,为什么在后来全面否定孔子的年代中,专制的政治戾气反而更无以复加了呢?

站在忽必烈的白塔寺中,古木森森,岁月骎骎。一个接一个问题纷至沓来,萦绕脑海。我在想,如何理解元朝对东亚政治文化的影响?其实可以看到,虽然朱子学诞生于南宋,东亚各国发展于明清,但其广布流传,却是在大一统的元朝。也正是因为元朝就奠定了朱子学的东亚基础,开启了东亚的朱子学时代,才造成了今天学者所说"后蒙古时代"东亚各国出现的自我中心倾向。

毕竟,一切事件,如同一座大厦的坍圮,没有同力支撑,哪有土崩瓦解?一切风暴,就像一桌筵席的离散,没有欢颜相聚,哪有各奔东西?

(2018 – 02 – 25)

紫禁城中聊埃及

　　从熙熙攘攘的人流中走进天安门。我对同窗会鹏说："这是我第八次来故宫，每次来都有新发现和新收获。现在人太多了，咱们先去太庙看看吧！"

　　相比于中轴线三大殿的人声鼎沸，太庙三大殿真是异常清净，少有人影。这是明清帝王祭祖的家庙，始建于永乐十八年，嘉靖因火灾又重建。虽也是第一次来，却好像已经来过许多次，我简单介绍着里面的一些故事，想起去年翻检史料写嘉靖"大礼议"的画面。

北京太庙

　　"还是这里好，可以好好看，要是直接进故宫，净看脑袋瓜子了。"会鹏望着太庙内外的雕梁须弥和五脊六兽，感叹道。

"太庙气势不输于其他宫殿,你看,十年前,群星演唱《北京欢迎你》,就是在这里唱的。"我站在前殿须弥座上望着前方广场说,"单位附近的阜成门内大街上,白塔寺和广济寺中间有个历代帝王庙,我进去瞧过,也是一座很宏伟的宫殿群,不过很少有人去看。它也是嘉靖建的,现在摆满了从三皇五帝到清代历代帝王的牌位。"

从太庙出来,走进午门。看着中轴线乌泱泱的人群,我说:"三大殿其实都是空架子,多是盛大典礼的空间场所,要论趣味,还是东西两侧的诸多宫殿斋阁有意思。"

拐进文华殿和文渊阁,不想竟然闭馆了,只好先在文华殿对面坐下歇脚闲聊。我的思绪仍停留在太庙,说:"许多人把中国宫殿把埃及金字塔相提并论,以为两者是同一类建筑。"他愣了下,说:"这太恐怖了!金字塔可是陵墓啊!"

我翻着他包里的英文埃及考古书,强烈的好奇心又激起一连串习惯性的追问。

"接着刚才话题,我对埃及神话很感兴趣。埃及许多守护神好像是动物和人身的结合体,比如金字塔里的阿努比斯是豺头,荷鲁斯是鹰头,这跟中国普遍的人格神灵不大一样。埃及神话中有没有一些特别尊贵的神?"

"埃及每个地方都有自己的神,许多动物都可以成为神,比如豺、狮、猫、鳄鱼、公羊、鹰等。拉神是其中一位大神,他是太阳神。"

"哦,记得你以前说屎壳郎,咳咳,是圣甲虫,跟太阳有关。"

"对,最早埃及人看到屎壳郎滚着粪蛋,就想,它推的很像太阳,这不是太阳从地平线上升起的样子嘛,所以就认定它是圣甲虫。"

"伊西斯是一位崇高的女神吧?"

"当然,她是一位主神,非常崇高,她生了荷鲁斯。她抱着婴儿荷鲁斯哺育的样子,是天主教圣母怀抱耶稣的原型。"

"哇哦,是吗?这我还是第一次听说。那荷鲁斯的父亲是谁?"我开始着迷。

"奥西里斯,跟伊西斯地位一样崇高。他被弟弟赛特杀害了,后来荷鲁斯长大后复仇。"

"天呐,这不是哈姆雷特的原型嘛!"

"你不觉得狮子王辛巴更像吗?"他笑道。

还真是,辛巴说的就是非洲的故事嘛,荷鲁斯是埃及王权的象征,也就是说,荷鲁斯是辛巴和哈姆雷特的原型。我想,如果再粗粗推算,不光圣母玛利亚、哈姆雷特、狮子王辛巴,还有俄狄浦斯啊,莎乐美啊,甚至到了弗洛伊德研究摩西、埃及与一神教的关系,欧美大国首都广场高高矗立着埃及方尖碑,从古代到现代,西方文化中一直充满着埃及的影子。

想到这里，我越来越感悟到埃及文明确实是西方文明的重要源头。难怪美国总统特朗普来了趟故宫，会特意说埃及文明有六千年历史，表明西方人对埃及文化是有认同的。在故宫那个特定的外交场合，主客之间虽是闲聊，却处处都是言语机锋和心理较量。特朗普无疑是用埃及文明代表西方文明来挫一下五千年的中华文明，所以主客之间才有了那番意味深长的对话。

东道主对特朗普提到"龙的传人"，但龙也是经过漫长的演变，不断吸收各种动物的部分，加上鹿角、牛头、虾眼、驴嘴、蛇腹、鱼鳞、凤足、人须、象耳等，形成了今天的样子。这是一种隐喻，每种动物其实很可能是不同部落的文化，龙的形成是众多文化交融的结果。

"对啊，其实早期近东地区，希腊还没发展起来，埃及文明非常强势，迈锡尼、克里特，这些地方都受非洲文明尤其是埃及文明影响很深，最近我一直在思考一个问题……"会鹏滔滔不绝地说着。

一问一答之间，面对这位专治埃及史的复旦同窗老友，听着他对上下埃及、阿蒙霍特普、拉美西斯的侃侃而谈，我像个小学生一样好奇，又想起许多。想起一部叫《这个男人来自地球》的电影，一群教授聊天，最后竟然发现男主角竟然是……里面提到基督教教义受到佛教教义的影响。我又想起那本叫《黑色雅典娜》的书，作者认为西方古典文明有着深厚的亚非文明之根。他打了个比方，希腊吸收了埃及文明形成了自己的独特文化，就像日本吸收了中国文明一样，所以日本模式与古希腊模式相似。从这个角度来说，东西方文明的两大源头其实不是中国与希腊罗马，而是中国与埃及。近代中国受西方刺激，国人"言必称希腊"，然古希腊受埃及刺激之时，有可能也会"言必称埃及"。

所以，如果不了解埃及，我们怎会理解西方呢？但从另外一个角度来说，就像语言一样，没有任何一种文化是单纯的，即便是中国文明，也深受中亚、西亚、南亚文化的冲击并吸收改造。经过长久的发展，一种东西在不同人群和地区中经本土化、在地化地层累改造后已变得面目全非，但若仔细考察和梳理，总会解开一层层面纱，抹去一层层脂粉，还它本来面目。就像天主教来到华南或南洋，信徒会把圣母改造成观音菩萨的样子。

说着说着，两人又聊起埃及王权中的人神合一和中国王权中的天子观念。我说中国的早期祭祀和宗教很早就破除了神的观念，周公是一位克里斯玛型的人物，他制礼作乐实际上是让文化回归人间理性，汤武革命也让周公强调天命和民心的重要性，天成为一种道德的人格神，而非神秘的天神。这对儒家的理性主义影响很大，经孔孟改造后又进一步成熟，所以才引起欧洲启蒙家的赞叹。

227

两对母子：伊西斯哺乳荷鲁斯，玛利亚哺乳耶稣

参观完三大殿后，我们来到宁寿宫石鼓馆，我说这是中华第一国宝，石鼓的经历比七龙珠还神奇。望着馆内韩愈、苏轼的石鼓歌，我一阵激动，"人事有代谢，往来成古今"，何其有幸，我也抱着韩苏一样的热情为石鼓大书特书过，不知百年之后，人们是否能记得我。

在北京南站，我和晓伟把会鹏送到检票口。三人挥着手，直到他消失在人海中，他要赶回暴雪中的长春。

我问晓伟："下周开了什么课？"

"《历史的观念》导读。"

哦，导读课，师生一学期一起研读一本经典，记得那些年，常和晓伟、石头一起去听《纯粹理性批判》导读、《尼各马可伦理学》导读、《春秋繁露》导读……浸润复旦文化中的我们，也成为在他乡各地进行文化传递和创造转化的个体。

"下周找时间去北师听顾老师讲柯林伍德！"我笑着说。倏忽间，仿佛飞絮般的情思，我想起作者在那本书中总结笛卡尔"历史的逃避主义"时的一句话："历史学家是一个远离故乡而生活着的旅客，对他自己的时代倒成了一个外人。"

（2018－03－03）

春歌柳色

走出人艺剧场，
初春的夜空都是星月。
朋友发来一首短歌，
说是为了纪念，
即将到来的离别。

听着这首歌，
望着神武门的城墙，
古老的角楼，
依稀露出浅浅的春色，
就连北海之畔的街灯，
也为他乡的客子闪烁。

其实，说什么呢，
按照以往的习惯，
在这样的独步深夜，
听到这样一首歌，
我必会感慨良多，
在记忆的湖面上打满蝴蝶结。
或者用廉价的手机，
即兴写一首诗歌。

然而，正如刚刚得知，

今夜一位史家离世，
他的名字叫海登怀特，
写过一本元史学。
他启发我，只要文字形成，
事情就会失掉本来颜色。

所以，就让我记住这首歌，
默默地不再说什么。
只要响起这一首短歌，
就会记起一段岁月，
想起这个春天的离别。
待到明晨跨上马鞍，
春雨化成明亮剪刀，
裁开一路青青柳色。

（2018 – 03 – 06）

爸爸回来了

新年愿望

望着爸爸匆匆下楼的身影,我没有像平常一样闹着不让他出门,而是很乖地站在客厅中央,摆摆小手飞吻给他。我知道,爸爸要去医院陪爷爷了,今晚妈妈、大姑和太奶奶陪我跨新年。

人家都说我今年长得很快,其实都是爸爸妈妈爷爷奶奶辛苦的功劳。爸爸说,今天是今年最后一天,坏的运气也应该结束了,明天就是新年了,新年新气象,否极泰来,一切都会好起来!我心疼爷爷奶奶,也心疼爸爸妈妈。

对于新年,我没有太多愿望,只希望我们全家人健健康康开开心心,因为我不能缺少任何一份爱,我是你们最心疼的乖豆豆呀!(2016 – 12 – 31)

这是什么花呢?

咦,这是什么花呢?原来是金鱼阿姨从武汉寄来的洪山菜薹,她说:菜薹跟腊肉更配哦!可是我们没有腊肉,肿么办呢?

今天的天空蓝得耀眼,爸爸妈妈带我去超市买年货。下午妈妈炖着排骨汤,爸爸切着菜薹,只听一声手机响,爸爸就下楼了。不一会儿,他竟然拿着几条腊肉上来了,原来是云豪叔叔从恩施寄来的!爸爸高兴极了,马上爆炒了菜薹腊肉,还加了渣辣椒。满屋都是从未闻过的香气,爸爸说:好像又回到了大武汉。(2017 – 01 – 23)

姥娘家真好玩儿

大年初六，我跟着爸爸妈妈坐高铁走姥娘家，玩儿了一星期，好高兴啊！见到了姥爷姥娘、大姨小姨、舅舅舅妈、表哥表姐、外曾祖父、外曾外公、外曾外婆、舅姥爷、姨姥娘……我好喜欢跟表哥表姐们玩儿啊，一起跳热舞、放烟火、逗猫狗、逮鸡鹅、做游戏。我们四家人去了附近的台儿庄古城，逛运河、坐旋木、爬城墙、赏花灯、拜文庙。

每天吃得好饱啊，辣子鸡、菜煎饼、羊肉汤，爸爸都吃圆了。在姥姥家，我见到好多只能在画本上看到的小动物，也喜欢乡村里的一大家子的亲情。姥爷姥娘，明年再来枣庄时，我再也不是小不点了，可以撸起袖子和表哥揍架了！（2017 - 02 - 10）

俺两岁啦！

爸爸提着生日礼物坐了一夜火车从北京来到家，我感觉好久没见到爸爸了！一见到就扑到他怀里，让他举高高、抛高高。下午，爸爸蹲下来跟我说：豆豆，今天是你的生日耶，呀，你都两岁啦！我不知道爸爸说的是什么意思，只是一个劲儿笑嘻嘻地抱住爸爸的腿。

等到晚上，新燕阿姨也带礼物来到家里，爷爷做了一桌菜，妈妈在机器猫蛋糕上点上蜡烛，姑姑打来电话，奶奶和太奶奶为我带上小帽帽，大家齐声看着我唱歌时，我才不好意思地懂啦！

哇呜，俺都两岁啦！好开心！我好爱你们～谢谢～（2017 - 04 - 09）

有你的地方就是家

清晨到家，花满枝桠，
纷丽照娃娃，真像一幅画。
你拿着扫帚去够花，

摘下一朵说要给妈妈。

陪你一天尽情耍,

搂你睡觉亲脸颊。

天亮背上行囊再出发,

醒来你会想爸爸去哪儿啦,

路上爸爸却想时间去哪儿啦。

有你的地方就是家,

他乡城市再繁华,

也是偏远的天涯。

(2017 - 04 - 23)

爸爸的学校

早上八点多,爸爸到家时,我正坐在板凳上对着门捧着碗喝粥。上午我们去了拳击运动馆、星颐广场,我高兴得像大白鹅一样叫啊叫,我在外面吃了一整条鱼!

下午我们去了爸爸的学校,他说要为大哥哥大姐姐们准备毕业礼物。又看见周阿姨和豆豆姐,豆豆姐教我在纸上涂鸦,她画的画很好看!爸爸的学生是个大姐姐,她弹着吉他成功引起了我的注意力。她们都好有才啊。晚饭后,我又在排球场上遛车到黑夜,车轮发出炫彩的光,就像风火轮,感觉变成小哪吒。

马不停蹄玩儿了整整一天,跑了好多路啊,好累呀!回家车上,听着爸爸妈妈说着话,我就睡着了。到家后,迷迷糊糊,爸爸把我抱到床上,我翻了个身,呼呼大睡起来。(2017 - 05 - 13)

梦见大海啦

小小的背影在林间石板路上兴奋得奔跑不停,在花丛草坪踮着脚尖儿像猫咪追着蝴蝶,爸爸妈妈相视笑着,仿佛盛夏海岸的绿叶时光,都是为你准备的。我们走遍整个森林,看了一眼金沙碧海,海真蓝,好像从另一个星球刮来的。你张开双臂,字字分明地说:"爸爸抱,回家去拉臭臭。"

午睡晚睡前,你嚷着陪你念书,爸爸夸张地读着《肚子里有个火车站》和威比猪。陪你搭积木,陪你看完一集佩奇,爸爸也学到好多哦。小伙伴们教小象艾米莉搭积木,小象问羚羊老师:我该听谁的呢?老师说:关键是你想怎么搭。老师问:佩奇,你最喜欢的户外活动是什么?佩奇说:我最喜欢在泥坑里跳来跳去了!于是老师领着大家一起在泥坑里跳得欢天喜地。

你睡着了,爸爸妈妈像两个小孩一样在床边端详着这个神奇的宝贝。你忽地醒了,坐了起来,说:"大海!"说完躺下继续酣睡。晚上全家人去广场,你在锣鼓喧天、披红挂绿的胶东大秧歌前目不转睛。今天去超市买菜,你扛着丝瓜大步向前,像贪吃小猴一样大嚼着樱桃,果汁溅成了红腮。每次看到纯真烂漫的你,爸爸总会再次充满勇气,努力开创新的契机。

中午,在出租车后视镜里看着你摆着小手越来越远,再见,爸爸已经开始想你。(2017 - 06 - 12)

黄修志,快走哇!

要涨潮了,夏天的雷声在前方的海天深处隆隆翻滚。爸爸奋力挖沙,筑起一道大坝,你也欢快地帮忙,挖出一片小湖,我们看着海水像黄河一样冲荡浅滩,河床两岸,细沙纷落。抱着你登上高高的瞭望塔,俯瞰着更远的大海和更多的海鸥,你兴奋地迎风呼喊。

我们带你参观了三个早教中心,爬坡时你仰头摔了下来,头都磕红了,但你没哭,爸爸说:没事儿,继续爬!不要回头看!你一口气爬到上面,伸出大拇指对自己说:真棒!爸爸牵着你的小手游泳,你专心看着变化多端的卡片,一眼就指出了老师手里的《日出印象》。上课时你羞涩地躲在墙角不愿做自我介绍,这么正式的教室让你不适,我跟妈妈达成一致:害羞是孩子的天性和纯真,许多早教过于让孩子进入成人世界,小大人一点都不可爱,我们适当引导,让他按照自己的节拍慢慢融入,相比社交能力,玩儿的专注力和情感的表达力才是最重要的。

你吃完饭了,笑眯眯看着继续吃饭的爷爷奶奶爸爸妈妈,突然一口气背了一段话:"悯农,李绅,锄禾日当午,汗滴禾下土,谁知盘中餐,粒粒皆辛苦。"从商场回来,小雨沙沙,妈妈抱着你,爸爸拎着菜慢腾腾走在后面,你喊道:"爸爸,快走!黄修志,快走哇!"

爷爷抱着你在门口送爸爸,爸爸对你说要走了,你看着爸爸发呆,似乎还不太明白小别离的滋味,爸爸说:亲爸爸一下! 你却把小脸伸到爸爸嘴边。爸爸钻进去出租车,拉下玻璃,对你挥手,你也笑嘻嘻挥手。回头再望,只看见绿树红伞下那双蓝色小凉鞋欢快地摆动。(2017－07－30)

村庄是一座森林

又回到千里之外的姥娘家,雨后的村庄就像一座茂密的森林。汪汪和咪咪早已在门口等候,我摸着它们就像好久不见的老朋友。表哥们练着新的武功和兵器,我跑着跳着也学会了一招半式,表姐穿得像个小仙女,翩翩走在青青河边草地。

原来乡村真是个广阔的天地,随处可以增长许多见识。爸爸骑车带我在村里兜风,好多汪汪追着我们奔跑,路上看不完的鸡啊鸭啊羊啊,街边种满了粮食蔬菜和花草树木,大豆、辣椒、茄子、豆角、竹子、石榴、桃子,眼花缭乱数不清,爸爸让我挨个儿触摸,揪下果实和叶子。我们骑到玉米地,薅出金丝穗,扒开绿皮衣,露出大玉米,再抓起一块块儿石头扔到垄沟,溅起水花,好惬意。

爸爸妈妈带我们一群小朋友来到河边,羊好白,水很清,浪真急,二蛋哥哥问这里应该就像大海了吧,我和大表哥笑嘻嘻。所以,就这样吧,再玩儿十天我也不想回城市。(2017－08－13)

哥哥来啦

小熊猫一点也不怕我,还这么安静地端详着我,它也有妈妈吗? 我追着它跑,它长长的毛茸茸尾巴悠然地消失在竹叶中,我为什么感到一种失落呢? 在亲子园里,妈妈在我身上做披萨,我躺在地上,都快睡着了。爸爸踩着滑板车带着我,感觉就像飞起来了,黄河路上冬天的风很清凉,妈妈说这条路是全国示范路,我不懂,应该是很好看吧。

姥爷姥娘带着表哥来了,我好开心啊,终于有人陪我在家里玩儿啦! 可是看到他拿我的玩具,翻我的书,我就生气了,还跟他打了起来,这是我的! 突然间,哥哥不见了,妈妈说:看看,哥哥看你不分享玩具和书,他生气走了! 我不信,哥哥肯定是藏起来了,可是,可是我掀开了窗帘也没看见他。妈妈说:你和哥哥一起玩玩具,给哥哥介绍你的书,哥哥就会出来了,好不好? 我说:好。这时,爸爸领着哥哥突然出现了。我握住哥哥的手,把玩具车给他,从书架上拿起好几本书给他看:看,这是小白兔,这是三只小熊……

晚上,爸爸给我看着电脑上的照片,对我说:爸爸马上就要走了,咱关上电脑,你送送爸爸好不好? 又要这样,爸爸在门口蹲下,张开双臂像翅膀,我笑呵呵飞扑进他的怀里,贴着他的脸。爸爸站起身来,看着我,门,慢慢关上了。(2017 - 11 - 26)

月圆了,人走了……

今天是新年第一天,爸爸到外面买了许多好吃的。我问爸爸要山楂条吃,爸爸只给我一个,怎么只给我一个呢? 我生气地扔在地上,爸爸脸色变了,我哇的一声抱住爸爸的大腿就哭了起来。中午爸爸喂我吃饭,我伸手抓盘子里的菜吃,看到爸爸又生气了,我趴在他怀里又哭了起来。爸爸一边抱着给我擦眼泪一边说:"爸爸做得不好,豆豆别哭了,可是你知道爸爸为什么生气吗? 爸爸妈妈是不是说过吃的东西不能往地上扔,手不能直接去抓菜吃? 豆豆记住了吗?"我嗯嗯着抹眼泪说:"豆豆记住了。"爸爸对妈妈说:"唉,豆豆发烧刚好,新年第一天就被我凶哭了两次。"

下午爸爸抱着我说:"博亚哥哥晚上就要走了,你明天想不想他?"爸爸肯定在骗我吧? 姥爷姥娘带哥哥来家里已经一个多月了,他每天陪我玩耍,陪我吃饭,陪我洗澡,陪我睡午觉,陪我去上早教课,陪我听妈妈唱歌念书讲故事,他每天都陪我,怎么会走呢? 我们俩坐在小车上,哥哥当司机,他说:"出发啦! 你想去哪儿?"我说:"北京!"哥哥从客厅开到卧室,他说:"到站啦,你现在想去哪儿?"我说:"烟台!"

哥哥是个好哥哥,他总是让着我,我跟他打架,好几次都把他的脸挠破了,他也没揍我,我都不好意思了。那次妈妈说:"豆豆你再不听话,哥哥就要回老家了。"我沉默了,半夜我说起了梦话,被妈妈听见了:"哥哥不要回老家,不要回老家……"前几天妈妈又吓唬我:"豆豆你再挠哥哥,姥爷姥娘就带哥哥回家了。"我哇地就哭了。

所以啊,爸爸肯定又骗我。可是,可是,今天晚上看到姥爷姥娘都在收拾东西,爸爸说要去火车站接爷爷奶奶,我开始有点难过了。爸爸接爷爷奶奶回来了,我已经睡着了。睡梦中，我好像感觉到爸爸摸我的头，悄悄在耳边说："豆豆乖哦，爸爸下次再来看你。"姥娘也走来摸了摸我。我好像听见爷爷奶奶和姥爷姥娘说话的声音，我翻了个身，梦见了爸爸妈妈爷爷奶奶姥爷姥娘博亚哥哥还有太奶奶。

我想起，爸爸妈妈说前段时间也梦见太奶奶了，他们也肯定想她了，可是，我听见爷爷奶奶的声音，疼我的太奶奶为什么没回来呢？

门"咣啷"一声，爸爸又去北京了，姥爷姥娘带着哥哥回老家了……爷爷奶奶说："今天是元旦，也是十五，月亮真圆啊！"（2018-01-01）

爸爸喜欢生气

前几天，爸爸提着行李箱，背着大包回来了，晚上客厅里又堆满了好几大箱子书。我从这个箱子蹦到那个箱子，就像越过山丘一样。爸爸摸着我的头说：以后爸爸可以天天在家陪豆豆啦！

这一天，趁爸爸正打电话，我悄悄溜进厨房，反锁上，打开水龙头，高兴地玩耍起来。无论爸爸在外面怎么喊着让我开门，我就是不搭理，看着自来水哗啦啦欢畅地穿过我的掌心。

但令我吃惊的是，爸爸竟然进来了，他手里拿着一串钥匙。他推了我一下，跌倒的我哇哇喊着：爷爷奶奶快从老家回来吧！爸爸把我抱在怀里，上上下下检查，说厨房都是水火刀电，会让我浑身疼的。我说：是，是的，那样就会去医院打针的。爸爸问我想吃什么，我说想吃虾米。

妈妈下班回来后，带我跟读英语，爸爸端出大米粥、虾米炒鸡蛋和花菜炒肉。爸爸喂我吃完后去刷碗了，不一会儿，妈妈穿好外套没跟我打招呼就要去上班。关门时，我跑到门前哭喊着：妈妈还没跟我说再见呢！妈妈听见了，马上打开门，我挥着手说：妈妈再见，一路顺风！

跟爸爸在客厅里踢了一会儿球，爸爸说：爸爸抱你睡觉吧？我说：我饿了，要吃东西。爸爸说：不是刚吃完午饭吗？我说：我饿了！爸爸走进厨房，一会儿端出一碗大米粥，一小盘一小盘地分给我喝，我一边咕嘟咕嘟喝着，一边问：爸爸你从哪儿变出来的大米粥？爸爸说：爸爸喂你时就知道你没吃饱，所以给你留的呀！

我说：爸爸，我喜欢你，可你是个坏人。

爸爸说：爸爸怎么是坏人呢？

我说：爸爸喜欢生气。

爸爸说:刚才爸爸不下心推倒你了,你生气吗?

我接过爸爸凉好的另一碗大米粥说:生气。

爸爸说:爸爸向你道歉。

我说:不客气。

爸爸问:你知道爸爸为什么生气吗?

我说:豆豆不是故意的。

喝完后,我问:还有大米粥吗?爸爸带我到厨房,把空锅拿给我看:看,豆豆真棒,都喝完啦!爸爸抱你睡觉觉好吗?

我说:豆豆不想睡觉觉。爸爸说:那咱们看一集《海底小纵队》就睡觉好吗?我跳了起来:好,太好啦!

一集马上就要结束了,我抬头看着爸爸说:不要关,不睡觉,还想看。爸爸说:不是说看一集就睡觉吗?我说:不,我要把电视机弄坏。爸爸说:你能好好跟爸爸说话吗?比如你说,爸爸,我可以再看一集再睡觉吗?我说:爸爸,我可以再看一集再睡觉吗?

第二集马上就结束了,我抬头看着爸爸说:好啦!睡觉喽!爸爸把我抱起来,我趴在爸爸肩头,他拍着我的屁屁,好熟悉的节拍啊!我想。

窗外明朗的天空渐渐模糊起来,我耷拉着眼皮。啊～我打了个长长的哈欠,睡着了。(2018 - 03 - 21)

我是小花猫

阳光越来越暖和了,奶奶拿出爷爷的一件旧衬衫,咯吱咯吱地剪着,缝进缝出,转眼就为我做成了一件小衬衫!哇,就像《爷爷一定有办法》那么神奇。奶奶说,过些天爷爷奶奶要回老家几天,在家要听话哦。

这些天,爸爸在家陪我玩儿,陪我看书,陪我踢球,陪我捉迷藏,陪我用硬币变魔术,陪我去商场,陪我去树林找鸟窝,陪我去海边挖沙。从海边回来时,竟然看到了翔翔弟弟,爸爸说,你俩一起拉着手走吧。我一边追翔翔一边喊:手拉手,手拉手!

今天吃完早饭,妈妈问:你吃饱了吗?再吃点吧?我说:不用了,我吃饱了,谢谢!

第一次来到佳豫阿姨家。她家的阳台真大啊,我和小妹妹玩儿了好久。阿姨把一个小金鱼布娃娃送给了我。我很开心,喵地叫了一声说:我喜欢小金鱼,因为我是小花猫。

妈妈和阿姨聊着天,咦,爸爸去哪儿了?原来他在屋里看绘本,小妹妹有两个书架的绘本,和我一样多。爸爸看了一本又一本,把家里没有的都看完了,他说:《小熊可可》太温馨了,心都化了;莎娜天马行空,真让人惊奇;棉被山隧道太有趣了,太懂孩子的心理了……我们大人读再多书也基本难以改变了,我打算以后也要努力写给儿童读的故事……

阿姨请我们吃完韩国菜后,爸爸开车把阿姨和小妹妹送回家,我对小妹妹说:今天你扎的辫子真好看!车停在阿姨家楼下,小妹妹和我都大叫起来,爸爸笑着说:还不忍分离呢。我哭喊道:我要和小妹妹一起去海边。但阿姨和小妹妹下车后,爸爸就开车往前走了,我哭得更伤心了:我还没跟小妹妹说再见呢!

"爸爸,咱们去海边吧!"我擦干眼泪说。刚到海边,就听见小蒙阿姨高喊着妈妈的名字,原来另外一个小妹妹也来海边玩儿了。她太小了,不会玩儿沙,我一把抢过来,开始铲沙,妹妹转过身面向大海。天上高飞着几只漂亮的风筝,我指着天空大喊,爸爸不知想起了什么,说那是苍天之眼。爸爸望着大海,在沙滩上写了几个字,浪花跑到沙滩上,我丢下铲子要去踩浪花,被爸爸制止了。唉,我对爸爸说:豆豆有一点不开心。妈妈看着手机对爸爸说:佳豫说闺女在家哭着说没跟小哥哥一起去海边,哭着哭着睡着了。

回到小区后,妈妈领着我去蛋糕店,说要给我订个生日蛋糕,爸爸说,先跟妈妈说生日快乐。我问蛋糕店的阿姨和小姐姐要巧克力吃,被爸爸妈妈批评了。买菜的时候,我抓起一把山楂糕,爸爸说:咱家有,放回去吧。我说不行。爸爸说,那你只拿一个吧。我说好,把其他都放回去,只拿了一个。这时,我看见一条小白狗跑过去了,我就追了上去,爸爸也赶紧跟着我追了上去。他也喜欢小白狗吗?

小白狗很喜欢我,它趴在地上对我摇头摆尾。爸爸说:豆豆,这是别人家的山楂糕,爸爸没有付钱,你给别人放回去吧,咱家有。我说好,回到菜店把山楂糕放回去了。店里的胖阿姨又塞给了我,说:送给你吃啦!

我笑嘻嘻拿着山楂糕,对无语的爸爸说:阿姨说送给我啦!这时,蛋糕店阿姨骑着电动车带着小姐姐来了,爸爸说:刚才小姐姐给你巧克力吃了,你打算给她什么呀?

我把山楂糕送给小姐姐:姐姐吃山楂糕,再见!

小姐姐接过山楂糕,对我甜甜一笑说:你真棒!再见!(2018-03-25)

跋：小伙伴的礼物

温暖、真诚、勤奋又充满才气的修志同学，要离京了。

大学毕业十一年后，第二次在北京见面。

第一次是一年前，那是欢迎。

今天，是送别。

写到这里，不知道为什么，眼泪会有。

遥想当年，在聊大校园中，结识了几位意气风发，青春朝气的小伙伴。因为修志年龄最小，大家昵称他为"修修"。我们不在同一班，不在同一年级，因辩论赛而熟悉。修修是教科院有名的才子，更是陈老师的最爱。记得那时候，陈老师总说："这个，找修志。"那时候的他，很瘦且安静，说话声音不急不慢，声调从未有跌宕起伏，仿佛温润的水，可以熨平人所有的情绪。我想，这就是他的气场——温润却有力量。

2007 年，考研，他虽然比我们低一届，却提前考进了武汉大学，跨专业学习中文。两年后，再次跨专业考入复旦大学攻读历史博士学位。四年后毕业，大学任教。去年，来京将一年时光奉献给了我们珍贵的语言文化保护工作。

一年前见他，我们一家三口迎接，他还是一如既往的腼腆，说话温和，多了温文尔雅的气质，但眼睛里有明快的光。一年后再见，他的面容更添了沉稳，却充满了疲惫。

说实话，眼前的修志，已经不是十一年前那个敏感的小孩儿了，看得见生活和文化在他身上的烙印。在京的这一年，他过得充实忙碌，像一个掉进海里的海绵，不断汲取汲取。

我知道他多产，常写。平时看他写的东西，我总觉得，我在北京的十一年白活了，我是"活着"，他是"生活"。但我没想到，他用这个方式为这一年划下一个叹号！为什么说是叹号呢？因为我觉得，这只是开始，未来会更美好，更灿烂。

为什么会觉得悲伤？看到他，想到时光荏苒，时光的无情。从前的小伙伴，就是自己的影子，照着过去，对比着现在。他说："华姐，我记得你在教育报实习时，给我打电话说你实习去咯，那会儿，我刚参加复旦的博士考试。"还说，辩论赛我提到原来有个同学在赛场把扇子撕掉，我称那是"花辩"。还说到，考研结束，大家去学校附近网吧通宵，我竟然玩了一夜的"连连看"。还提到，我曾经写到的文章，有一篇叫《写字的快乐》，还曾经写过304公交车，有一站叫"知春路"……还有很多，很多，我惊讶于修志同学的记忆力，却也暗叹自己的遗忘力。怎么，过去的很多事儿都不记得了呢？！

这些点滴，像钥匙一样，打开我的记忆。是啊，我有多少多少年不再写字？！

人，被生活打磨，活得现实，忘记自我，忘记理想，忘记远方，忘记太多……

庆幸的是，有这样的，在青春时光里一起映照的小伙伴，会帮你记得，会帮你回望……庆幸的是，即使相隔遥远，时间漫长，小伙伴忠于内心，赤诚闪耀金子般的灵魂传来的芳香，也会唤醒内心微弱的冒着"火星"的那个自己。

很庆幸，我们都在成长成为更好的各自；很庆幸，大学时的同窗谊长存。如果，这时候可以唱歌，我想，没有什么比朴树的《那些花儿》更合适的了。突然理解了，朴树在唱《送别》时的哽咽和流泪。

在2018年的春天，许多年不再好好写字的我，写下我想说的话，送给曾经的小伙伴——黄修志同学，谢谢你送的这本珍贵礼物。在这离别时刻，唯有祝愿，祝愿你做你想做的事，读你想读的书，写你想写的字，说你想说的话，过你想过的生活。更愿你未来光辉灿烂，宽广平坦。等着你的文集出版后，记得送我一整套！

愿在我们青春时光路过的，所有散落天涯的小伙伴，现世安稳，岁月静好。

孔华

2018年3月12日